名門庶女 5

風 文創 073

不游泳的小魚 著

目錄

第六十三章

「為什麼要打我娘？為什麼?!」來人憤怒地吼叫著。

錦娘不看也知道那是冷華軒，不知道他是如何得知了二太太正在受刑的消息的，雖然很恨二太太，但此刻，錦娘有些不忍心看。冷華軒在她心裡一直是個溫暖的男子，笑容乾淨，比起王府裡的其他人來，他讓人看著舒服，但是……在這裡生活了幾個月，她也有些迷茫，誰是善的，誰是惡的，光憑表面根本看不出來，只是這會子，不管如何，冷華軒救母之情還是真真切切的。

冷華軒先是憑著一股傷心和激怒衝過來，將二太太護在身下，他緊緊環抱著二太太，觸手全是黏稠之感，震驚地低頭看，頓時瞠目欲裂，小心地將二太太抱在懷裡，一隻手顫抖著去抹二太太頭上密密的汗珠，哀呼一聲：「娘……」

二太太渾身痛得像要撕裂開來，鑽心刺骨，卻偏生沒暈，她聽見了冷華軒的哭喊，感覺到兒子的心痛，虛弱地睜開眼，無力地喊：「軒兒……」

冷華軒心痛萬分地將二太太抱起。「娘，兒子抱妳去看太醫，兒子不會讓他們再打妳了。」

一轉頭，他對正跪在地上的二老爺吼道：「為什麼？為什麼要讓她遭如此大罪？是不是你又做了什麼了?!」

二老爺一直在給王爺磕頭，他不敢，也不忍心看二太太受刑時的慘相，如今見兒子進來了，心裡稍稍鬆了一口氣。軒兒看著溫和可親，實則很擰，或許王爺和王妃會看在軒兒護母的一片孝心上，能就此饒過二太太吧。

「軒兒……是為父不好，沒有好好管束你娘親，讓她……讓她犯了過錯……你……你快些求求你王伯吧，讓他開恩，放過你娘親。」二老爺老淚縱橫。這回，他是真傷心了，妻子身上血肉模糊，鮮血染紅了她那身淡紫的衣裙，臉色蒼白，沒有半點人色，不知道……她能撐得過今日不?可恨……原本好好的計策全被那庭小子給毀了，他怎麼不一直傻下去?

一定是孫錦娘，是孫錦娘改變了庭小子，讓他恢復了心智。這個孫錦娘會成為自己計劃裡最大的阻礙……還有王爺……庭小子手裡的力量定然是他給的，果然是對自己的兒子偏心啊……哼，今天這個仇……來日一定要雙倍地償還給他們!

「犯錯?她能犯什麼錯，她總是想著法子地幫助你，一門心思只為你著想，她就算犯錯，也是你的原因!」冷華軒怒視著二老爺，哭泣著說道。

二老爺聽得氣急，大罵道:「你胡說些什麼?!為父也不想她犯錯的，你……你快去求你王伯，他們還要打你娘，你快去啊!」

冷華軒聽得心一滯，放下二太太站起身來，對著一旁仍舉著家法的那個婆子便是一腳踹了去。「狗奴才，不許圍著我娘，滾開些!」

說著，他憤怒地看著王爺道：「王伯，娘親究竟犯了何罪，您要下如此狠手罰她？您在小軒的心裡可一直是正直又慈祥的長輩，您是不是被小人蒙蔽，誤會我娘了？我娘雖是性子清傲一些，但知書達禮，賢淑端方，怎麼會犯下要施用一等家法的大錯？求王伯明察！」

王爺看著冷華軒那張清俊又溫厚的臉，那雙因母親受苦而悲痛萬分的眼，心裡感到一絲無奈和悲哀。老二家怕也只這個兒子是個乾淨的了，他兩口子算來謀去，為的就是這個兒子吧，倒是可惜了這個好孩子，難得純孝。

「軒兒，你走開吧，你娘……確實犯了大錯，她下毒藥要害死你大哥，又嫁禍於你二嫂，實乃罪無可恕，而且這些她已經全都認下了，你父親和你奶奶都在場親眼所見，王伯可沒有冤枉你娘親半點，這……全是她咎由自取，怪不得別人。」

「可有證據？」冷華軒不信。

「鐵證如山，不然以你父親的脾氣，他肯只求情而不鬧？」王爺冷冷地看了眼二老爺說道。

「是真的嗎？」冷華軒還是不肯相信，轉過頭來問二老爺，清俊的雙眸裡帶著審視和控訴。

二老爺被他看得目光微閃，有些不敢與他對視，卻仍是內疚地點了點頭，勸道：「軒兒，你娘是錯了，但她也受了很大的罪，遭了報應了，你……去求求王伯免去後面的責罰吧，她……快扛不住了。」

冷華軒痛苦地閉了閉眼，仰著頭，似在極力平復心中的憤怒，好一會兒才睜開眼來，跪到王爺的面前，納頭就拜。「求王伯開恩，放過軒兒的娘吧，娘……她也是這麼大年紀的人了，經不住啊。」

「二嬸子給別人下毒時，可沒想過人家經不經得住呢，那麼大一包砒霜，若真讓我相公吃下去，哼，相公怕是連年節也沒機會過了。」玉娘實在看不得堂裡那一套母慈子孝的虛假戲碼，打又不打完，若真讓二太太就此逃過，保不齊後面會有更毒辣的手段，今兒反正都翻臉了，總是婆婆媽媽心慈手軟做什麼？對別人心軟，可就是對自己狠心，王爺和王妃難道不懂這個理嗎？

一屋子的人，包括上官枚都被冷華軒的純孝給感動，看著他一個大男人為了護母而哭泣，真的有些不忍心再讓他傷心，也只有孫玉娘會在這時說這樣一番話，不過倒是提醒了上官枚，二太太可是個狠角色，今天她吃了如此一個大虧，若一次不將她踩下去，明兒她一翻身，定然會變本加厲地來迫害自己和相公。含香是自己收買的，含香所說的話也全是自己編了讓她說的，她只是知道，二太太確實是起了心要害相公的，這點怕是二老爺也不知道。她到現在也沒明白二老爺對相公究竟是懷著什麼樣的心思，但有一點她能肯定，那就是二老爺一時明著暗著都很幫相公就是，也許，是相公曾經允許過二老爺天大的好處吧？

而且，這事明擺著是相公與二老爺設的套，但二太太一摻和便變了味，如今王爺和小庭已經察覺相公與二老爺有問題了，若再查問下去，定然會牽扯他們出來，不如就此全讓二太太一人頂了才是最好。

「父王，孫妹妹說得對，為這事都已經死了幾個人了，那可憐的金兒可完全就是二嬸子給逼死的，這刑罰不能免。」上官枚左思右想，還是開了口，附和孫玉娘道。

王妃卻是有些受不了二太太的那個慘樣，又被冷華軒說得心一陣一陣地發顫。都是做娘的人，二太太行事再毒，她也是為著自己的兒子，好在軒兒這回還算真孝，肯挺身維護他娘親，比起二老爺來，要正直勇敢得多了。

正心軟時，便感覺有人看過來，她轉了頭看去，就觸到錦娘清澈明亮的眸子裡帶了一絲堅毅和鼓勵，王妃心頭一震，立即又回想起那兩個被二太太收買的婆子來，不由又懊惱起來。自己怎麼就是學不乖呢？一看到人家傷心哀求，就會心軟，以二太太那性子，一旦逃過這一次，下回定然又要捲土重來。王妃不由狠了狠心，輕咳了一聲對王爺道：「王爺，王府裡就是家法不嚴、治府不力，所以才會弄成如今這樣，親人骨肉攻訐陷害，陰謀詭計橫行，再不整頓嚴治，簡親王府便會自內裡腐壞下去，不等人家怎麼著，自己便先垮了。」

王爺聽了讚賞地看了王妃一眼。這屋裡別人求情還好說，他最怕的就是王妃也心軟了開口求情，看來，婉清今兒是變得堅強果決一些了。

「軒兒，你讓開，你娘的罪不能就此免了，來人，繼續行刑！」王爺一揚聲，對行刑的婆子喝道。

冷華軒一聽大急，一縱身便撲了過去，護住二太太。「你們要打，就打我吧，我娘若真是犯了什麼錯，那也一定是為了我的，就讓軒兒替母受罰吧！」

「小軒，難得你如今變得如此勇敢了啊，我怎麼記得那一次，你是一見到危險就比誰都跑得快呢？嗯，是大了有長進了，還是你真心護著的，只是自己最親的人？」冷華庭慢慢將輪椅滑向冷華軒，似笑非笑地看著他，悠悠然問道。

冷華軒聽得臉色一陣發白，小聲地對冷華庭道：「二哥，當年……小軒小，確實膽小，但如今小軒長大了，難道二哥讓小軒眼睜睜地看著娘親受苦而不管嗎？那小軒不是連畜生都不如了？」

「害怕嗎？嗯，也許是吧，如今長大了，不怕了？要為你娘親代過了？」冷華庭仍是微笑著對冷華軒道，那樣子像在說「你吃過飯了一樣」，再平常不過。

但一抬頭，他便對王爺道：「難得軒弟能變得勇敢和孝順起來，父王，你就成全了他，將剩下的責罰全讓小軒代了吧，也全了他一片孝母之心。」

二老爺聽得一震。二太太已經被打成了重傷，這會子生死未卜，如今又要打自己的兒子，那怎麼成？他不由心急萬分，大聲吼道：「不可，不能打軒兒！軒兒可沒有犯錯，不能打他！」

「二叔可還真的心疼小軒呢，那要不，你就替了小軒？」冷華庭推著輪椅在二老爺一家之間轉悠著，一聽二老爺這話，忙笑著接了口道。

二老爺聽得一滯，一看二太太身上那慘樣，立即又縮了頭，膽怯地將身子萎了下去。冷華庭卻是不待他再說什麼，便大聲道：「來兩個力氣大點的，按了二叔打！二叔這可也是高風亮節，既要全了夫妻恩義，又要護犢救子，咱們可不能攔了二叔這份心。」

立即進來兩個暗衛，走上前去就按住二老爺，二老爺大驚失色，想要反抗，但那兩人全是練家子，不露功夫根本不是他們的對手，他又不敢在王爺面前顯露半分，只得不住以本能掙扎道：「王兄，我可是四品大員，你無權對我動用私刑！庭小子，你個太混帳了，二叔也是你能打的嗎？」

「姪兒自然是不敢的，方才不是二叔您自個兒要代二嬸子受過嗎？您要是反悔，那便還是打小軒吧，反正小軒年輕力壯，就是挨幾下，應該也不會死的。」冷華庭笑著將手裡的小瓷瓶拋起又接住，一副玩得不亦樂乎的樣子，偏生說出的話快把二老爺噎死。

王爺聽了便點了頭，學著冷華庭的語氣問二老爺。「老二，你快些決定吧，是打你，還是打小軒？眼看就是年節下了，王兄我還要趕進宮裡去呢。」

二老爺被兩個暗衛按住動不得，但他實在是害怕，那竹板子看著沒有木板子結實，可那上面全釘了小釘，那一板子打下來，雖傷不了筋骨，卻會連皮帶肉都扯了去，好痛啊……

「二叔沒反對，那就打二叔吧。反正這也是家法，國有國法，家有家規，就算皇上知道了今兒這事，也不會管著咱們府裡治家理府的事的。」冷華庭又是不緊不慢地說道。

王爺聽了便喝道：「來，就讓二老爺代妻受過吧。」

那行刑的婆子聽了立即拿了家法過來，二老爺嚇得腦袋一激，衝著冷華軒就吼。「軒兒，你替母受過，就忍心看為父受傷嗎?!」

冷華軒聽了，眉頭皺了皺，道：「那……就還是打兒子吧，別打爹爹了。」

說著，便走了過來，跪到二老爺身邊，對那婆子道：「打我吧，別打我爹爹。」

那婆子也是被他們這一家子弄得煩躁，加之冷華軒先前也踹了她一腳，她正氣著，這會子找到了機會報復，便也不等王爺再發話，一板子便向冷華軒的背上抽去。

冷華軒也是錦衣玉食下長大的，哪裡受過這等痛楚，猛地慘呼了一聲，背上立時一條寬長的血印，看得二老爺膽戰心驚，卻也是心痛莫名。暗衛因著不是罰二老爺，便放開了他，這會子他一得了自由，便將冷華軒一把護在了懷裡，眼裡淚光閃爍。

「我的兒啊，爹爹錯了……讓他們打爹爹吧，你……你快些抱了你娘回府去。」說著，一抬頭，惡狠狠地對那婆子道：「妳若再打我兒子一下，老爺定然要將妳碎屍萬段！」

冷華軒強忍著背上的劇痛，抬起頭，臉上卻帶了一絲微笑。「爹爹，兒子以為……你……是不在乎兒子的，如今看來，爹爹心裡還是有兒子的，無事，就打兒子吧，兒子挺得住。」

「傻孩子，爹爹和你娘就你這麼一個兒子，怎麼可能不在乎？你放心，爹爹不會讓你挨打的。」二老爺心疼地撫著冷華軒的臉說道。

冷華庭看那婆子又愣著了，便對她猛喝道：「快打吧，再不動手，就改打妳得了！」

那婆子嚇了一跳，再不遲疑，對著二老爺便是一板子抽了下去。二老爺猝不及防地挨了一下，回頭惡毒地看著冷華庭，那婆子似是被他這眼神激得興奮了，啪地又是一下抽了去，二老爺身子一顫，咬牙沒有叫出聲來。

一時，二老爺連挨了幾下，那婆子也是打得起勁，下手就不肯停，也沒有人叫數。錦娘在一旁雖是不忍看那血肉模糊的場面，但心裡卻是感覺微有一些痛快，總算是懲治到二老爺這個首惡了，二太太怕也只是他的一顆棋，只是，這顆棋有些不聽調擺，有了自己的主意，所以，二老爺才有了讓棋子代過的想法。

不過，錦娘越發有些不明白，為何二老爺要如此貼心貼意地幫冷華堂，竟是比對自己的兒子還要熱心？如二太太那樣做，倒是合情合理，害死了冷華堂，再陷害自己，最後得利的是她自己的兒子冷華軒，可是……二老爺為何又不如此呢？還似乎對二太太給冷華堂下手很是生氣的樣子？

莫非……一個大膽卻不可思議的想法浮現在她的腦海裡。

只是，她實在是不明白王爺與劉姨娘的過往，這事又不好去打聽……得想個法子弄清楚過去的一些事情才行，不然兩眼一抹黑，只知道他們會害人，卻不知道為什麼，究竟有何目的……就算有時找到了他們下手的證據，也不能有個合理的解釋……嗯，三太太不是說過，讓自己偶爾過去坐一坐嗎？

二老爺正被打得血肉模糊，這時，外面有小廝急急地跑進府裡來報。「王爺、王妃，大喜啊！聖旨到了，要王府裡所有人都去前院接旨呢！」

王爺一聽，揮了手讓那婆子停下來，二老爺一口氣一洩，便癱在地上。冷華軒忍痛扶住了他，顫抖著哭道：「爹爹，兒子不孝，讓爹爹受苦了。」

王爺顧不得他們父子，對那報信之人道：「可知是何事？」

「回王爺，說是給二少奶奶封誥命呢！」那小廝眉花眼笑地說道，這可是個討喜的差事，主子聽了一般是會給賞的。

果然王爺和王妃聽得大喜過望，兩人幾乎同時自椅子上站了起來，異口同聲地問道：「你說給誰封誥命？」

「二少奶奶。王爺、王妃，您們沒聽錯呢，真是給二少奶奶，快快去前院吧，天家的人早就到了呢！」小廝白白淨淨，一說話，臉頰邊就有小酒窩一閃一閃的，很是討喜。

上官枚聽了便轉了頭看錦娘，秀眉半挑，明眸半睜半閉，一副得意又調皮的樣子。錦娘有些微微害羞，不自在地對上官枚一笑，嬌嗔地低下頭去。王爺和王妃哪裡還顧得上地上的二老爺一家，幾步便來到錦娘身邊道：「小庭媳婦，快，去換件衣裳，父王和娘親先去前廳了，妳可要快快來啊。」

老夫人怔怔地看著地上的二老爺一家，兒子媳婦全是血糊糊的，半暈著，孫兒身上也是傷了一大塊地方……

一會子，等王爺和王妃都出去了，她才顫巍巍地走了過來，啜泣著對二老爺道：「娘早就跟你說過，有些東西是不能強求的，你總是不聽，這回再知道錯了吧，兒子啊，罷了吧，又不是過得不好，別再爭了啊。」
三太太也是很不忍心地過來扶二太太，又叫了奴婢們來幫著抬，不時地就嘆氣，喃喃道：「何苦呢？王兄和王嫂待幾個庶弟們也不薄，偏要鬧成這樣，看吧，吃虧的總是自己啊。」
錦娘急著要去換衣服，早就出去了，上官枚見玉娘還怔坐在廳裡，便扯了扯她的衣袖。「妹妹一起去前面吧，難得弟媳大喜，一起去熱鬧熱鬧。」
玉娘緩緩地站了起來，卻是對上官枚福了一福。「妹妹我身子不適，早就久坐難耐，那前院我就不去了，改明兒身子好些了，自去錦娘處賀喜。」
上官枚聽了覺得也是，她昨天傷得可著實不輕呢，難得她不恨相公，見相公有危險便巴巴地趕來，方才還一直找機會給自己幫腔，以前聽說她是個厲害的，就方才來看，心胸倒還寬，希望以後能好生相處才是。
上官枚走後，孫玉娘扶著紅兒的手出了王妃的院子，走到僻靜處，停了下來，眼睛緊盯著前方的某處，一動也不動，便如被人定住了一般，失了心魂。紅兒頓時嚇住，不知道自家主子這是又犯了什麼魔症，忙去搖她。「二夫人，您……這是怎麼了？」
玉娘仍是不動，眼神卻變得陰戾了起來，突然開口對紅兒道：「妳說，她一個小婦養的庶女，憑什麼能夠被封為誥命，而我，明明是相府嫡孫女，卻淪為給人家做小，這賊老天是不是瞎了眼？」

紅兒聽了嚇一跳，忙去捂玉娘的嘴，小聲勸道：「二夫人可小聲著點，這裡比不得相爺府，這是王府呢，王爺和王妃可一個勁兒疼著二少奶奶，您可別犯傻了。您也不想想，世子爺可是將來的簡親王，那身分是何等的尊貴，二夫人若是能生下個一男半女，世子爺一定就會給您討個封賞回來，那劉姨娘不也是被皇上冊封了嗎？二少爺可是身有殘疾的，他那樣子，文不成武不就，就是再封，那位分又能高到哪裡去？主子為這事不開心，可真是犯不著呢……」

紅兒話音未落，玉娘突然就揚了手，舉到半空作勢要打紅兒。紅兒平日在孫家時，就常被玉娘打，她只一抬手，紅兒就下意識地縮脖子，抱了肩就要躲，玉娘看著怔了怔，腦子裡就想起昨夜那不堪回首的一幕來……她突然就失了力，頹然地垂下了手，扶住紅兒，無奈地說道：「我打妳做什麼，我也是可憐之人啊……」

紅兒聽著有些詫異，又有點心酸。昨夜之事，她自然也是知道的，她就守在偏房裡值夜，屋裡的動靜又大，能不知道嗎？聽著就讓人心驚膽戰。那一晚，紅兒是蒙著被子抖了一夜的，世子爺一大早便給她們下了封口令，說是只要洩漏了半點，便將她們全都賣到窯子裡去，嚇得紅兒和另一個丫頭一聲都不敢吭，還真為自家主子難受了好一陣。

這會子見一向凶悍慣了的主子停了手，不打她了，那話也是聽著讓人心酸，不由也覺得主子其實比自己更可憐，忙又扶了玉娘，小意地說道：「主子，回吧，一會兒奴婢再給您上回藥去。」

道。

「妳以後可再不能在我跟前說二少爺半句不是了，聽到沒？」玉娘卻又寒了聲對紅兒道。

紅兒聽了忙應了，心裡卻更是嘆氣，卻也不敢勸，知道這是她家主子的心病，在娘家就犯上了的心病。

第六十四章

冷華庭沒有立即和錦娘一起出去，仍是似笑非笑地看著二老爺和二太太，見他們被奴婢們扶到擔架上，半昏著被人抬走。

冷華軒悲傷地看著自己的雙親被抬走，自己也踉蹌地跟在後面。路過冷華庭時，他微頓了頓，轉了頭看冷華庭，眼底閃過一絲痛苦的掙扎。「二哥……我知道你有恨，可是——」

「你有你的苦衷，我不怪你，但不代表我會原諒你，更不代表我會心慈手軟。」冷華庭不等他說完，便截口道。

冷華軒聽得一滯，眼裡卻帶出一絲光明。「你……你其實一直就沒有變傻的對吧？你只是……只是在躲著，沒想到，躲了那麼多年，今天卻顯了出來，是為了嫂嫂嗎？」

冷華庭如墨的眸底更為沈黯，冷哼著說道：「你不也是一直躲著嗎？咱們半斤八兩，誰也別說誰。奉勸你一句，離某些人遠一點，不然，還會有更好的果子吃。我既是不再躲，便有不躲的理由和底氣。以前是覺得生活無趣得緊，得過且過，但現在，有了要保護的人，我得保護她。再說了，我一堂堂男子，難道還要躲在她柔弱的羽翼下生活嗎？」

冷華軒笑了，那笑容如初夏的薔薇，雖不絢爛，卻也溫暖，讓人觀之便生親近之感。

「二哥，你信與不信，小軒都想要告訴你，小軒……從沒想過要害你。他們是他們，我是我，你既不躲了，那我也不躲了吧，一起來陪陪他們也好。」

冷華庭聽了不置可否，轉了頭，大聲對冷謙道：「快送我去看娘子，我得親自給她選件衣服才是。」

冷謙面無表情地推了他出去。冷華軒靜靜地站在堂中，背後一陣火辣辣地痛，但嘴角卻勾起一抹微笑。

錦娘剛換好衣服，冷華庭便進來了，見她打扮得莊重得體，卻有些神思渙散。

「娘子，快走，可別讓天家之人等久了。」冷華庭將輪椅推到錦娘面前，扯了她就往外面去。

錦娘仍是有些愣怔，被他扯得踉蹌了幾步，喃喃道：「相公，真的會給我封誥命嗎？我……又沒立過什麼功……」後面的話越說越弱。

冷華庭聽了眼神便黯了黯，神色不自在，有點難過地說道：「娘子，以後……我會給妳討更高的封賞回來，妻以夫貴……看著吧，我冷華庭的妻子，絕對會成為大錦朝裡的貴妻。」

錦娘聽得一怔，立即反應過來自己的不自信傷了他，忙嫣然一笑，過去摟了他的脖子道：「嗯，相公，以後你一定給我掙個一品誥命夫人回來。」

冷華庭見她美麗的雙眼裡又放出光彩，便自信滿滿地對錦娘重重點了頭道：「嗯，走，咱們先將這個小品級授了再說。」

前院裡，王爺和王妃早就到了，來宣旨的是與王爺早就相熟的李公公。他是慈寧宮的總管太監，是皇后娘娘身邊的紅人，也是簡親王面子大，不然，一般的人家他是不出來宣旨的。

這會子，他手裡拿著聖旨，也不急於宣，眼瞅著人都沒來齊，他也是老人精了，知道怕是那位受封的回去整裝了，便悠閒地站著與簡親王閒聊。他聲音尖細陰柔，聽著微微有些刺耳。「恭喜王爺，咱家可是聽說，您娶了個特別能幹的兒媳婦，昨兒太子妃特意去了皇后娘娘那兒，說是您那二媳婦可是幫了她的大忙呢，還專門獻了個條陳給皇后娘娘，皇后娘娘見了鳳顏大喜，立即就奏請皇上，給您媳婦封了個六品誥命呢！」

王爺聽得莫名，王妃可是知道其中曲折的，聽了便笑著對王爺道：「錦娘確實聰慧得緊，她也制了個條陳給我，幫著我管家呢。如今我可是比過去清閒多了，好多瑣事都無須親自過問，自有人好生辦了再來回我。就像公公說的，咱們可真是得了個好媳婦呢。」

王爺聽了也是點頭，不過對這個六品的誥命有些不滿意。這個品級，就是想要去宮裡見劉妃娘娘還真有些困難呢，不過這也是沒法子的事，誰讓庭兒只是個六品官員呢，還是個閒職，媳婦的品級總不能越過庭兒去。若是庭兒能站起來，站到朝堂上去，再將那南方的基地重新打理好……莫說是六級，就是讓皇上再封他個侯爵，也不在話下。

劉醫正在王爺出來時，也跟來湊熱鬧，他過來對李公公拱了拱手道：「李公公如今看著越發精神了，最近那老寒腿可是還犯過？」

李公公聽了便笑道：「煩勞醫正大人掛牽，咱家吃過您開的方子後，倒是好了一些。不過，最近天兒冷，那膝蓋骨又有點站不直了，唉，人老了，不中用了喔。」

說這話時，錦娘正推了冷華庭過來，剛好聽到李公公說的話尾，錦娘心思轉了轉，仍是推著冷華庭往前走去。

王爺見錦娘和冷華庭都到了，便看了李公公一眼，李公公輕哼了一聲道：「聖旨到，簡親王兒媳孫氏錦娘接旨……」

簡親王府所有人，就是包括冷華庭都跪下接旨，焚香接旨。

李公公尖細的嗓子將聖旨讀了一遍，最後將聖旨遞給錦娘，錦娘恭敬地接過聖旨，一邊的宮娥便拿了代表六品誥命品級的朝服端了過來。

王妃便忙著打賞，李公公的包紅自然是最大的，宣完旨後，李公公便說要走，錦娘恭敬地走上前去，對李公公福了一禮道：「公公萬福，請再小坐片刻，錦娘有個小東西要送給公公，還請公公稍等，錦娘速去速來。」

李公公聽得一怔。王妃打的包紅可不小了，按說錦娘也不用再賞了，沒想到這小娘子倒也是個有眼力的，還有東西要送給自己。他素來便知道簡親王府是最大方的，有那下旨傳話的活兒，他都是親自來，不假手於人，看來今天的收益怕是比之往日更大呢……他不由微微有些期待。

反正宮裡事情也不多，又與簡親王熟絡，加上劉醫正幾個，一起閒聊著等也無所謂。沒多久，錦娘手裡拿著一個小包袱來了，李公公微抬了眸，就見錦娘走過來，將手裡的包袱打開來，雙手呈上。

包袱裡是一雙羊毛織成的護膝，裡面勾了絨子，外面套著毛線，摸起來柔軟溫暖，很是舒服。李公公沒見過這東西，也不知道有何用處，見不是金銀也不是珠寶，便有些失望，但礙於簡親王的面子，還是乾笑著接過。

卻聽錦娘道：「方才錦娘聽說公公有老寒腿，會經常疼痛，這個東西正好適合您。」說著，她拿過一只護膝稍扯了扯，示意道：「這是有彈性的，您戴在膝蓋上也不會掉，可保溫禦寒，又軟，還能保護您的膝蓋少受磨。」

李公公聽得微怔，心裡便升起一股暖意。從來他這樣的人，身子殘了，雖然在宮裡混出了點名堂，朝中大臣們見了面還算客氣，但又有幾個人是真心瞧得起他的？混得再強，也是個奴才，而且還是個……這是第一次有人出自對他的關心而送的禮物，可能不是很值錢，卻很窩心，讓他覺得自己也被人關心著，尤其這錦娘的眼睛看過來時，很真誠，沒有刻意的奉承，也沒有一絲的鄙夷，平淡得很，卻讓李公公覺得自己是真被她尊重著的，被她平等相待著……

他不是容易表露自己的人，那份溫暖只放在心裡，只是這一刻，他儘量讓自己的聲音變得低沈一些。「多謝二少奶奶，果然傳言不假，二少奶奶確實是靈慧之人。」

李公公走後，王爺很是滿意地看著錦娘道：「妳做得很好，李公公是皇后身邊的大紅人，與此人交好，以後對小庭只會有好處。」

錦娘福禮，淡笑不語，一家人又送走了劉醫正，便都回了王妃的院子。王妃看著血跡斑斑的正堂，對王爺道：「就這樣放過老二家的了嗎？總得再給她下個禁足令才是，或者讓老二休了她，哼，你又姑息養奸……」

「還能如何？她身後背景也是複雜得很，妳以為我就真能處置了她？別忘了，老二的官職可不低，在朝中的勢力不可小覷，他也更不可能會休掉弟媳，而且……真的鐵證如山嗎？」王爺很是無奈地對王妃道，眼神凝重，若有所思。

王妃聽了也是嘆了口氣。王爺的話她也明白，只是……總覺得太便宜二太太了，所以心裡還是悶得慌。

「也算是受了不小的懲罰，總會消停一陣的。」王爺也嘆了口氣，又對冷華庭道：「庭兒，你今天可是鋒芒畢露，是有想法了嗎？」

冷華庭正要說什麼，就聽又有小丫頭打了簾子來報。「裕親王來了。」

王爺聽得眉頭一皺，眼神黯沈地站了起來，回頭看了一眼王妃，王妃便對他瞋了一眼，轉過頭去懶得看他，王爺訕訕地不情不願迎了出去。

「娘，裕親王這會子過來做甚？」冷華庭隨口問道。

「你想知道，一會子去你父王的書房瞧瞧去。」王妃溫柔地對冷華庭道。今天小庭的表現讓王妃很激動，也很舒心，兒子總算不再是個半傻子的渾人了，那些人……再也不能拿小庭的心智來說話，這讓做母親的王妃很自豪，但看到他仍是不能行走的雙腿，卻更痛。什麼時候小庭能夠站起來呢？

王爺迎到了二門外，裕親王已經進來了，一見王爺便大笑著說道：「啊呀，王兄，恭喜、恭喜，小弟可是特來賀喜的。」

王爺很隨意地道：「不過一個小小的封誥，哪裡就勞動王弟你的大駕了，王弟，你也太給哥哥我面子了啊。」

「王兄何必謙虛，小弟過來，可不只是賀喜此一樁事情的，聽說你家小庭如今心智恢復，而且，方才皇上可是給小弟透過口風了，開年便讓小庭跟著王兄一起去南邊，這對王兄來說，還算不得是大喜一件嗎？」裕親王笑著對王爺說道。

王爺聽了眉頭又皺。暗想這廝消息可真快，皇上才同意了他的請求，他便登門道喜來了，不會只是道喜如此簡單，必定還另有目的。

「這事還沒定下，聖上一天沒有明旨，我們做臣子的，也不能胡猜不是？王弟你怎麼還如從前似的那樣性急。」王爺無奈地笑道。

二人說說走走，王爺便要將裕親王帶進外院的書房，裕親王卻扯了他的袖子道：「王兄何必外道，多年的情誼，又到年節下了，你總得賞小弟一餐飯吃不是？再說了，許久沒見過王嫂，你總不會還存著小心眼吧？」

王爺被他說得有些心悶，卻也不好太駁他面子，畢竟人家可是皇上的親兄弟，雖說不如自己這頂鐵帽子尊崇，卻是有實力的王爺，只好笑笑道：「那好吧，只是你嫂嫂今天身子不適，一會子可不知道會不會見你。」

裕親王聽了大笑。「王兄，哪裡就那樣巧，小弟一來，王嫂就身子不適了？都一把年紀的人了，年輕時的事還計較那麼多做什麼，小弟早沒那心思了，王兄，你也放開了心懷吧！」說著，拍了拍王爺的肩膀，逕自往內院來。

王妃正與小庭和錦娘閒聊著，這時，青石打了簾子急急來報。「王妃，王爺領著裕親王到院子裡來了。」

王妃聽得一怔，眼裡便有了怒意，小聲罵道：「王爺如今是越發糊塗了，怎麼把外客帶到內院來了？」

錦娘聽著便要起身避一避，冷華庭也拉了她，道：「娘子，我們一起回去。」但說話間，王爺已經僵著臉領了裕親王進來，再避就不太好了。錦娘只好與冷華庭留下。

抬眼看去，錦娘心中微怔，裕親王與冷青煜有七、八分相似，與太子爺也有五、六分像，還像一個人……不過，這會子腦子有點迷糊，一時想不起來與誰也像，只覺得裕親王也是一表人才，相貌清俊，渾身透著一股清爽灑脫，再加上皇家親族，舉手投足間貴氣天成，一雙星目炯炯有神，一進來，那目光便定在了王妃身上，也不等王爺說話，大步流星地走向王妃，拱手一揖道：「王嫂，別來無恙？」語氣裡帶著微微的喜悅和激動，讓錦娘聽得眉頭一皺，不覺地就看向王爺。

王爺卻是定定地注視著王妃，目光裡帶著一絲忿色，臉上的笑容也有點僵。

王妃卻是從容地對裕親王福了一禮。「妾身給王爺請安，不知王爺大駕，有失遠迎，還望恕罪。」語氣客氣卻帶著疏離之感，裕親王聽得怔了怔，卻是隨即又笑道：「王嫂何必拘禮，妳我乃是舊識，弄這些個虛頭巴腦的禮來，不覺太客套了嗎？」

「確是舊識，只是妾身居深閨之中，久未與外人謀面，王爺又是貴人，這禮數是萬萬少不得的。」王妃淡笑著對裕親王道，一抬手，對青石道：「裕親王乃是府上貴客，快快上茶來。」

王妃不卑不亢、客氣有禮，但那外人二字卻讓裕親王聽得一滯，臉上的笑容微帶了絲苦澀，卻仍是瀟灑地坐到了王爺的下首。

一時，青石送了茶上來，王爺對裕親王做了個請的手勢，裕親王笑著端茶喝了一口，抬眸看到冷華庭與錦娘坐在正堂裡，便笑道：「小庭如今果然是越發俊俏了，這大錦第一美男的名頭可真不是虛的。喔，那便是小庭媳婦嗎？看著年紀可不大呢。」

王爺便對錦娘招了手，道：「過來給裕親王爺見禮吧，王爺今兒可是特地來給兒媳妳道賀的。」那特地二字王爺咬得特別重，分明就是說裕親王小題大作，半點歡迎的意思也沒有。

錦娘低眉順眼地推了冷華庭一起上前，夫妻同時給裕親王行了禮，再退回原地。

裕親王實在覺得簡親王這個媳婦不打眼，平常普通得很，那長相與小庭一比，可真算得上一個天上一個地下，就如一個金花盆裡面種了株小野菊，太不相襯了。不過，面上卻是誇道：「王兄果然好福氣，得了這麼一個能幹兒媳，小弟可是聽太子殿下都誇她有趣呢。」

這話讓冷華庭聽得很不豫。什麼叫有趣，太子雖說位重，但也是男子，怎麼能說別人的妻子有趣？而裕親王當著父王和自己的面說這話，分明就是給錦娘沒臉，那意思像是錦娘與太子殿下有何糾葛似的。

「王叔謬讚，當日只因聽太子殿下說貴府世子太過調皮，姪媳便戲說那是裝嫩，如此逗太子與太子妃殿下一樂罷了。」錦娘聽了不急不躁，笑容溫婉可愛，一派純真無邪地說道，但話語裡，卻將自己與太子撇清的同時，又順帶諷刺了裕親王。

「裝嫩？」冷華庭聽得噗哧一笑，抬眼笑著看錦娘，眼裡滿是寵溺。就是王爺也聽得一愣，細想一下，哈哈哈大笑了起來，對裕親王道：「裝嫩這詞果然有趣，青煜那孩子還是小孩心性，愛渾鬧嗎？」

裕親王聽了錦娘的話先是一怔，繼而眼睛變得凝重了起來，也不管王爺的調侃，衝口問道：「原來裝嫩一詞倒是姪媳說出來的？」

錦娘忙低眉順眼地說道：「只是戲言，還請王叔不要見怪才是。」

裕親王聽了便重新打量起錦娘來，眼中帶了一絲審視和無奈。「哪裡、哪裡，青煜那小子原就是個愛玩鬧的性子，王叔怎麼會為了此等小事見氣。」說著便嘆了口氣，對王爺道：「還是王兄你福氣好，養了兩個好兒子，華堂俊雅倜儻，才華橫溢又穩重守禮，堪稱大才，就是皇上也對他讚賞有加。華庭也是翩翩絕世佳公子啊，整個大錦朝還找不出一個能美得過華庭的，唉呀，不愧是王嫂親生，將那傾世容顏全傳給華庭了。」

「那可不，你王嫂的確貌比天仙，當年那樣多的青年才俊仰慕於她，但她只對王兄我青眼有加，在她的眼裡，別人不過是過眼雲煙，只有王兄我，才是一生一世地陪伴她的人。」王爺聽得一臉驕傲。裕親王越是當著他的面讚美王妃，他反越發得意三分，當年的情敵，如今不過是個失敗者，他就是要表現自己與王妃的深情，能氣死裕親王最好。

說著，王爺還深情款款地看著王妃道：「娘子，妳說為夫說的可對？」

王妃對王爺孩子氣的話語很是無奈，暗瞋了他一眼，卻也是溫柔地說道：「都是多年夫妻了，還說這些個做甚？也不怕孩子們笑話。」眉眼裡，卻是似嬌還嗔，讓裕親王看著便凝了眼，偏轉了頭去。

「怎麼只見小庭，小堂呢？也不讓他來給本王叔見個禮啊。」裕親王大刺刺地伸長了腿，仰靠在太師椅上，大聲說道。

王爺聽了臉色微黯，乾笑著對裕親王道：「堂兒病了，怕是不能來見客，下次讓他親自登門拜訪你這王叔吧。」

「喔？病了？啊，一大早便見冷大人去太醫院請醫，說是府上有人中毒，不會是小堂吧？」裕親王一臉驚詫地說道。

王爺聽了便冷笑。「王弟你的消息可還真是靈呢，堂兒確實不慎染了毒，不過已經解了，多謝王弟掛念。」

「唉，解了就好，解了就好，唉，王兄你府上可真是不太平啊，怎麼小庭的病才穩定了，小堂又會……是不是有什麼人弄啥么蛾子要害堂兒，想奪那世子之位？唉，咱們這樣的人家，兒子少了不行，兒子多了也不行啊，總是想著要爭來奪去的，真真是煩透了。」裕親王大發起感慨來，轉而又道：「前兒皇上跟前還有人進言，說是那南邊的事情總由王兄你一人撐著，實在費心又費力，不若早些將世子帶了出去，好生教導，他日王兄年老精力不濟時，也有個能幹的接班人將那基地發揚光大，那才是咱們大錦王朝的福氣呀。」

王爺聽了便覺震驚。果然他今天來是有目的的，不過，僅僅只是想要堂兒接替墨玉嗎？是堂兒還是庭兒接手，與他裕親王又有何關，都與他半分好處也無，他這話又有什麼深意？

「王弟可知是何人在皇上面前亂嚼舌根？你也知道，墨玉向來只得一人執掌，本王心中屬意庭兒，堂兒嘛，那便好生承襲本王王爵就成了，那些個人也真是，此乃本王家事，與他們何干？為何總要在聖上面前說三道四，莫非本王府裡的事還要他們來調擺不成？」王爺語氣不善地對裕親王說道。

裕親王聽了臉上便帶了一絲冷笑。「王弟也知道，王兄你早就在皇上面前力薦小庭了，而皇上也同意王兄你開年就帶了小庭去南方。小堂、小庭都是你的兒子，手背手心都是肉，你讓堂兒繼位，讓庭兒掌玉，一碗水端平，不偏心任何一個兒子，這做法原也是沒有錯，但你說墨玉乃王兄家事，此言王弟我不贊同。墨玉所關係的可是大錦朝的經濟命脈，朝中大半的開支便自南方和商隊裡所得，這麼些年，若非墨玉能源源不斷地提供大量的金錢和財富，大錦朝又如何抵禦西涼諸國的侵擾？所以，墨玉的承繼人選乃國家大事，可非王兄你一人就能定奪的。」

王爺聽得心火一冒，冷笑道：「王弟所言非虛，墨玉的承繼者確實應該好生考量才能確定，但別忘了，自聖祖以來，墨玉便由簡親王府掌管，簡親王府幾代掌玉者，為墨玉嘔心瀝血，付出了多少心血，若非犯下大過失，就是皇上也不能奪了簡親王府的掌玉之權。墨玉一天由簡親王執掌，由誰承繼，當然是本王說了算的，這一點，歷代君王都未有意見過，怎麼王弟倒是不同意起來了？」

裕親王被王爺說得臉色有些尷尬，他笑了笑道：「王兄你別誤會，小弟也只是擔心小庭的身體而已。墨玉是你簡親王府掌管沒錯，但哪一代也沒有……沒有身患殘疾之人能夠接掌墨玉的吧？小弟並非覬覦那墨玉，只是覺得小庭身子實是不便接掌，墨玉可比不得太平王爺好做，一旦接手，那一年便有大半時間是在外頭奔波的，弄不好還得隨了商隊下南洋，就小庭……咳，小庭，王叔不是歧視你，你坐著輪椅……還實在是不方便。所以我說，讓小庭接掌墨玉是很不合理的，王兄，你會累垮小庭的，如此俊美的一個孩子，你不心疼，王弟都為你心疼呢！」

「這就不勞王弟你操心了，小庭只是腿腳不便利，簡親王府不差這幾個服侍他的人，只要小庭聰明能掌事就成了。辦大事者，要的是睿智的頭腦，心懷國家大利的胸襟，只要有本事管好下面的人，將那基地和商隊打理好，給聖上辦好差就成。」王爺不屑地對裕親王道。

裕親王見勸說無用，倒也不再繼續爭執下去。「王兄說得也算在理。啊，今兒來還真有件正事呢，適才小弟去求過聖上了，請王兄你開年時，也將我那不肖的兒子青煜一起帶出去歷練歷練吧，免得他一天到晚守在府裡，遊手好閒、不務正業，還被人說是四肢發達、頭腦簡單，只會裝嫩，王兄就當可憐小弟，幫小弟我教教那孩子吧。」

錦娘聽了不由掩嘴一笑。裕親王那幾句正是先前自己罵冷青煜的話，沒想到，他還真的一字不漏地告訴了他父親，那人還真是個長不大的孩子呢，難道是被罵了不服氣，想讓他父親來討說法嗎？

「你既是求過聖上了，又還說這麼多做什麼，只要聖上應了，本王自是義不容辭的。你也知道，除了簡親王府子孫，其他不管是身分多麼清貴之人，不得特旨，是不允許參與南方之事，這可是祖上傳下的規矩。」

王爺仍是不鹹不淡地說道，那話看似客氣，卻將裕親王的所求堵死，而且，他打算裕親王一走，便立即進宮去。小庭接掌墨玉一事，刻不容緩，這一個、兩個的覬覦者陸陸續續地冒出來，再等下去，怕是越發難以成事了。不是怕他們想搶了墨玉過去，畢竟自己掌玉這麼些年來，兢兢業業，並未出任何大的紕漏，怕的是他們拿小庭的腿作文章，非逼了自己將墨玉傳給堂兒，那自己謀劃了這麼久的心血便會全部落空，至時，可是既對不起小庭，更對不起王妃了。

「王兄……聖上若是允了，小弟又何必來求你？你就看在你我多年的交情上，就當多一個兒子，教教青煜，幫小弟管教管教他吧！」裕親王笑著請求道。

「王弟，這事王兄作不得主，你還是繼續去求聖上吧，王兄可不能為了青煜壞了老規矩。」王爺毫不客氣地一語拒絕。

裕親王聽了便冷笑起來，嘴角帶了一絲譏諷。「王兄，我知你定然是不會肯的，你口口聲聲地說規矩，可別忘了，當年聖祖也下過一道密旨的，若簡親王府墨玉的承繼者使人生疑，做下有違朝廷利益之事，皇上可以在皇室中選出欽差一名監督簡親王府。你說，小弟若是用了這法子去太后娘娘那裡，讓太后跟聖上說說，聖上會不會准了呢？」

王爺一聽大怒，沈著臉對裕親王道：「好你個裕親王，你是存了心來找本王的茬吧？你竟然說本王做下有違朝廷利益之事？來來來，你與本王現在就去面聖，不說出個一二三四來，本王絕不干休。走，現在就去宮裡！」說著便要起身拉裕親王。

裕親王卻是笑著一閃，拱手一揖到地，連連說道：「唉呀，王兄，你怎麼還是如此易怒呢？不過開兩句玩笑話就激怒了你，王嫂啊，可憐妳這麼些年，跟個火爆油筒子生活在一起，妳可千萬得小心了，別讓他哪一天將妳燒著了去。」說著，要賴似地撩起下襬就往邊上躲。「小弟才不與你去面聖呢，一會兒聖上說小弟挑逗了你，又該罵我了。王兄啊，你什麼都好，就是經不得人家激呀。」

王爺越聽越氣，咬牙切齒地說道：「都幾十歲了，你以為你還是小孩子呢，還是如此憊賴無形，說話一點也不著調，你再威脅本王試試，本王就跟你動真格的。」

裕親王仍是笑，連連說道：「好、好、好，不說了。小弟我不也是為著兒子著想嘛，你就帶了青煜去看看學學，那小子就是個不成器的，再怎麼學，也成不了大事，你還怕他會搶了你兒子的承繼權不成？」

王爺翻了個白眼，哭笑不得地說道：「就你這德行能教出什麼好兒子出來，青煜平日裡就如你一樣憊賴，哼，你明明就是想要摻和進南方基地裡頭去，偏還要找這些個上不得檯面的理由。本王還是那句話，你能讓聖上允了，我便不說什麼，就讓青煜那小子去見識見識又如何？他若有本事，就自小庭手裡將墨玉搶了去，沒本事，就等著回京裡來，繼續遊手好閒吧。」

裕親王一聽王爺語氣有鬆動，大笑道：「好，要的就是這話！一會兒小弟就去面聖，到時聖上要是應了，你可不得再反悔。」

王爺聽了便看了一眼冷華庭，見兒子眼裡含著一絲不屑和堅毅之色，心裡便有了底。他很相信自己的兒子，相信他一定能守得住祖宗傳下的這份家業。

自那天小庭與自己深談過一次之後，王爺前前後後想了很多，也終於明白，自己虧欠小庭太多，可憐唯一的嫡子被逼裝傻了六年之久，就那份堅毅的忍性，也不是一般人能做到的，雖是心疼，卻也欣慰。這幾年，苦是苦，卻是磨練了小庭的意志，將他由一個懵懂單純的少爺鍛鍊為一個有心機有謀略的人才。裕親王還以為小庭是過去那個心智不全的半傻子嗎？以為自己讓小庭接手墨玉只是兒戲嗎？以為他的兒子就一定會比自己的小庭強嗎？終有一天，小庭會讓他們大開眼界的，因為小庭還有一個錦娘，那個有奇才的好媳婦。

「本王絕不後悔。哼，不是我瞧不起你，就算本王拱手將那墨玉讓給你們裕親王府，以你裕親王父子之才，也難以支撐三年，這事咱們走著瞧就是。」王爺眼帶譏誚地對裕親王道。

裕親王聽了，眼裡閃過一絲陰戾，但隨即又是一臉無賴地笑。「我就說王兄你小心眼吧，說了不過是讓青煜那小子練練而已，你非以為小弟我要奪你家的寶貝。唉，放心吧，我裕親王保證不會打那墨玉的主意，本王一生愛的便是逍遙自在，若能與心愛之人相依相伴，駿馬輕騎，遊山玩水，不是更快活嗎？」說著，眼神灼灼地又看向王妃，神情略帶了絲傷感和無奈。

王妃微有些臉紅，秀眉微蹙著，不自在地偏過頭去，躲開裕親王那灼熱的目光。

「好了，每次不管如何王兄見了我都會發火，我也就不賴在你家蹭這頓飯了，小弟去東府討茶吃去，哼，總不至於你們兄弟全都討厭本王吧。」裕親王起身，對王爺一拱手，抬腳就往外走。

王爺和王妃聽得一噤，怔怔地對視一眼，一時都不知道如何攔阻他。二老爺一家可都受了傷呢，二太太下毒一事畢竟是家醜，二老爺又是四品大員，真要鬧出去了，還是有損簡親王府的名聲。

「王叔既然來了，又怎麼能到東府用飯呢？說出去，人家可會說簡親王府待客不周呢。聽您說，是特意來給姪媳道喜的，那姪媳就親自下廚，做幾道小菜給您下酒如何？」錦娘眼見著裕親王爺一隻腳要跨出門去，忙笑著說道。

裕親王聽了轉過頭來，輕哼一聲道：「多謝姪媳好意，今兒妳王叔我就不吃了，免得妳公公看著本王吃不下飯。」

王爺聽了又好氣又好笑，又不願拉下面子留他，只好求助地看了眼王妃，王妃沒好氣地瞋了王爺一眼，開了口道：「王爺，既是來了，又怎麼能不用了飯再走？都是多年的好朋友了，何必為了些小事計較，妾身也親自為王爺下廚加幾個菜吧。」

王妃聲音溫婉動聽，輕柔如涓涓細流，裕親王身子微頓，緩緩轉過身來，定定地注視著王妃道：「王嫂……肯為小弟下廚？」

在裕親王眼裡，王妃便如九天仙女般高貴清雅，不染一絲人間煙火，飄逸脫俗，怎麼能受得了廚房裡的煙燻火燎？她平日裡定然是不下廚的，沒想到，今天竟然會為自己下廚房，心底某處塵封著的那根弦又被人輕輕撥動，嘴角不由勾起一抹溫柔的笑容，大步又走了回來。

「既是王嫂和姪媳誠心相留，那本王也就不客氣了。啊呀呀，王兄，你不會又擺臉子給王弟看吧，這可是王嫂親口留我喔，你還算托了我的福，能夠吃一頓王嫂親自下廚做的菜呢。」裕親王臉上又恢復憊賴神色，嘻笑著坐回了太師椅上，明明是一個俊雅瀟灑的中年美男子，偏生坐無坐相，塌肩坦腹，攤著兩條修長的腿坐在太師椅上，笑咪咪地看著王妃。

看得王爺又是心火直冒，又不好再轟他，只好黑著臉對王妃道：「娘子，隨便弄幾個菜吧，妳最近太忙，別累著自己了。」

王妃知道王爺心裡又不舒坦了，無奈地嘆了口氣，轉身去了廚房。錦娘忙也跟著過去了。

第六十五章

屋裡就剩下王爺和冷華庭兩個陪著裕親王。王妃走後，裕親王倒是收斂起他那德賴的樣子，反而坐正了些，收了腿，笑著對王爺道：「一會兒將冷二老爺也請過來吧，咱們兄弟幾個好久沒有在一起喝過小酒了，今天難得王嫂肯下廚，咱們喝個一醉方休如何？」

王爺輕哼道：「不是說還要去求聖上嗎？喝得醉醺醺地去，你又想找罵啊？」

裕親王哈哈大笑道：「我那皇兄早就對我不存半點希望了，他如今都懶怠再罵我了。使個人去，請了你家老二來吧，多個人，喝起酒來也有趣一些。」說著，就對自己的長隨道：「去東府請了冷二老爺來，就說本王請他過府敘話。」

那長隨聽了立即便閃身出去了，王爺想阻止都沒來得及，臉色立即就陰沈下來，冷著臉對裕親王道：「你倒是自在，一點也沒拿自己當外人啊。」

「王兄客氣，你我原就是一個親族，又是同宗，兄弟間何必注重那些個虛禮，痛快灑脫一些不是更好嗎？」裕親王不以為意地說道。

王爺氣急，卻又無計可施，瞪著眼睛半晌也不知道該說他什麼，只好端了茶，猛喝了一口。

「王叔今兒來是特地看二叔的，還是來給姪兒賀喜的？」一直冷冷坐在一旁的冷華庭突然開口說道。

「兩者都有，不過，小庭，聽說你以前總拿東西砸人，如今應該不會了吧？唉，人家都說你是……半傻子，怎麼我看著一點也不傻呢？」裕親王仍是一臉的笑，就是在冷華庭面前也沒半點長輩的樣子，說出的話卻是讓王爺氣得直翻白眼。

冷華庭卻不以為意，斜睨著裕親王道：「王叔，您我不過是同道中人，我的半傻就如同您的憊賴是一個意思，其實小庭看您也是在裝渾充愣，精明得緊呢。」

裕親王聽得一滯，清俊的眸子裡飛快地閃過一絲陰戾，目光如刀一般射向冷華庭，臉上笑容不減。「沒想到，小庭眼光很毒辣啊，你是從何處看出王叔我精明了？王叔生在帝王之家，既不能太憊賴，又不能太精明，唉，我以為，我將這兩種感覺拿捏得不錯，沒想到卻被你看穿了，看來王叔我的功夫還沒練到家啊。」

「王叔有這認知就好，所以，王叔還是別太聰明了，就怕聰明反被聰明誤。有些東西或許一百個人都看不出來，但或許第一百零一個人就正好能看出呢，也不是每個人都是傻子的，對吧？王叔。」冷華庭推了輪椅，慢慢地滑到裕親王面前，圍著他轉了一個圈後又回到原地，睜著一雙大眼，偏偏句句都帶機鋒。

裕親王突然覺得這個平日裡從沒放在心上的少年身上散發著一股凌厲的氣勢，雖然仍是殘疾，仍是靠輪椅行動著，但他的眼卻讓人感覺內心一陣莫名的緊張，似乎在那雙澄澈的眸子下，任何醜陋的東西都會無所遁形。

他突然就有種想要遠離這個少年的衝動。

「小庭啊，王叔就是不聰明喔，所以才會與你成為同道中人啊。你說，你二叔怎麼還沒來呢？」裕親王訕笑著說道，後面半句乾脆岔開了話題。

「王叔不知道嗎？二叔怕是來不了了，他因為也做了件自以為聰明的蠢事，所以受到了報應，這會子怕是正在求醫問藥呢。」冷華庭冷笑著對裕親王道。

這當口，裕親王的長隨正好閃了進來，一躬身對裕親王道：「回王爺，冷大人身受重傷，太醫正在醫治，來不了。」

裕親王臉色便沈了下來，轉頭問王爺：「一大早還好好的，怎麼就受了重傷了？王兄，難道真如小庭所說，你家老二犯了事了？他堂堂四品大員，除了皇上，誰敢將他打成重傷？」

王爺沈了聲道：「四品大員又如何？在家裡，他就是簡親王府的一分子，犯了家規，就得受家法的懲處，裕親王，難道你這個道理也不懂嗎？」

「哈，王兄，你好像忘了，咱們可都是天家之人，簡親王府從來就是皇室的一員，你府裡的事，既是家事，可也是天家之事。再說了，四品大員就算在府裡犯了錯，動用家法也應有度，不能致其重傷，不然他還如何為聖上辦事？王兄，你此舉似乎僭越了喔。」裕親王微瞇了雙眼對王爺說道。

「王叔，您怎麼知道我二叔身上之傷是父王所罰？方才有誰告訴您了嗎？」冷華庭微笑著睨了眼裕親王，歪著頭問道。

裕親王被他問得一滯，目光微閃。「當然是猜的，你二叔位高權重，這府裡除了你父王，又有誰能讓他受如此重罰？」

「您錯了，王叔，我父王根本就沒有罰二叔，二叔的傷是他自己弄的，不信，一會子您親自去問他，看他會不會如此回您。」冷華庭淡笑著微挑了眉對裕親王道。

裕親王眉頭一皺，冷哼道：「怎麼可能，你二叔魔症了嗎？他怎麼會自己弄傷自己呢？小庭，你就是要維護你父王，也不能空口白話地瞎說吧。」

冷華庭大笑兩聲，將椅子滑近裕親王道：「王叔，皇上不會連二嬸子受了罰也管吧？她可不是什麼四品大員，她受了傷不會也誤了皇上的事吧？」

「皇上怎麼會管這些內院裡婦人之間的事情，你二嬸子受傷，他自然沒工夫管的。」裕親王皺了眉頭對冷華庭說道。

「喔，那就好，方才還真是嚇到小庭了，原來二嬸受罰皇上是不會管的啊，那就沒事了，二叔沒有犯錯，但他夫妻情深，寧願代妻受過，唉，我那二叔對二嬸可真是情深義重啊，可是生生替二嬸挨了十幾下一等家法呢，怕是……得半個月起不得床吧。」冷華庭長吁一口氣，拍了拍自己的胸脯，對裕親王道。

裕親王聽得一愣，轉而臉色就變得很不好看，雙眼靜靜地看著冷華庭，眼裡光芒盡收，就如一個長輩在看自己疼愛的孩子一樣。

冷華庭也靜靜地與他對視，嘴角也勾出一絲意味深長的笑，俯近了裕親王道：「唉，您好像今天白來了一趟呢，好在我娘親做飯去了，您能吃到她親手做的飯菜，心裡應該可以平衡了。二叔那兒嘛，您也別太依仗了啊，指不定王叔您的心血便被二叔給弄得付諸東流了，那可就得不償失了喔。」

裕親王聽得臉上一陣紅一陣白，抬手作勢要敲冷華庭的頭，罵道：「你小子胡說什麼了，什麼叫我白來了，我來不就是給你媳婦道喜的嗎？哼，真是什麼樣的爹爹就養了什麼樣的兒子，小心眼得緊。」

冷華庭沒有躲閃，任裕親王在自己頭上打了一下，算是全了裕親王這個做長輩的面子，微笑地將輪椅滑開，不再說什麼，只是眼裡帶了絲狡黠的笑。

裕親王有些頭痛地看著王爺父子，嘆了口氣道：「王弟我找你們家二老爺倒真是有事呢。他前時請了我給小軒保大媒，聘了寧王家的二丫頭，方才不是寧王給了準信了嗎？我也是來給他道賀的，順便討點媒人謝禮去，誰知那廝兒媳沒娶回家，倒是差點為自己媳婦英勇就義了。」

這話如此一說，屋裡氣氛就變得輕鬆了很多，王爺也開始避開一些敏感的話題，與裕親王聊了些閒事，一時飯菜做好，裕親王喝了點小酒，又用了飯才起身告辭了。

年節越發近了，二十七這一天，冷華堂的身子終於恢復，上官枚便請示王爺，讓他去給娘家送年禮。王爺自聽了那天冷華庭與二老爺的一番對話以後，心裡的疑慮更深了，這兩天也不願意見冷華堂，就是他拖著一副病弱的樣子來院裡請安，王爺也只當沒瞧見他一般，弄得冷華堂心裡好不鬱悶，幾次想與王爺說些什麼，卻又欲言又止，被王爺那冷漠的態度弄得不敢開口。

上官枚也不知道王爺在氣什麼，找了個機會就問王妃，王妃只是說道：「堂兒做了什麼他自己心裡清楚，若非真傷了妳父王的心，他也不會這樣。妳也別問我，回去問妳相公吧，總是一個屋裡用飯的，以後仔細著些，總要看出些什麼來的。」

上官枚聽得似懂非懂，卻對冷華堂的行為舉止果然更加注意了些。

冷華堂出了小黑屋後，倒是對玉娘客氣了許多，晚上就歇在上官枚屋裡，並沒進玉娘院裡去。玉娘原是一見他便心裡緊張得很，這會子見他根本不往自己屋裡來，倒是鬆了一口氣，自在屋裡養傷。

這天聽上官枚說讓冷華堂回娘家送年禮，她的心思又活動開了。錦娘已經派了個信得過的管事回去送過了，自己這裡若是由丈夫親自送去，自然面子上要比錦娘強多了。只是大夫人那裡的禮有些難辦，要她拿自己的私房回去又實在捨不得，她便將主意打到了冷華堂這裡，想著這廝沒少虐待自己，這苦自己總不能白受了。於是一大早，便去了上官枚院裡，趁著冷華堂還在屋裡，一副低眉順眼的樣子，正經八百地給上官枚敬茶。

上官枚雖有些詫異，卻也沒往心裡去。玉娘自進府後就沒來給自己正式請過安，不過，她想玉娘身上有傷，便不在意這個，只說讓玉娘好好養傷就好。這會子才不過過去了幾日，玉娘就上了門來行禮，她心裡還是有些滿意的。

敬過茶後，上官枚讓玉娘坐了，笑著對玉娘說道：「一會子相公先去姊姊我的娘家送年禮，等用了午飯，再送妹妹的去，妹妹可是有東西要另外送的，一併打了包，分開放了，相公心裡也有個數。」

玉娘聽了面上就露出難色，眼裡升起一絲霧氣。「姊姊想得周全，只是，妹妹比不得姊姊富貴，那日長輩們雖是賞了不少好東西，但那全是長輩們的心，不能一落手，轉頭就又送出去吧？那不是對長輩們不敬嗎？除了這個，手裡頭還真沒什麼能拿得出手來的，唉，就只送了母妃給備的那些個算了吧，最多開年回門時，在娘親面前小意些就是了，娘親應該不會太怪我的。」

上官枚聽這話就覺得不地道。當初玉娘進門時，一應的物事全是由她打點安置的，孫夫人給她陪的嫁妝也不少，比起錦娘來只會多。頭年送節禮，玉娘就不肯拿私房孝敬自己的娘，這還真讓人看不過去，不過，這是玉娘自己的事，她一個做大婦的，也不好管到她這個，於是也沒說什麼，只是看向冷華堂。

冷華堂的臉色果然很不好看。他如今不過是礙在面上對孫玉娘客氣些，做個樣子給府裡人看罷了，這會子玉娘不肯拿年禮給大夫人，那去了孫家，沒臉的就是自己。聽說孫夫人也最是愛慕虛榮的，寧王世子回門子時，拿的節禮隨便了些，當時便被孫夫人給弄得灰頭土臉地回來了，自己身分可比寧王世子要貴氣得多，若是回去什麼也不拿……怕是更要遭罵……

「妳總要拿些東西孝敬妳娘親吧，這麼著回去，妳讓我如何做人？」冷華堂沒好氣地說道。

玉娘聽了便嚶嚶地哭了起來，邊抽泣著道：「妾身實在是沒什麼東西可拿得出手啊……我那娘就是厲害的，若不拿些顯眼的，回去了她照樣不高興。她就是喜歡拿了姑娘女婿的東西回我舅家顯擺。相公你是不知道，我那大舅母特勢利，每年我娘回門子，總是要在我娘面前顯擺表姊們回的年節禮……若是東西不好，還不如不拿，省了我娘回外家去顯擺的心，反正我也不過是個側室，早就讓娘沒臉了，不多這一樁。」

冷華堂聽得更氣，黑著臉就要發火，突然腦中靈光一閃，便對玉娘道：「妳大舅可是兵部尚書，妳外祖又是當朝大員……嗯，再有好東西，又能越過我簡親王府去？妳也莫哭了，一會子我去給妳備足些，除了送妳娘親的，再特意備一份送給妳大舅母，給妳全了這份孝心，也讓妳娘回門子時更加有臉。」

玉娘沒想到他如此好說話，立即喜笑顏開地起身給他行禮，看向冷華堂的眼眸也比往日多了分情意，顧盼間，也還算光彩熠熠，讓冷華堂一時微凝了眼，想起那一夜的暢快，心癢難耐。

上官枚聽了臉就沈了。這麼些年，冷華堂可從未主動給自己備過年禮，一直便是自己備了私房回門的，這會子孫玉娘不過掉了幾滴眼淚，相公倒好，不但備了她娘家的，連老舅家的也備足了，還……當著自己的面眉來眼去……哼，以為自己是個擺設嗎？

當時，她便黑著臉起了身，也沒說什麼，氣呼呼地就進了內堂。

上官枚一走，冷華堂便乘機在玉娘臉上擰了一把，眼神灼熱地看著玉娘，玉娘一見，嚇得心肝亂顫，裝作羞不自勝的樣子，嬌嗔著起身告辭回了屋。

錦娘在屋裡忙得不亦樂乎。年節下了，要給下人們打發些賞錢，一年到了頭，也得讓他們過個好年才是。她正拿了一大包銀子出來給秀姑。「妳幫著到外管事那兒去，將這銀子換三十兩碎的，再換些大錢回吧，一會子我要用呢。」

秀姑有些心不在焉地接了，低了頭往外走，那手裡的銀子也不收撿些，就直直地捏在手裡，錦娘看著就皺了眉，叫住她道：「這兩日又有什麼煩心事不成？」

秀姑聽得怔了怔，目光微閃了閃道：「無事，少奶奶您忙自個兒的去，我這就給您將銀子換了就是。」說著，也不等錦娘再說啥，打了簾子出去了。

四兒在一旁見了就搖頭，小聲對錦娘道：「秀姑這是為了喜貴的事煩心呢，想著開年喜貴又長了一歲，還是討不著媳婦，自然心裡是不痛快的。」

錦娘便皺了眉。她心裡不痛快，辦差就丟三落四的，又是自己的奶娘，不好說得太重，這事還真得好生給她解決了才是。

於是找了張嬤嬤來，閒聊著問張嬤嬤，院裡可有合適的丫頭，開年便張羅著配給喜貴算了。

張嬤嬤倒是說了幾個丫頭的名出來，錦娘便一一叫了那幾個進來，看著覺得滿意的，人家卻看不上喜貴，看得上喜貴的，錦娘又覺得不太適合，一時還真為難了。

這時，豐兒便在她耳朵前說道：「少奶奶怕是把柳綠給忘了吧？當初查出她在您藥裡動了手腳後，就被二少爺給關了，都好幾十天了，前兒奴婢念在是一個府裡出來的，便去看了她，人瘦得跟猴子似的，她如今也知錯了，那模樣少奶奶您也是知道，不如將她許了喜貴算了，相信她待罪之身，您能就此放過她，還給她一門好親事，定然是會感激涕零的。這事您思慮著看看，若是妥，奴婢便幫您探口風去。」

錦娘聽了不由抬眼，認真地看向豐兒，好半晌才道：「妳倒是個會想事的，這主意不錯，我先跟秀姑商量下，一會兒再給妳個信。」

豐兒聽得一喜，笑著對錦娘道：「二少奶奶，您可真是菩薩心腸，換了是別的主子，一早便將柳綠給賣了或是打死了，您還肯給她一條活路，她必定再不敢對您心存二志的。」

錦娘若有所思地看著豐兒，清亮的眸子淡淡的，卻帶了思量。好半晌，才緩緩道：「豐兒，妳是老太太給的，而且難得妳機靈能幹，所以我很是倚重於妳，希望……妳不要讓我失望才是。」

豐兒一聽，立即跪了下來，眼裡就含了一絲驚惶，急切地說道：「奴婢不敢，奴婢……以前與柳綠是一個大通院裡長大的，還是有些情分的。平兒死了，春紅……過得也並不太好，雖然她們都是咎由自取，怪不得少奶奶半分，可是……奴婢還是不想看她們一個一個就……這樣沒了，所以奴婢想著，能幫幫柳綠就幫幫吧，也算是全了那份姊妹情誼。」

說到此處，豐兒眼裡已經濕潤，仰著頭，坦然又勇敢地看著錦娘，錦娘輕吁了一口氣，俯身將她扶起。「妳是個好姑娘，我相信自己的眼光，不會錯看了妳，只是柳綠……」

「少奶奶，奴婢會幫您看著她的。她經了這一次若再不知悔改……那奴婢首先第一個不會饒了她。」豐兒聽了連忙說道。

話都說到這分上了，錦娘便點了點頭道：「妳且起來吧，一會子秀姑回來，我先跟她提一提，得讓她喜歡了才行，要收兒媳的是她呢，我也不能隨便就給她作主。」

豐兒邊抹著淚邊站了起來，對錦娘福了福道：「那奴婢便去給少爺煎藥去，一會兒少爺自王爺那兒回來，便可以喝了。」

錦娘聽得一怔，忙拉住豐兒道：「二少爺的藥我不是讓秀姑親自煎的嗎？怎麼是妳……」

豐兒嘆了口氣，對錦娘道：「前陣子確實是秀姑在煎著的……唉，二少奶奶，您若是信得過奴婢，二少爺的藥還是就讓奴婢來煎了吧，反正奴婢原就是專服侍二少爺的，一手包圓了豈不更好？真要有什麼事，您反倒好找人些不是？總之二少爺這裡出了啥事，您只管問奴婢的罪就成。」

錦娘聽得心中大慰，沒想到豐兒是個如此有擔當、敢作敢為的丫頭，而且辦事沈穩，天性良善，看來自己可以像對待四兒一樣地信任她了。

「嗯，這話我愛聽，以後二少爺的一應瑣事我便全依著妳了。」錦娘微笑著拉住豐兒的手拍了拍。

豐兒聽著眼中閃過一道光亮，平凡無奇的五官，看在錦娘的眼裡卻是美麗異常。

豐兒走後，錦娘的心裡便像堵了塊石頭似的，難受得緊。原以為經過上回的事，秀姑能長進一些的，沒想到她還是那樣，心事全沒放在差事上，自己是掏心掏肺，拿她當半個娘待著，從不讓她在自己跟前以奴婢自稱，該給的裡子面子全給了，只望著她能成為自己的倚仗……看來，以後秀姑手裡的事得一點一點移出來算了，別哪天事情就壞在她身上，到時候自己又狠不得心，下不得手，左右為難，害人害己。

正想著，冷謙推了冷華庭進來，錦娘抬眼就見他濃長的秀眉微蹙著，似有心事，忙過去推他。

冷謙將冷華庭推進穿堂之後便要離開，錦娘見了就喚住他道：「阿謙，你等會兒。」

冷謙微有些詫異，頓住腳，看著錦娘。

錦娘放開冷華庭，笑著進了裡屋，一會子拿了個包紅出來，遞到冷謙面前。「阿謙，這是謝儀，謝謝你這一年來對相公的照顧。」

說著，斂身一福，恭敬地給阿謙行了一禮。

冷謙怔怔地看著錦娘，見她行禮，忙想要去托她的手臂，但手伸到一半又覺得不太合適，僵在半空，不知所措，心底卻升起一股暖意，並未去接錦娘手裡的包紅。

錦娘笑著將包紅塞到冷謙的手裡，歪了頭說道：「阿謙啊，你也有二十了吧，得找個好媳婦了才是。你看你，跨過年就得二十一了，早過了弱冠，男子這個年紀再不成婚，是為不孝，你又有功名在身，事業也算有成，當然該早些成了家才是，總一個人冷冷清清地過著，也沒個知冷知熱的人照顧……」

冷謙微窘的臉漸漸變得暗沈下來，看少奶奶還有繼續唸下去的趨勢，忙一轉身，逃跑似地就往外走。

正好四兒在外面打了簾子進來，差一點就與他撞個正著，四兒一怔，垂眸就看到冷謙手裡的那個包紅。「咦，冷侍衛也得了包紅呢，少奶奶送的謝儀吧？」說著，眼裡就流露出一絲期待。「也不知道裡面是啥呢，少奶奶神神秘秘的，說啥也不給奴婢看看。」

冷謙聽了，握包紅的手就有點僵，眼神也有點木，看著四兒半天都沒有說話，似乎想要伸出手去，又有點不好意思。

兩人都站在穿堂裡，氣氛有點異樣，錦娘在正堂裡聽到四兒的話，笑著走近穿堂門口，一見這情景，便笑道：「四兒，我才說讓阿謙早些找個知冷知熱的好姑娘，娶了回去做媳婦呢，他聽著就不自在，我話還沒說完他就要跑，嫌我囉嗦呢。」

四兒聽了，嘴角便噙了絲苦笑，偏過身子往裡走，邊走邊說道：「也是啊，以冷侍衛的年紀是該早些成親了。少奶奶，看到有合適的大家小姐，就注意著些，給冷侍衛作個大媒吧。」

冷謙聽著四兒的話，臉色便越發僵木，微偏了頭，用眼角瞟著四兒，見她眼裡似乎帶了淚，心中一緊，突然手一伸，攔住四兒，飛快地說道：「這個……妳幫我收著。」說著，那包紅便塞到了四兒手裡，人卻是一閃便不見了。

四兒怔怔地看著手裡的包紅，上面還帶著冷謙手上的溫度，一時有些回不過神來，呆愣在原地一動也不動，像傻了一樣。

錦娘見了就笑，過去猛地拍了她一下。「呆子也有開竅的時候，難得啊難得，某人要守得雲開見月明了。」

四兒此時總算反應過來，立時耳根便紅了起來，嬌嗔地一跺腳，雙手捧了那包紅，嬌羞地低頭就往屋裡跑，邊跑邊說道：「少奶奶就是會欺負人，他……他不過是讓我幫他收著罷了，哪裡就是……」

「就是什麼？四兒，阿謙在京城裡也有府邸的呢，哪一天，少爺我帶著妳和少奶奶逛逛去。當然，主要是讓妳幫著看看，阿謙懶，都不會佈置屋子呢，妳去了就幫看收拾收拾吧。」冷華庭正好聽到四兒的話，歪著頭笑著對四兒道。

「少爺怎麼也……不帶這樣的，兩個人一起逗奴婢，奴婢……奴婢去後面了。」說著，一溜煙兒就跑了。

錦娘見四兒嬌羞地跑了，便滿面笑容地推了冷華庭進了裡屋，親自幫他打了水，洗了帕子。

冷華庭一進屋便站了起來，直接往內堂走去，出來時，手裡便又拿了那幅圖，放在屋裡的案桌上，接過錦娘的帕子擦了一把臉，便走到案桌前，將圖紙打開來。

「娘子，父王今兒跟我說，開了年，我便要跟著他一起去南方了，妳得趕緊地多教教我才是。」

這事錦娘前日便在裕親王那裡聽說了，這幾日她心裡便在尋思，自己要不要也跟著去，但在這個禮教森嚴的社會裡，女子是不能隨便出府的，不過，若是跟著自己的丈夫那應該還是可以的吧？只是有諸多不便就是。這會子見冷華庭當面說起，她挨近他，伸手扯了他吊在胸前的一根絡子繞在手上玩著，眼睛卻是斜睨著他。

「相公，開年你就要去南方嗎？」她的聲音七彎八拐的，不知轉了多少調，讓冷華庭聽得背後就開始吹冷風，神經都有些緊張了起來。

「是父王說的，應該是過了正月十五就會動身吧。」冷華庭警惕地看著錦娘，小心地說道。

「這樣啊，不知……到時，你會帶幾個人隨同呢？」錦娘將那絡子在手上繞了又鬆開，鬆了又繞，玩得不亦樂乎，眼睛卻是一瞬不瞬地看著冷華庭。

「阿謙定然是要同行的，其他的嘛……」冷華庭也是拖長了音，說了一半便故意頓住，眼裡挾了笑意，唇微微勾起一個漂亮的弧度，寵溺地看著眼前的小人兒，看她幾時說出那句他最想要聽到的話來。

「其他的還有哪些？相公一定要帶一個體貼關心你的，既能夠照顧你的起居，又能幫你偶爾解難釋疑，還能在你不開心的時候開解你，在你高興的時候陪你笑的人，那樣旅途才不會寂寞無聊，對吧？相公。」錦娘果然有些心急起來，期期艾艾地說了一大通。

冷華庭聽了便皺眉，若有所思地說道：「有這樣的人嗎？咱們院裡除了阿謙外，也就如花能給我解悶了。那娘子，我難道要帶了如花一起去嗎？不知道牠能不能適應南方的水土呢？」

錦娘聽了大失所望，嘟了嘴放開一直玩著的絡子，轉了身，氣呼呼地坐到了床邊去，喃喃地罵道：「臭妖孽，眼裡只有那隻臭小狗，難道我還不如你的如花嗎？哼，不帶就不帶，我不會自己跟著去啊！」

冷華庭將手指伸進自己耳朵裡，故意撓了撓道：「娘子，妳說什麼呢，嘀嘀咕咕的，我一句也沒聽清楚。」

「哼，我不說了，你……你心裡根本就沒我，不然為什麼說了半天，你就是沒想著要帶我去呢？連隻狗都比我重要呢，你帶牠也不帶我？」錦娘一生起氣來，便有點語無倫次，說話也不講道理了，氣鼓鼓的樣子像個討不到心愛玩具的孩子。

「咦，娘子，妳也要跟為夫一起去南方？只怕不行呢，朝廷可是不允許女子進基地的。」冷華庭見她那可愛的模樣，真的很想將她擁進懷裡好好安撫一番，但覺得還逗得她不夠，他想要聽的話還沒聽到呢，只得強忍著，裝出一本正經的樣子，好不為難地說道。

錦娘聽著就急了起來，撇了嘴道：「為什麼不許女子去嘛？那不過就是個紡織機而已，又不是沒見過，還是個又破又老舊的，保不齊我去了，還能給你們改造改造呢。」說到這裡，她又瞋了冷華庭一眼，鼻子酸酸的就想哭，深吸了口氣強忍著道：「我……我天天和你在一起待著，早習慣了，一會子便要離開，教人家怎麼捨得嘛……再說了，這府裡到處都藏著暗箭，你一走，就沒人護著我了，指不定你人還沒回，我就給別人害死了呢……」

她話還沒落，冷華庭立即就捂住了她的嘴，溫柔又心疼地將她攬在懷裡。「傻娘子，妳真是捨不得離開我嗎？」

錦娘終於嗚嗚地哭了起來，小手捶著他的胸道：「我捨不得又如何，你捨得我呀，你說丟下就丟下，帶如花去也不帶我，你……你根本就不在乎我，你……你們男人都是這樣，有了事業就不管老婆，你……」

「娘子，我捨不得妳，更不會丟下妳一個人在這府裡面對那些人。我說過，今生今世都要護著妳的，放心吧，不帶如花去，就帶妳，還有誰能比我娘子更貼我的心意呢，還有誰有本事能幫我解難釋疑呢，還有誰能在我不開心時開解我，幫助我呢？我的傻娘子，就算妳不想去，我也會將妳偷出去的。」他抱著她，伸手幫她拭著臉上的淚珠，眼裡全是寵溺和憐惜。「莫哭，沒有妳，我也去不成那地方，就算去了也辦不成事的，娘子，妳就是我的福祉啊。」

錦娘終於聽清了他的意思，一時高興就伸了手勾住他的脖子，帶淚的小臉上綻開一朵美麗的笑，興奮地大聲說道：「你說的是真的嗎？一定會帶我去？」

冷華庭看著她嬌美的笑臉，心裡便像灌了蜜一樣地甜，暖暖的，如一片細小的羽毛慢慢地輕拂他的心尖。「嗯，一定會帶妳去。」

錦娘聽了，故意在他俊臉上蹭了蹭道：「說話要算數喔，不許騙我。」

冷華庭無奈地捧住她的臉，讓她好生坐到床上，自己去洗了帕子還給她擦著。「都成哭臉貓了，怎麼越發像個孩子了。」

錦娘笑得眉眼都開了，一下自床上跳了下來，歡快地拉著他往案桌前去，又開始細心地教他那圖上的東西。

兩人是一個教得細心，一個學得用心，冷華庭原本就聰慧過人，很多東西錦娘只說一遍他便記住了，而且還能舉一反三，讓錦娘好生佩服。

兩個正學著，一會子，秀姑在外面說道：「少奶奶，碎銀子給您換過來了，要我拿進來嗎？」

錦娘聽了便道：「不用了，我一會兒就出來。」說著，自己打了簾子出來，就見秀姑拿了大包錢站在門口，神情有些萎頓，就是錦娘出來了，她也是慢了半拍才看到。

「妳和四兒幫我將錢分了吧，二十個大子一包，做十個，三十個大子一包，也做十個，一兩銀子的，做十個，二兩銀子的十個。明兒一大早，將院裡的人聚起來，賞給他們得了。」錦娘微搖了搖頭，對秀姑說道。

秀姑應了聲，便低頭拿著錢就走，錦娘便想起豐兒提的柳綠來。「秀姑，喜貴今兒也會跟著富貴叔回來了吧？一會兒我另外再給他拿個包紅去。前兒聽富貴叔說，開春鋪子就能開張了，喜貴做得很穩妥呢，是個經商的好苗子，富貴叔很是喜歡他。」

秀姑一聽，沈鬱的雙眼立即亮了起來，熱切地抓住錦娘的手道：「是嗎？富貴是這樣說嗎？唉呀，那可真好，那孩子，我就說不會像他爹一樣沒用，將來一定會有出息的。那些個小蹄子，竟然瞧不上我的喜貴，真以為她就能爬上枝頭做鳳凰呢，也不想想不過是隻烏雀兒，爬得再高又如何，那身分也定了，改不了。」一邊說，眼睛便往穿堂外瞧，像是在故意說給誰聽似的。

第六十六章

錦娘聽她話中有話，不由皺了眉，小聲地問道：「妳這是說誰在想攀高枝呢？」

秀姑一聽，臉上露出一絲尷尬，低了頭道：「我這就是說幾句氣話罷了，沒什麼的，不過少奶奶放心，這院裡，再沒誰有那膽子肖想少爺的，前車之鑑擺在那兒呢。」

錦娘斜了眼看秀姑。秀姑如今與以前更不一樣了，以前只要是可能對自己不利的，只需她想到了，一定會第一時間便來跟自己說，好讓自己有個防備；而如今，竟然在自己發覺一些不對勁之後，還拿了話來搪塞自己，完全不是個忠心主子的奶娘應該有的作為。

錦娘也不想與她在這事上糾纏，只是心裡膈應著，不太舒坦，便搖了搖頭道：「秀姑，柳綠妳還記得吧，那丫頭長得還是不錯的，如今也知道悔改了，不如將她配給喜貴算了，我看著他們兩個應該還是般配的。」

秀姑聽得一怔，瞪大眼睛看著錦娘，臉上就露了一絲不豫。「少奶奶，那可是個心性高的，又犯過事，還是大夫人給您的，況且，喜貴又是個厚道的，心地又實誠，我怕喜貴拿捏不住她呢。太華而不實的女子，我可不敢要，也不合適喜貴。」

錦娘聽她這話說得也還在理，不過，也有日子沒見柳綠了，保不齊柳綠真的改好了呢，再說，當初柳綠也是被大夫人逼著在自己藥裡動手腳的，其實也沒有真壞到哪裡去，不過是個小女孩子，總要給別人一個改過的機會吧？

於是又勸道：「要不先見見吧，若是她改好了，妳再讓喜貴見見，聽聽喜貴自己的意思。若他們有緣，真看對眼了，那不也是成就了一樁好事嗎？」

秀姑臉上終於浮現出一絲怒色，福了一福，道：「這事還是不勞少奶奶費心了，喜貴雖說厚道點，但也是清清白白的家身，我絕對不要那名聲不好的人做我的兒媳婦。」

說著，不等錦娘再說什麼，轉身便去了內堂。

錦娘被頂得半天沒說話，正好鳳喜打了簾子進來，給她行了禮道：「二少奶奶，寧王世子妃來了，王妃使了人來請少奶奶去二門迎呢。」

錦娘便去了二門。一見錦娘來了，芸娘便眼睛一亮，高興地走上前來道：「四妹妹，我可是特地來找妳說件事的。」

錦娘聽得詫異，將她迎進了二門，笑道：「什麼事讓大姊還特地走一趟？年節在即，府上必定是很忙的，大姊可別丟了家裡的事情才是，不然，妳公婆和相公又得數落妳了。」

芸娘聽錦娘說得窩心，便上前來拉住她的手，附在她耳邊道：「這裡說話不方便，咱們一會子還是去妳屋說，不過，誰知道妳院裡弄乾淨些了沒？」

錦娘聽她說得鄭重，又有些神秘，便也嚴肅起來，拉了她就往自己院裡去，邊走邊說道：「妳要不要先去王妃屋裡見個禮呀，好不容易來了一趟，總不能長輩的面都不見吧？」

芸娘臉色凝重，看了一眼四周，道：「還是先跟妳把事情說了再去吧，妳家婆婆可比我那婆婆好多了，是個好說話的，不會在乎這一點事的。走吧，一會兒在妳屋裡坐會子後，我再去給王妃行禮就是。喔，昨兒妳家世子爺倒是帶了好些個禮回門，連大舅那邊都全了禮，呵呵，看來玉娘在府裡還過得不錯，一會兒姊姊也去玉娘那邊坐坐再走。」

錦娘聽得一怔。前兒玉娘還找自己討年禮回去來著，這會子倒又大方起來，看芸娘臉上帶了嫉妒憤懣之色，只怕禮還送得不輕呢，定然是大夫人兩相一比，又數落芸娘了。

兩人閒說著到了錦娘院裡，錦娘便將芸娘帶到了東廂房裡頭，等四兒送了茶上來後，就將人全都遣了。

芸娘這才開口說道：「我就開門見山吧，四妹妹，妳家那塊祥龍墨玉如今可是傳給妳相公了？」

錦娘聽得一震。芸娘神神秘秘地跑來，竟然也是為了那墨玉之事，她一個婦道人家怎麼也知道這些？還說有重要事情要說，難道……

「大姊是從哪裡聽得的，這事還沒定下來的呢，我也是前兒才聽說了一點枝節的，難道大姊有什麼關於這事的消息嗎？」

芸娘聽了眼裡便露出一絲不屑和難過，瞋了錦娘一眼道：「大姊知道妳是個穩重的，但是我既是巴巴裡來跟妳說，當然是為了妳好，妳卻像生怕我知道些什麼會害了妳似的，這可讓大姊我心寒喔。」

錦娘忙陪笑臉道：「看大姊說的，妹妹我自然是知道妳是好意的，只是，這事確實還沒定下來，前兒裕親王都在跟王爺說這事呢，王爺倒是真的想將那玉傳給我相公來著，只是妳也知道，我相公腿腳不方便，所以，有不少人在非議了。」

這一番話還算坦誠，芸娘這才緩了臉，接著說道：「正是呢，大姊我在府裡頭，無意聽到了相公與公公的談話，說是寧王與裕親王兩個，再加上我外家，外祖父和大舅幾個，準備聯名向皇上奏請，一是那墨玉的承繼按制應該傳給簡親王世子，傳給妳相公既不合規矩，又輕率兒戲，絕沒有一個殘疾能掌墨玉的理；二嘛便是那墨玉內裡怕是出了些什麼事情，這幾大員聯合彈劾簡親王爺主事不力，給朝廷造成損失啥的，說是要在皇室裡選人出來，去南方監督查探呢。」

錦娘一聽這還真是大事，沒想到芸娘會得了這麼重要的消息，說是無意聽到，這事寧王與世子定然是密談的，又怎麼會讓芸娘聽到？看來，芸娘在寧王府裡怕是遍布了眼線，怪不得她老覺得手頭緊，只怕手裡一大筆錢都用作這個開支了。不過，這事若真成了，便是冷華堂承繼了墨玉，那對玉娘也是天大的好處，芸娘知道了應該贊成才是，怎麼反而暗動手腳，過來向自己洩密，玉娘可是她的親妹妹，她不幫著玉娘卻來幫自己……自己跟她關係也沒好到那程度才是啊？

錦娘一時心裡疑慮，面上卻是一副感激莫名的樣子，拉了芸娘的手道：「這……這是真的嗎？那可怎麼辦，那不是要斷了我和相公的生路嗎？世子之位已經沒了，連塊破玉也要來搶，大姊，妳說，這些人怎麼就那麼壞呢……」一邊說眼裡還來了淚，一副委屈傷心，不知所措的樣子。

「唉，妳哭個什麼勁，妳家王爺可也不是個吃素的，這事他們還只是在謀著。如今妳先得知了消息應該早想對策，快快去稟了妳公公才是正經呢。」芸娘見了就有點恨鐵不成鋼，但對錦娘在自己面前露了怯顯了軟，心裡還是很舒坦的。她要的就是錦娘的感激，將來錦娘掌了墨玉後，自己才能在錦娘這裡討些好處，哼，玉娘嘛，也別怪大姊不幫忙，一個側妃，上頭又有個身分貴重的郡主壓著，就算世子掌了墨玉，也分不得玉娘什麼權，那時想在玉娘手裡謀些好處，只怕是難得很。再說，那世子看著就不是個好相與的，哪裡比得四妹夫，對四妹妹寵愛得很，四妹妹有啥要求，怕是百依百順呢。

錦娘聽了也慌了起來，忙擦了淚道：「那我這會子便和相公說說去，大姊，妳……」

「妳忙吧，我自去王妃那邊請個安，一會子再自個兒去玉娘那裡坐坐，我屋裡也還有一攤子事呢，也不能久留了。」芸娘忙擺擺手，自己也起了身。

錦娘也沒虛禮相留，將芸娘送到了穿堂外，便使了四兒送芸娘去王妃院裡。

自己一轉身便進了裡屋，見冷華庭正在看圖紙，忙叫住他，將剛才芸娘所說之事說了一遍。

冷華庭聽了面色也變得凝重起來，定定地凝視著錦娘，半晌才道：「哼，看來大哥是已經行動起來了，連孫玉娘的外家他都說動了，還真是會利用一切有利的資源。娘子，別怕，讓他們鬧去，放心吧，他們鬧騰得再厲害，皇上也不會同意將墨玉傳給他的，其實那些人嘛……最多就是想多分些利而已，想在簡親王府之後將掌玉權奪過去，可不是那麼容易的事……我倒想著，開了年，讓他們一同去見識見識也好，不過是一堆破銅加爛鐵，我看他們奪去了要怎麼經營。皇上可不管那機械怎麼破舊了，誰接手，誰便得在那裡給皇上掙出銀子來，不然怕是吃不了要兜著走呢。」

錦娘一聽也是，自己怎麼就沒想到這一點，那紡織機如今已是老牛拉破車，早就熬不得多長時間了，那些人又根本不懂現代機械結構，更不會改造，真要接了手，怕也只有倒閉關門的分，到那時，朝廷少了那麼大的一個經濟支柱，皇上不降罪他們才怪呢！也是，鬧得越凶越好，到最後，怕還是得求著自家相公。

「嗯，我知道了，咱們不急，讓他們鬧去。只是相公，你還想坐多久輪椅，總讓人家說你殘疾，我聽著也難受。」錦娘偎在冷華庭身邊說道。

「娘子，妳也嫌棄我了嗎？」他的聲音突然帶了絲委屈，似乎還有些不滿。

錦娘詫異地抬眼看去，只見他眼裡此刻已蒙了一層水霧，一副怕被人遺棄的樣子。方才還是一頭莫測高深、謀算精細的狼，一會子又變成一隻柔弱可憐、任人欺凌的小白兔，錦娘一時轉不過腦筋，又怕見他這副神情，心裡一緊，明知道他是在裝，卻還是將聲音放得輕柔，哄道：「哪會呢，我家相公就算再坐十年輪椅我也不會嫌棄的，我只是不喜歡別人輕視你嘛……相公別難過啊，你喜歡輪椅，那就多坐著玩幾年吧，我不介意的。」

立即她頭上就挨了一記巴掌，打得錦娘皺著眉去撫頭，頭頂就傳來他的笑罵。「什麼叫坐輪椅玩幾年？娘子，妳如今也學壞了，這輪椅可是咱們的保護傘，不是坐著玩的。」

錦娘被打得莫名，抬手就去揪他的耳朵。太可惡！自己怎麼說都沒理，都能遭他罵，一慣著他，他就忘乎所以了。

「你成心欺負我？以後再也不心疼你了，讓你裝可憐，再裝我也不心軟了，哼！」

冷華庭歪著頭，雙手捂著被她揪著的耳朵直討饒。「娘子，輕點、輕點，很痛的。」

錦娘這才鬆了手，看他白皙的耳根真被揪紅了，又心疼起來，只是面上還是一臉怒氣。「知道疼啊？哼，看你以後還欺負我不。」

他立即眉開眼笑了起來。「娘子，揉揉吧，妳下手很重呢，真疼。」

那邊，芸娘給王妃請了安後，出了王妃的院子，便向玉娘院裡去了。四兒將她送到玉娘院裡便回來了，一進屋，見豐兒在正堂裡剪窗花。

正要問錦娘的去處，鳳喜打了簾子進來，對豐兒道：「豐兒姊姊，嬤嬤將柳綠姊姊帶來了，妳看，要不要現在就見少奶奶？」

四兒聽得一怔，不解地看向豐兒，豐兒對四兒嘆了口氣道：「是我跟少奶奶提議的，那個……秀姑不是想娶兒媳婦嗎？柳綠也關了那麼長時間了……再有什麼心性也磨平了，唉，總不能真讓她又走了春紅的老路吧，咱們都是可憐人，能幫就幫著點吧。」

四兒聽了，眼神銳利地看向豐兒，半晌才道：「希望她不會辜負妳的好心，這個人是妳弄出來的，以後妳就得盯緊了。而且妳求著少奶奶把她放了就成了，幹麼要提議將她配給喜貴，秀姑能答應嗎？秀姑可是愛面子的人，若少奶奶真去提了，指不定好心會遭誤解，以為少奶奶瞧喜貴不起呢！妳呀，可別太聰明了就是。」

豐兒聽了臉上就露出一絲不自在，小了聲道：「四兒姊姊說的是，我也是一時心急，只想著能幫她出來就成，沒想這麼周全。妳放心吧，我一定會盯緊她的。」

四兒聽了便道：「我知道，妳我都是一個府裡出來的，妳們又是一個院裡長大的，有幾分情義也是對的，只是千萬別忘了咱們都是奴婢，咱們的本分就是忠心主子，侍候好主子。咱們幾個也算是走運的，遇著少奶奶這個難得的好人，妳如今又是少奶奶一手提拔的，可別辜負少奶奶的一片心才是。那些弄么蛾子，起心思上杆子爬的，都得了什麼下場，妳應該都看到了。她來了，我不管，妳盯著她，我就盯著妳，總之不能再傷了少奶奶的心就是。」

豐兒被四兒一番話說得一陣臉紅，好半晌才由衷地對四兒道：「我知道了，四兒姊姊，以後妳就看豐兒的表現吧，定不會讓妳失望的。」

鳳喜報完信後其實就待在穿堂裡，四兒的那番話，她一字不漏地聽進去了。以前看四兒長相也不怎麼出挑，話也不多，從不多管閒事，但卻最得少奶奶信任，以為那只是因著打小就服侍的情分，占了老情面的便宜，可聽了四兒方才那一番話，鳳喜打心眼裡佩服起來。就四兒那份忠心、那份見識，也值得自己好好學習，一時又想，若非四兒得了少奶奶的信任，冷侍衛也不會對她另眼相看吧，以後……或許，少爺身邊還會有其他的侍衛出現呢，若是有福，保不齊也能遇上一個……總比胡亂配給府裡的小廝們強多了。

「鳳喜，讓柳綠先進穿堂裡等著吧，少奶奶這會子在歇息呢。」鳳喜正胡思亂想著，就聽豐兒在屋裡揚了聲道。

鳳喜忙走到廊前，對那押著柳綠的婆子道：「嬤嬤先帶了柳綠姊姊進來吧，外面風冷，喝杯熱茶祛祛寒。」

那婆子聽了忙哈腰點頭謝了，帶了柳綠進了屋。鳳喜仔細地打量起柳綠來，只見柳綠神情萎頓、形容消瘦，雙頰都有些凹進去了，顯得原本就很大的眼睛像兩只銅鈴一樣，看著有點嚇人。她眼神苦楚怯懦，就是看到自己這樣的小丫頭也是一副討好的樣子，神情木木的，低著頭縮著肩，小意地張望著，似在尋著什麼人。

一會兒豐兒自裡面出來，柳綠一見，眼裡就露出喜色，張了張嘴，卻又沒敢出聲，只是緊張地盯著豐兒看。

豐兒見了就嘆口氣，走近她安慰道：「一會子妳見了少奶奶可要乖巧一點，少奶奶是個心軟的，妳這回出來了，就死了心，好生服侍少奶奶才是正經，再不可想那有的沒的，若是秀姑看得中妳，喜貴也是個好人，妳跟了他，也是有前程的。唉，我也不能多跟妳說什麼，總之，妳好自為之吧，只有一句話妳要記住，妳若是再弄么蛾子，第一個不饒妳的就是我，我拿把剪子跟妳一起同歸於盡算了！」

柳綠聽得心驚膽戰，哆嗦著就扯住豐兒的手，眼淚汪汪地流。「妳……妳放心，我再不會做傻事了，都是快死過一次的人了，再識不破，那就是自尋死路。少奶奶跟前妳幫我說說好話，就是只做個粗使丫頭，我也心甘情願，妳的好，我今生都記著，少奶奶是我的主子、我的天，妳就是我的恩人，以後就是死，也再不敢害妳們了。」

豐兒聽了這才點頭，拍了拍她的手道：「妳要記住今兒說的話，這會子少奶奶有點事，妳先待會兒吧，一會兒少奶奶閒了，我再帶妳去見她。」

這時，烟兒在穿堂外探頭探腦的，四兒見了，便進了裡屋。

錦娘示意四兒去將烟兒叫過來，自己轉進了偏房。

烟兒一會子也跟了進來，一見錦娘便行了一禮。「烟兒見過二少奶奶。」說著，眼睛便看向四兒。

錦娘見了便笑著對四兒道：「妳去看看秀姑將包紅都分好了沒，明兒我可是要用的。」

四兒看了烟兒一眼，了然地出去。

「二少奶奶，二太太受傷後，有不少人來探病，連宮裡的麗妃娘娘也派了人來了。不過，這兩天來的人有些怪異，有幾個看著像在江湖上混的，有時還在二老爺屋裡一談就到深夜。二少奶奶，您可得小心著點了。」烟兒等四兒出去後，便走近錦娘小聲說道。

錦娘聽得一怔。烟兒這信息可比芸娘送過來的更加重要。她就知道，二老爺和二太太受了那麼大的辱，定然是不甘心的，只是這一次不知道又在密謀些什麼，跟江湖上的人都勾上了，只怕……所為不小呢。

自己是守在府裡不出門，那江湖人士再有本事也不敢在簡親王府裡放肆，這兩天王爺一直在外面奔波著，王妃也常去宮裡覲見幾位正主子……不會是對他們不利吧？

想到這裡，錦娘便自袖袋裡拿了十兩銀子給烟兒。烟兒一見便要跪，死都不肯接，錦娘將她托住道：「這不是給妳的，妳如今已經在我院裡辦差，在那邊雖然也有不少朋友，人家會跟妳說這些事是念在以前的老情，一次是可以的，再多了，便不見得會有真而有用的消息。這銀子妳拿給他們一些，人家拿了好處，以後自然會更加用心幫妳打探的。」

烟兒這才接下了，小聲對錦娘道：「奴婢先走了，二少奶奶您一定要小心著些，二太太那人……原就心狠，這會子怕是更恨上您了。」

錦娘點點頭，自己先走了，讓烟兒一會子再出去。

出了自己屋裡，便看到柳綠正跪在正堂裡。錦娘見了柳綠那形容枯槁的模樣，也大吃了一驚，一時怔了怔，坐到主位上。

「奴婢柳綠見過少奶奶，少奶奶吉祥。」柳綠見錦娘終於來了，心裡一喜，納頭便給錦娘磕了個頭。

錦娘心情複雜地看著柳綠。這是曾經害過自己的丫頭，被關了幾個月，原本如花般的少女如今像根缺了水的秧苗，沒了當初的生氣和靈動，只有一雙大眼證明她還是一個鮮活的個體，就算是給自己行禮，也是機械又木訥的……

「妳運氣不好，秀姑……她不喜歡妳。我原想著，若是秀姑願意，我便將妳配給喜貴的，如今……」錦娘在心裡嘆息了一聲，硬硬心腸，決定還是將柳綠發配遠一些，就算不賣了，送到莊子上去，眼不見為淨的好。背叛過一次的人，本性便不是個能靠得住的，她不想為了一點點的心軟再給自己埋下禍根。

話音未落，外面守園的婆子來報，說是富貴帶了喜貴來給二少爺和二少奶奶辭年來了。錦娘便放下柳綠的事，讓人將富貴叔帶進來。

富貴一臉風霜，但老眼裡全是喜色，一進來，便要給錦娘行禮，錦娘忙抬手道：「富貴叔免禮，您辛苦了。」

「奴才是來給二少奶奶報喜的，鋪子沒開，奴才就將靜寧侯府的訂單給接下來了，開年咱們再可以進一批好布，只是轉個手，便可以大賺一筆呢。」富貴仍是將禮行完，高興地說道。

錦娘聽了確實很開心。自己的鋪子總算可以開張了，開張便有一單大生意，自然是好兆頭，值得慶賀呢！

「富貴叔辛苦了，快快請坐。」錦娘笑逐顏開地對富貴說道。

喜貴跟在富貴身後進來，仍是有些害羞，低著頭，眼睛只盯著腳尖前的那塊地，不敢放肆亂看，不過倒是比前次看著老練了些，進了屋也不再怯懦害怕了，只是有些拘著罷了。

富貴見了便將他推到前面，笑著斥了他一聲道：「傻小子，還不快些向二少奶奶行禮？」接著又對錦娘道：「喜貴這孩子真不錯，忙上忙下的，可幫了我不少忙，也會想事，是把好手。」

喜貴走上前幾步，給錦娘磕了個頭，錦娘笑著說道：「辛苦你了，別拘著，一旁坐了吧，一會子再去你娘那兒見個禮去。」

說著，拿了兩個包紅來，給了四兒，四兒將稍大些的給了富貴，另一個給了喜貴。富貴笑著道了謝，接了包紅。喜貴抬頭瞄了四兒一眼後，也老實地接過，一瞥眼，看到地上跪著的柳綠，微怔了怔，似是先沒認出來，後來又多看了兩眼，很是詫異。

那柳綠自喜貴進來後，就時不時地瞄了他兩眼，這會子感覺他在看自己，也回了頭看。兩人視線一觸，喜貴羞澀地收回目光，柳綠卻大著膽子叫了聲：「喜貴哥。」

喜貴聽得微顫，抬頭睃了眼錦娘，見錦娘臉上平靜得很，並無不豫，便小聲地應道：「妳……妳怎麼跪著，是……犯了事嗎？」

柳綠聽著眼睛就紅了起來，一副泫然欲泣的樣子，哀哀道：「喜貴哥救救我吧，我犯了錯，怕是會……」終是當著眾多人的面，既不好意思，也沒那膽子，話沒說完臉卻紅了起來，眼神急切地看著喜貴。

喜貴聽著嚇了一跳，忙道：「妳既是犯了錯，快些改過，求少奶奶開恩才是，我……我也沒法子幫妳。」

「你自是能幫的，如今也只有喜貴哥你可以幫我，求你了。」柳綠聽了便哭著爬向喜貴，兩眼熱切地看著他。方才少奶奶的話沒說完，但聽那意思便像是要將自己賣了，誰知道會賣個什麼樣的人家，也許是窯子裡也說不定，如今主家只管賣人，把人交給人牙子就成了，具體賣到哪裡，不會有人關心。所以，柳綠現在怕得很，以前在孫家也是認識喜貴的，只是那時候心性高，想著以自己的模樣，怎麼都得是個姨娘通房，從沒拿正眼瞧過府裡的小廝，喜貴又木訥，更是沒將他挾進眼過，這會子喜貴便成了她最後的一根救命稻草，她怎麼都要抓緊才是。

喜貴聽著臉就紅了起來，抬頭看了眼富貴，富貴聽得莫名，只覺得地上那丫頭眼神熱切得很，怕是相中了喜貴呢，看著模樣還不錯，也不知道是犯了什麼錯，若是不大……配喜貴倒是一樁喜事。

「少奶奶，您看，喜貴年紀也不小了，要不……」

錦娘聽了就皺了眉。秀姑是明著拒絕了的，這會子繞過她去問喜貴自己……嗯，這婚姻原就得兩個人自己看對眼才是，現在瞧著這兩個倒像真有緣分呢。

「喜貴，我問你，你可相得中柳綠？若是相得中，就去跟你娘說，開年便給你們把事辦了，也省了你娘的一樁心事。」錦娘沈吟了一會兒還是問道。

喜貴聽得愣了愣，臉便更紅了，眼睛不由自主地就看向柳綠，見她雖是瘦了好多，卻仍是嬌俏可人，最難得的是，她……沒瞧不起自己……

見他沒吱聲，富貴看著就急，猛推了他一把道：「我看著不錯，挺配你的，是個好機會呢，若是喜歡，就應了吧！」

柳綠見少奶奶都提了，喜貴卻沒應，既羞又急，一雙大眼便死死地看著喜貴，眼裡的熱切像要將喜貴灼燒了似的，喜貴腦子一熱，便點頭應了。

錦娘見了便鬆了一口氣，笑著對柳綠道：「這也算是妳的緣分，難得喜貴看得上妳，以後可得好生地待喜貴和秀姑，再不可生那不該有的心思了，老實地跟喜貴過日子吧，喜貴是個有前途的，妳跟著他，日子不會差到哪裡去。」

柳綠含淚給錦娘磕頭。「謝少奶奶成全，奴婢……奴婢以後一定不會辜負少奶奶的期望，會……好好跟喜貴哥過日子，孝敬秀姑的。」

錦娘聽了便讓她起來，先回自個兒屋裡好生梳洗一番，等和秀姑商量好了，再選個好日子辦了這事。

第六十七章

將富貴幾個打發了後，錦娘便回了屋裡，將烟兒所說之事告訴了冷華庭。

冷華庭聽了面色便沈重起來，靜靜地看著錦娘，眼裡含著迷離和憂色。「娘子，別怕，我會護著妳的。父王和娘親那邊，妳不用擔心的，父王雖是糊塗，他對娘親還是護得周全的。」說著，便將錦娘拉進懷裡，輕撫她的秀髮道：「她若真敢對妳動手，我不會再留任何情面。」

第二天，秀姑一大早就等在錦娘的門口，見錦娘出來，便先給錦娘行了一禮。「多謝少奶奶對喜貴的關心。」

錦娘看她低著頭，不似平日與自己正視，不由詫異，便道：「我也沒做什麼，只是喜貴自己看對了眼，富貴又求著，便應了。妳也別謝我，回去想著怎麼把事辦了才是正經。」

秀姑又恭敬地應了聲是，便再沒說什麼，將昨天分好的包紅遞給一邊的四兒道：「那奴婢便請天假回孫家去，給柳綠的娘下個聘禮了。」

錦娘聽得就皺了眉，秀姑老早便不在自己跟前自稱奴婢，今兒怎麼……是心裡不痛快吧，不喜自己給喜貴作了這主？如此一想，心裡也不舒服了起來，便道：「妳要是不喜歡，便推了這婚事就是，我也沒強押著……」

秀姑聽了猛地抬頭，眼裡閃過一絲無奈道：「奴婢……沒那意思，既是他自己看對眼的，我也沒法子，就是再不喜也得成全了他，只是，那柳綠以後——」

「她成了親，便跟著喜貴到鋪子裡去算了吧，或者給喜貴和富貴叔洗衣做飯也成，讓他們兩口子一起過不是更好？」錦娘不等秀姑說出來便截口道。柳綠那丫頭，她看著還是不放心，放在身邊是絕對不可能的。

秀姑一聽，臉色更不好看了，卻也不好說什麼。她來就是想求了錦娘將柳綠留在院裡做事的，一個婦道人家在外面跟著男人跑，實在不妥當，可是少奶奶一句話便將這條路堵死了，這讓她心裡好生不痛快。

「妳也年紀大了，要不，等明年鋪子開了，就給些錢，讓喜貴在外面置個小院子，妳就跟著他們一起過算了，一家子在一起和和美美的，妳也可以頤養天年了。」錦娘看出秀姑心裡的不痛快，閉了閉眼，一直猶豫不決的心，這會子終於定了下來。算了，有些人，對她再好，她也不會滿足，人家已經沒心思在身邊做事了，不如放了的好。

秀姑聽得大震，眼裡就帶了淚，顫著音，不可置信地道：「少奶奶這是要趕我走？」

錦娘心裡也覺得傷感，但話既然說出來了，也沒有收回的必要，就算勉強留著秀姑，自己也不放心用她。這府裡的陰謀詭計太多，如秀姑這樣貼身的人若出了什麼問題，那不就和王嬤嬤一樣了嗎？

「怎麼說是趕妳呢，是讓妳榮養，每月的月例錢仍是照樣給妳，讓妳好生回家跟著兒子過，等有了孫子，便給喜貴帶孩子，那可是好多人求也求不來的日子呢，妳不要誤會了我的一片好意。」錦娘皺了眉道。

秀姑聽了便冷笑起來，含著淚，憤怒又傷心地看錦娘道：「是覺著奴婢老了，不中用了嗎？是早就策劃好了的吧，非得把個犯了事的丫頭塞給喜貴，再乘機趕我走……少奶奶如今是富貴了，看不上奴婢這些老人，府裡那幾個跟來的，又有誰是有好下場的，都說少奶奶是個心善的，哼，連自個兒奶娘都信不過，都要趕走──」

「秀姑，快別胡說八道了，少奶奶一心為妳著想，妳怎麼好心當了驢肝肺了呢？」一旁的四兒聽著就氣，開口斥道。

秀姑聽了，憤怒地看向四兒。「小蹄子，這裡有妳說話的分嗎？也別太捧高踩低了，我還沒走呢，就開始對我起高腔？妳可仔細著些，我就是前車之鑑，以前在孫家時，我是怎麼護著她的，她如今身分貴氣，便全忘了。她既是能這樣對我，保不齊哪天就會同樣對妳，妳等著吧！」說著，再也不給錦娘行禮，頭也不回地衝了出去。

錦娘氣得手都在抖了，半晌沒有說話，四兒忙扶了她往正堂裡坐，在一旁勸道：「她也只是一時之氣，等日子久了，就會知道少奶奶的用心了。她糊塗了，您別被她氣著了，這明兒就是過大年了，氣傷了身子不值得。」

錦娘努力平復自己心裡的傷心與怒火，好半晌才對四兒道：「妳……派兩個人盯著，別讓她到處亂說。開年便將她送到鄉下莊子裡去。她知道的事情太多，如今又對我生了怨，保不齊就會被人利用了，嘴就關不住……」

四兒一聽，覺得這事還真是麻煩了。秀姑可是少奶奶最貼身的，真要起了反心，那可……

「少奶奶，您別急，一會子我再去勸勸，探探口風，若還是那樣，便……早些下決心吧。有些事，心軟不得。」

錦娘聽了，只覺得心中抽痛得厲害，畢竟自己來這個世界後，第一個關心自己的也就是秀姑了，那段被大夫人虐待的日子裡，秀姑給了自己不少溫暖，讓驚惶無助的自己，有了在這個陌生環境裡生存下去的勇氣和信心。如今鬧到了這步田地，心中還真是不忍，秀姑在她心裡，一直如親人一般，可是……

「妳先讓人盯著她吧，也是護著她，只別讓人鑽了空就好。等她氣消些了，我再跟她好好談談，多給她些錢，讓她有個好晚景。這院裡……她是再不能留了的。」錦娘深吸了一口氣，對四兒道。

總算到了初一一早，錦娘和冷華庭便穿著簇新衣服去了王妃院裡，冷華堂帶著上官枚和玉娘也到了。今天的冷華堂神情清潤，眉眼間少了前些日子的鬱氣，似乎還有點意氣風發的感覺。錦娘看了便想，只怕那事他已經辦得差不多了，開年朝堂上，怕是就會有一波針對墨玉承繼權的風波了。

王爺見兒子媳婦都到齊了，便帶著一大家子一起去族裡的祠堂。

讓大家沒想到的是，二老爺在冷華軒的攙扶下也來了。

三老爺和四老爺，還有其他的族人都到了祠堂外的空地裡，只等王爺一到，便要開始祭祖儀式。

錦娘看著就覺得奇怪。她環顧了四周，都沒看到有族長在，大家只是看到王爺來後，便讓開了一條道，一副以王爺為主的樣子，按說，這個主持祭祖之人應該是族長才對呀……

「娘子，別亂看了，小心給了人把柄，咱們府裡是沒有族長的，族長是宗人府的恭親王，咱們其實是屬於皇家一脈的，只是年份久了，族人也多，皇室那邊便讓簡親王府分了一支出來，族長卻是不設的。」冷華庭見了便將椅子升高，扯過錦娘在她耳邊小聲說道。

原來如此，怪不得這府裡有了事，裕親王也能來攪和，而皇上也肯將墨玉交由簡親王掌管……嗯，這墨玉裡……怕還有不少故事，等有機會，再慢慢探聽。

錦娘在心裡想著，正走神，便聽王爺道：「一會子各府的男子先進府祭祖，由長子嫡孫或是掌家接班的那位拜香，一家一家輪著來，然後再舉行新婦進家譜儀式。」

錦娘聽著就覺得麻煩，聽這意思是要先男人進去拜，拜完了後，才是各家的主母新媳婦進去拜。這黑壓壓的怕有幾百人，一個一個來，得到什麼時候去？正胡思想著，便聽三老爺在那兒大聲說道：「王兄，今年老三我也要進祠堂。」

王爺一聽便皺眉，正要說話，那邊幾個年老的族叔們便都小聲議論起來，一個年紀大的，鬍鬚都白了的老爺子便冷聲道：「老三，你這幾年也沒見著收斂，那渾事就沒少幹，你這樣的不能進祠堂，沒得污了祖宗的臉面。」

三老爺這些年也被這些老族叔們罵慣了，在族裡，每當祭祖之時，講的只是輩分，沒人看平日的身分輕貴，所以就算族叔穿得再寒酸，身分再平常，但人家輩分擺在那兒，就是王爺也得恭敬地叫他一聲叔，自己就更不敢不將他放在眼裡了。

只是，這回三老爺有底氣，給那族叔行了一禮後，道：「成福叔，今兒若是世子爺能進得祠堂去，那老三我也可以進得，若世子爺不進去，那我也沒話說，還是如往年一樣，老實地待在外頭吹涼風，眼巴巴地看著就是。」

那成福叔聽了便怒了起來，對三老爺道：「老三，你怎麼能跟世子爺比？世子可是要承繼王爵的，他是將來整個族裡的主子，不進祠堂，怎麼帶著一大族人祭祖？說你渾，你真是越發渾了！」

那邊二老爺自是知道老三話裡的意思，只是他很奇怪，為何老三會在這個節骨眼鬧？老三看著渾，其實從不做虧本的買賣，當著這麼多族人的面給世子沒臉，也給王爺沒臉，他這是存著什麼心思？或是，誰給他什麼承諾不成？

王爺聽了三老爺的話臉上便有些尷尬，當著族人的面又不好說什麼，便瞪了三老爺一眼道：「老三，你都那麼多年沒進去過了，今年怎麼鬧起來了？你早該習慣了才是。」

冷華堂也是氣得臉上一陣紅一陣白。自己那天的事情父王早下了封口令了，根本無人傳出去，原本以為就此會消散了的，沒想到三老爺平日裡不嚷嚷，這會子在整個族人面前鬧將起來，而且矛頭直接就指向自己，他……想做什麼，就不怕以後自己掌了府後對他報復？

如今正是關鍵時期，小庭的腦子雖然恢復了，但腿仍是殘的，可也不排除有好轉的可能，那個孫錦娘深藏不露，怕是有點本事，來了不到半年，便將小庭改頭換面，像換了個人似的，若自己再不趁著小庭沒復原前，將一切早早搶在手裡，以後很可能便會功虧一簣。今天若進不了祠堂，就算三老爺不將自己那事給掀出來，也會引得族裡人的疑心，一會子天家還會派了代表來參加祭祖，這事若是傳到皇上那兒去……自己好不容易籌謀的事情便要無疾而終，一定要想個法子堵了三老爺的嘴才是。

「三叔，您不就是想要人陪您玩嘛，要不，姪兒就不進祠堂了，在這兒陪您得了，不過就是一次祭祠而已，少一回也不會怎麼樣。」冷華堂灑脫地走到三老爺身邊，一手搭在三老爺肩上，無所謂地說道。

他這反應讓在場之人一陣錯愕。世子不進祠堂，那算什麼？二老爺首先就皺了眉，輕咳了一聲，他身上的傷還沒好全，稍動就扯著痛，但他今天來，怕的就是有人又給世子搗亂。果然一來，三老爺就被人當槍使了，正急著要如何教訓老三一下，沒想到冷華堂自己倒是先放棄了，讓他好不氣惱。

「堂兒，你如此說，也不怕王兄對你失望嗎？」二老爺沈聲對冷華堂說道。

冷華堂當然想進祠堂，那可是他在全族面前顯示地位的關鍵時候，一年也就這麼一回，當然不能錯過，只是三老爺是個渾人，他那張嘴一開就不管不顧，又是個天不怕地不怕的，真讓他胡說八道起來，自己在族人面前的形象便毀了。現在什麼都沒有堵住三老爺的嘴來得重要。

「二叔，父王不會怪我的，反正我年年都進去過了，不過是代表父王給祖宗燒香而已，也沒什麼的，今年就讓小庭替了吧。」冷華堂很大度地說道。

冷華庭聽了便斜了眼睨他，臉上便帶了絲譏誚，如玩笑一般對三老爺說道：「三叔啊，要不我來陪您吧，大哥可是世子，以後整個族事都得由他掌管呢，他不進去可真不像樣，這不是讓父王沒臉嗎？」

冷華堂聽得一喜，沒想到小庭今天肯為自己說話，正高興時，三老爺將他的手一甩，拍了拍肩膀，退開兩步，離他遠了一點說道：「小庭啊，我不是不讓他進去，我是想自個兒進去。都多少年了，總不讓我見祖宗，我心裡也難受，老太爺在天上還不知罵我多少回了，唉，我也是想去見見老太爺啊。」

成福叔聽了立即說道：「你想進祠堂？沒門兒。」

「為什麼？我一沒殺人，二沒放火，怎麼就不能進了？你們這些老叔叔們，不能老盯著人家的過去看嘛，我也有改好的時候，你看，城東鋪子我不就打理得挺好嘛，你們入了股的，我少你們誰一個子兒沒？」三老爺氣急了，硬著脖子吼道。

「你狎妓玩童，褻玩女子，品性放蕩，如此行止，進去不是污辱了祖宗嗎？」成福叔毫不留情地說道。

「又不是我一個人是這樣，這族裡比我過分的也有，為什麼他能進，我就不能進?!」三老爺聲音更大了，吼得臉都紅了。

「三叔，您別激動，有話慢慢說啊。」冷華堂又走近三老爺，搭在他肩上一副誠心相勸的樣子。

「還有誰？你說說看，哼，幾個子姪輩的，就老四家的有這毛病，可他家的明白得很，根本就沒來丟這個人，你倒是長輩呢，不知悔改也就罷了，竟然還不知羞，真真是丟盡了祖宗的顏面！」成福叔氣得鬍子都歪了，大聲斥道。

大家聽了便全看向三老爺，卻見三老爺瞪大了眼睛，張著嘴，努力想要回話，臉都憋紅了，卻是半天也沒出聲音。冷華堂便拍了拍三老爺的背道：「三叔，算了，成福爺爺也是個直脾氣，您快別氣成這樣，長輩們罵兩聲就算了，咱們做小輩的，聽聽就算了。」說著，便轉身又去勸成福叔。「三叔就跟您老鬧著玩呢，時辰也不早了，不如早些開始了吧。」

冷華庭見三老爺怔在原地，兩手握拳，眼裡露出恐懼驚惶之色，心中一凜，驟然自輪椅上縱起，越過眾人，一手便向三老爺抓去。錦娘這會子反應很快，也學著冷謙，雙手推了車就跟在他身後。

冷華庭輕功果然了得，在空中連點三老爺幾處大穴，然後一個美妙的翻身，正好落在錦娘推過來的椅子上。

此時王爺也反應過來，伸手就向三老爺腕脈探去，一探之下大驚，大聲道：「快，來人！送老三回去，速去請太醫救治，老三——突然得了急症了！幸虧庭兒救助及時，不然氣血不繼，老三怕是會一命嗚呼了！」

立即就有人過來將三老爺扶住。三老爺自始至終是站著的，只是臉部肌肉痛苦地扭成一團，眼裡驚惶萬分，四個小廝上去才將他扶住放平，用擔架抬了下去。

族裡大多數人為這突如其來的事件弄得目瞪口呆，一時議論紛紛了起來，王爺沈著臉，疑惑地看了眼冷華堂，手一揮，讓祭祠繼續進行。

因著三老爺的事情，整個祭祠過程精簡了很多，卻也用了一個多時辰。進行到一半時，裕親王代表皇家來了一趟，見主持祭祠的還是王爺和冷華堂父子，便說了幾句皇上嘉勉的話後匆匆離開了。

王爺將祭祠主持完便匆匆地走了。冷華庭一見，看了錦娘一眼，錦娘很了然地推著他就往西府裡趕，離得遠遠地便聽見三太太的哭聲。「老爺，你這是……這是怎麼了？大過年的，怎麼就突然病了呢？」

劉醫正正一臉嚴肅地在給三老爺施針，王爺站在床邊緊張地看著，三老爺此時神智不清，兩眼緊閉，臉上的痛苦之色也消失，便像睡著了一般，任人掐打鬧，他都無動於衷，好在呼吸還是有的，不然，還真以為他就此死了。

見冷華庭進來，王爺皺了眉將他推到一邊去，沈著聲問道：「你可看見他出手？」

「沒有，我只是感覺三叔有異樣，也不知道究竟是病了還是中毒，便先封了他幾處大穴，保住命再說。」冷華庭秀眉緊蹙地說道。

「太奇怪了，若真是他出手，那他的功夫便是深不可測，連你我都沒能看出半點端倪。這樣的人物在大錦朝裡並不多，前次他中毒之時，我明明白白地探過他的脈，他身上毫無內力……但若不是他，又怎麼會如此湊巧……」王爺皺著眉，凝視著冷華庭說道。

這一點冷華庭也很是不解。那次在玉兒屋裡，他曾出手傷過冷華堂，那時，不過幾招便將他拿了，還割斷了他的腕脈，按說短短時日裡，他的功夫不可能會如此精進才是，除非是大羅神仙給了他增功的奇藥，不然這事真無法解釋。

「會不會是其他人？比如說……是二叔？」冷華庭沈吟著說道。

王爺聽得一怔，目光越發凌厲。「你是說，你二叔也是有功夫的？」

冷華庭有些無奈地看著王爺。「父王可以讓手上的暗衛去試探二叔一次，人在最危險的時候，怎麼都會露了馬腳。」

王爺聽了便道：「不太可能吧，上次你不是制住過他嗎？也不見他反抗。」

「二叔可比大哥更深沈陰狠，他知道我是不會當著大家的面要了他的命，不過，當時他也想過要與我同歸於盡，我掐他喉嚨，他便按住了我的腕脈，只要我用真力，他便會運功，就算不能要了我的命，怕也會使我致殘。」冷華庭有些恨鐵不成鋼地看著王爺道。

王爺還想再說什麼，那邊，劉醫正已經診斷完畢，正給三老爺在施針。

王爺走了過去問道：「劉大人，舍弟是病還是中毒？」

劉醫正搖了搖頭，緊張地在三老爺脖子周圍扎了幾針，回手擦了擦汗才道：「非病非毒，乃是武功高手將一根很細小的針刺入了三老爺的喉脈裡，讓他出不得聲。而且，那針還在血脈裡遊走，若不是及時被封了穴位，不到三個時辰，那針便會遊入心脈……那就是神仙來了，也難救活三老爺的命了。」

王爺聽得大震。此等功夫，在大錦朝從沒見過，幾乎聞所未聞，堂兒又怎麼可能身懷此等異功？難道是老二教的，姑且承認老二是有功夫的，但老二又從何處學了這種怪功夫？

「劉大人，可知道這是一門什麼功夫？」王爺凝著眉問。

「不知，只聽聞家父曾經說過，西涼曾有一門奇特的功夫，能用一根小針殺人於無形，三老爺怕就是遇到異國高手了。」劉醫正沈吟著說道。

「那舍弟可還有救？那細針能取出來否？」王爺關心地看了眼老三，又看了眼冷華庭後，問道。

「下官無能，無法取出三老爺身上的遊針，除非那施針之人肯親自來解。不過，有功力深厚之人肯耗費功力將針逼至湧泉穴處，也還是能出來的，只是那施救之人，怕是會大傷元氣。」劉醫正斟酌著對王爺說道。

王爺聽得便猶豫了起來。自己方才差一點就運給老三療傷了，這會子聽劉醫正一說，便放棄了這個想法，畢竟此時乃非常時期，自己傷元氣是小，若那人趁此時機再來作亂，不是連王妃都無法保護了？

一旁三太太聽了便大哭起來，一下便跪到了王爺面前道：「王兄，你一定要救救老爺啊，他可是……可是為了……」

「爹爹，你在暗衛裡選幾個好手來，再加上兒子和阿謙，應該可以救好三叔，一會兒你就在一邊給兒子護法吧。」冷華庭不等三太太說完，便對王爺說道。

王爺自然是知道小庭的功夫並不亞於自己，只是，他原就雙腿有疾，周身也是危機四伏，如今又知道有高深莫測之人伺機害人，更不能讓他耗了元氣，失了自保的能力。「不行，庭兒你不能親自動手，你的屬下裡有幾個功夫不錯，再加上冷謙和爹爹身邊的幾個，輪番上，應該可以。」王爺果斷地對冷華庭道。

說著，便上前去將三老爺抱起，幾個起落，便向王府而去。

錦娘推著冷華庭走在回府的路上，冷華庭回頭看錦娘神情凝重，便拍了拍她的手道：「別怕，娘子，有我在呢。」

錦娘倒是並不怕自己會怎麼樣，她不懂什麼武功，但以表面情況看，對三老爺下手的，十有八九便是冷華堂。先前只有他接近三老爺，其他人，就是二老爺離三老爺也是很遠，要將那樣細小的針準確無誤又不被王爺和冷華庭發現地射進三老爺的血管裡，幾乎是不可能。

她前世也看過不少武俠小說，知道功夫練到一定的程度，耳力是特別靈敏的，那針就是再細小，也有破空之聲，很容易被王爺和冷華庭發現，所以二老爺下手的可能不大，而冷華堂貼身下手便容易得多了。而且，他一直以文雅書生的形象示人，說是他動的手，怕是很多人都不會相信。

現在最擔心的就是冷華庭。如今墨玉之事鬧得很是緊張，冷華堂對墨玉已是一副勢在必得的姿態，而二老爺、裕親王、寧王，加上大夫人的父兄，朝廷幾大親貴大員聯手起來對付王爺，怕就怕他們明暗兩道同時進行，明道裡有王爺頂著，暗道可就難說，冷華庭的處境已經越發艱難了……

「相公，不是我心狠，一會子去了爹爹那裡，你能不出手就不要出手了，誰也沒有你自己的命重要，記住了嗎？」錦娘停了下來，繞到冷華庭面前蹲下來，握住他的手，清亮的眸子憂鬱地看著他道。

冷華庭心中湧起一陣甜蜜，反握了錦娘的手道：「好，我聽娘子的，一會兒不管救不救得了三叔，我都不出手，我還要保護娘子呢。」

錦娘聽了鼻子一酸，眼眶就濕了，站起身來，將他往王爺屋裡推。

王爺早就進了密室，冷謙在外面等著冷華庭，見他一來，二話沒說便推了他往屋裡去，回頭對錦娘道：「少奶奶先回吧，放心，有我在，不會讓少爺受半點傷害的。」

錦娘便點點頭，一時對阿謙幾乎是感激涕零。王妃也站在一旁焦急地等著，見錦娘臉色很不好，便安慰道：「別怕，庭兒那樣大的痛苦都挺過來了，如今他一定更會保護自己的。」

錦娘應了聲，想著明天還要回門子，便辭了王妃，回了自己院子。

一進院子，四兒和豐兒兩個倒是笑咪咪地迎了上來。正是大年初一，每個丫鬟們都穿得簇新，臉上都洋溢著節日的快樂。

「給二少奶奶道喜了，今兒起，二少奶奶可就正式進了簡親王的家譜了，以後出了門子，可就是冷夫人，上玉牒時，也得是冷孫氏。」一進門，四兒便打趣著錦娘，一臉與有榮焉。

豐兒眼尖，見錦娘臉上並無半點喜色，反倒神色凝重，不由小意地問道：「怎麼了？少奶奶，可是還在擔心秀姑的事？」

錦娘皺著眉，也不知道要如何跟她們說。她們不過都是關在大院裡長大的小丫頭，哪裡見過那些江湖上的暗殺，說出去，只會讓她們慌亂和擔憂，便勉強笑了笑，自己往裡屋去收拾東西了。

四兒很機靈地跟了進來，幫她打著包紅，還填了幾個荷包，見她仍是神情鄭重，便說道：「昨兒喜貴勸了秀姑好久，奴婢也去了，秀姑這會子想開了好多，也知道少奶奶是一番好意，只是她那會子放了狠話，一時臉面上還轉不過來，方才奴婢又去看過她，她似是想通了，說是一會子要來給少奶奶您陪不是呢。」

錦娘嘆了口氣，抬了眼看著四兒道：「妳說，我是不是對她太苛求了？她心裡疼喜貴，沒心思在差事上，我也能理解，可是妳也知道，這府裡太過複雜了，我就怕她一不小心會被人利用了去，到時候被王妃或是相公知道了，她便會連命都沒了的……唉，她要能懂了我這份心，我也不至於如此煩惱了。」

「奴婢把那些利害關節都跟她說了，也指了她平日裡的一些缺失，她這才警醒過來，應該不會再怪您了才是。」四兒又安慰道。

錦娘聽了不置可否。她對秀姑真不抱太大希望了，便繼續收拾東西。明天回門子，得好生送點東西給老太太、二夫人，還有軒哥兒的壓歲錢，父親和老太爺的節禮，這些王妃雖都打理過了，她還想再盡下自己的心，再加些東西進去，一時又擔心冷華庭，怕他真的會動手幫三老爺療傷，他的腿還沒好全，用多了內力，怕將毒素又逼開。

唉，好生生的一個新年，卻發生了這檔子事，還真是鬱悶得緊。

一會子卻聽到秀姑在外面說道：「少奶奶可是回了？」

錦娘聽得一怔，看了四兒一眼，四兒嘴邊就帶了笑。「奴婢才不是說了嗎？她想通了，喜貴可是對少奶奶您感激得很呢，秀姑那就是一時糊塗，估計喜貴一說，她就轉過筋了，這會子真來給少奶奶陪不是了。少奶奶，您就原諒她得了，難得就這麼幾個人，她再怎麼了，您心裡也不好受。」

「在呢，進來吧。」錦娘聽了便搖了搖頭，對外頭的秀姑道。

秀姑挨挨蹭蹭地走進來，錦娘便裝作無事人一樣，笑著對她道：「快來幫我收拾收拾吧，我和四兒兩個也忙不過來。看看，這個長命鎖，打給軒哥兒的，好看不？」

秀姑聽得臉上一陣尷尬，羞赧著走了進來，見少奶奶半點怪罪的意思也沒有，心裡一陣羞愧，撲地一下就跪了下去。

「少奶奶，我……我是老糊塗了，您——」

錦娘忙去扶她，截口道：「算了，原就是一家子人，我從來就當妳是半個親娘待的，牙齒也還有咬著舌頭的時候，咱們不計較這些個了。」

秀姑聽了更悔，打了自己一耳光。錦娘看得怔了，架了她的手道：「別這樣了，妳這不是又外道了嗎？我只要妳明白我對妳的心就成了，妳放心，我說過會養妳的老，就會養的，只是這府裡頭太不乾淨，妳又是個……是個木的，不是說妳會對我怎麼樣，就怕妳會被別人利用了，我……這也是跟妳說的掏心話，妳……明白嗎？」

秀姑聽得雖有些不服氣，但仔細一想也是，其實昨夜喜貴跟她一說，她就後悔了。不做事就有月錢拿，還給買個小院子，一家團團圓圓地過著，再也不用服侍別人，看人家臉色，這不是很多做下人一輩子想都不敢想的好事嗎？她那一會子是魔症了，少奶奶對她那麼好，她還拿那樣的話頂少奶奶，真真是該死啊，也是少奶奶這些日子對她太過寬容和放縱了，讓她有時忘了自己本來的身分，竟然妄想著真的能成為少奶奶的娘……

「我如今全明白了，少奶奶謝謝，那樣的安排，我……我很滿足，當時是豬油蒙了心，沒想轉，這會子被喜貴一說，四兒一罵，您再又一敲打，總算是全明白了，如今只是……只是很捨不得少奶奶，服侍十幾年了，看著您長大，又看著您嫁進王府，突然就要離開，心裡怎麼都覺得慌，所以才會生氣的。少奶奶，您千萬不要被我氣著了。」秀姑抽泣著說道，眼裡淨是愧色。

錦娘見她是真心悔過，心裡總算是鬆了一口氣，便笑著道：「不是說要跟柳綠家提親嗎？明兒我回門子，一起去吧。」

秀姑聽了也笑起來，高興地嘮叨起來。「唉，說起這個，我還真是什麼都不懂，一會子得去找了張家妹子問問去，讓她幫我拿拿主意，別明兒個一去親家屋裡，禮數都沒鬧明白，被親家笑話了去。」

錦娘見她臉色真的放開了，便明白她是想通了，這麼積極地為喜貴辦事，定然也對柳綠不再牴觸了，於是便也隨口附和道：「那是，張嬤嬤懂得的東西可多了，不如四兒把她請了來，咱們一起商量著，看都得準備些什麼，莫說我也嫁了這麼一回，那些下聘納吉啥的禮數我還真不懂呢。」

一時，幾個人說說笑笑的，氣氛融洽，秀姑全心都投入娶媳婦的事情裡，眉眼中都是喜氣，再也不似昨天那般彆扭了。

第六十八章

晚上快亥時，冷謙才拖著沈重的步子將冷華庭送回來。

錦娘一直坐在屋裡等著，心裡七上八下、忐忑不安，見冷華庭果然面色蒼白、神情萎頓，心裡便是一震，心疼地將他推進了屋，親自服侍他洗漱。

「不是應了我，不會親自動手的嗎？怎麼還是弄成了這副樣子？你……你就是太不看重自己的身子了，就是不想著自己也要想著我吧，不是說，要保護我的嗎，怎麼還是不聽話呢？你……你就是故意來氣我，故意讓我傷心的，對吧……」

邊說邊眼淚直掉，嘴裡不停地碎碎唸，冷華庭雖一臉倦容，嘴角卻是帶著笑，任她不停念叨著，他卻聽得如聞天籟，一勾手，將她擁進懷裡，在她額前親吻著，無奈又愧疚地說道：「明天……明天怕是不能陪妳回門子了，妳……一定要在咱娘面前說說好話，讓他們不要生我的氣，我恢復恢復，初三去接妳。」

錦娘聽了就拿手捶他的肩膀，哭道：「你……你就是故意讓人揪心……」話沒說完，眼睛卻又突然亮起來。「只是歇一天就會好嗎？你沒有耗損太多功力的對吧？你沒有親自動手的對吧？」說著，上下打量起他來。

冷華庭微笑，又將她攬進懷裡，堵住她碎碎唸的嘴，一時又將她弄得迷迷糊糊後，自己卻呼呼地睡著了。

第二天一大早，錦娘就起來了，冷華庭還窩在被窩裡不肯動。錦娘捏了捏他的鼻子，小聲道：「相公，我回門子了，你好好歇著，明天一定要來接我啊。」

冷華庭鳳眼微張，一把勾過她的頭，在她頸窩裡拱了拱道：「嗯，去吧，我先歇會兒，明兒一早來接妳。」說著，身子一縮，又窩進了被窩。

錦娘嘟了嘴，心裡微微有些失落。什麼時候相公才能站起來，與自己肩並著肩一起回娘家呢，唉。

一時四兒進來，幫錦娘將昨兒打包好的禮品全都拿了出去，一出門，便看到秀姑穿著簇新的衣服，一臉喜色站在門前等著，錦娘也被她的神色帶得心情愉快了起來。

「少奶奶，我已經讓喜貴備好了車，咱們同坐一乘回去吧。」秀姑興奮得臉都紅撲撲的，像是年輕了好多歲一樣，眼裡也綻放出光彩來。

錦娘笑道：「好，同乘一輛車就是。不過，喜貴不能同去喔，富貴叔說了要讓他這幾天留在屋裡學看帳本呢，可不能把功課落下了。」

秀姑聽了連連點頭，整了整自己的新衣裳對四兒道：「我這一身還不錯吧，一會子見了親家應該不會寒酸吧？」

四兒直捂著嘴笑，打趣道：「您呀，快別整了，一會兒人家還以為是您自個兒要相親呢。」

秀姑一聽便作勢要打她。「小蹄子，大過年的妳亂說話，看我不打妳。」

四兒笑著躲到錦娘背後，嘻嘻哈哈道：「別打了喔，一會兒親家等急了可不好呢，咱們走吧。」

錦娘也笑著應了，一時又有些猶豫。「滿兒就留下服侍相公，一會兒秀姑又要去看親家……嗯，得再帶個人去才是……」

「少奶奶，帶奴婢去吧，奴婢幫您拿東西。」豐兒在穿堂裡聽了，便主動自薦道。

錦娘稍稍猶豫了下，一看屋裡也就是豐兒、滿兒了，滿兒得看著院子裡的雜事呢，張嬤嬤坐鎮主持大局，一會子族中各府裡來了拜年的小姪小孫們也好打點一二，一時也再沒更合適的人，便點了頭道：「那好吧，妳就跟在四兒後頭就是。」

玉娘也是今天回門，一大早錦娘就派鳳喜去問過了，看是不是同時回去，鳳喜回報說：「二夫人還得在家等世子爺，因著初二，世子爺先陪了世子妃回那邊娘家去了，只怕要到晚上才能回來陪二夫人。」

錦娘便不再多言，與秀姑、四兒、豐兒幾個先去王妃院裡辭了行，再帶著人去了前院。門前馬車早就備好，一個黑衣勁裝男子正坐在馬車上，錦娘看著有點面熟，就想起上回去裕親王府也是這個人趕的車，心裡頓時就安定了不少。這個人可是冷華庭的手下，應該是特地派來保護自己的。

其實，錦娘一出裡屋，冷華庭就自被窩鑽了出來，對著屋裡打了個響指，立即有個黑衣人閃了進來。

「回少爺，派了四個人護在馬車後面，都是屬下特地精挑出來的。」

「嗯，你也跟去吧，好生護著少奶奶，今兒晚上也不用回了，就守在孫家。」冷華庭吩咐完後，又重新縮回了被窩。昨天在最後關頭，只差一點的時候，幾個暗衛和冷謙都有些體力不繼，他不想功虧一簣，還是出了手，總算把三老爺給救了。

原本三老爺就是在他慫恿下去揭冷華堂的底的，為的就是逼冷華堂，要嘛出手，要嘛出醜。沒想到他真出了手，而且一出手就如此之狠，上一次兩人交手，他便覺得冷華堂的功夫太過稀鬆，以自己對他的瞭解，應該不會那樣弱才是，看來那一次，要嘛便是他受了內傷，功夫沒復原，大意又急切之下行事，差點被自己殺了，要嘛就是他的功夫正行到關鍵時期，正值沖關之時，反而功力變弱。總之，昨天，才是冷華堂真正實力的表現，自己絕對不能輕視。

雖說昨天自己並未出全力，不過還是傷了些元氣。那細針太過霸道，遊走在脈管裡很難逼出，最怕的就是穿破了血管刺傷內腑，所以對體力消耗極大，好在阿謙幾個的內力還算深厚，又有父王在一邊護法，不致有人走火入魔，被內力反噬。

鑽回被窩裡後，他卻總有些心神不寧，好像感覺會出什麼事一樣，不由起來盤腿打坐調息，想儘快恢復功力。

錦娘和四兒幾個上了馬車。簡親王府的馬車很寬大，四兒和豐兒排坐在兩邊，錦娘和秀姑坐在中間，幾人坐在馬車裡笑著閒聊著。

四兒撥了簾子看馬車外，眼裡全是興奮之色，問錦娘：「少奶奶，到了十五那日，咱們出去看花燈吧，京裡的花燈很漂亮的呢。」

錦娘聽了眼裡便露出一絲嚮往。她來這裡也快一年了，還真沒看過花燈，沒有逛過夜市。古代的娛樂活動太少了，掌燈之後便只能就著燈火閒聊，或者繡花，無聊得死，哪像在現代，有電視、有電腦，還可以出去玩。

元宵節的花燈夜一定會很熱鬧吧，可是，相公好像說十五過後要去南邊呢，那還能看得成花燈嗎？一時心裡又懊惱起來，有些小小的遺憾，不過，轉念一想，去南方也好啊，可以見識這個世界裡的山山水水，至少可以有很長一段時間不用被關在大宅門裡，可以自由地呼吸新鮮空氣，那也一定很美好吧。

這樣想著，嘴角不由自主地就帶了笑。四兒正與秀姑在聊著，進了孫府，是不是該請個媒人一同去柳綠家呢。

「一時半會兒的您也不好找人，又是大年節下的，不如讓少奶奶幫您求了老太太身邊的孫嬤嬤去，若是請得動孫嬤嬤，那可就真給秀姑長不少臉了，誰不知道孫嬤嬤在府裡頭是這個呀。」說著，就比了個大拇指。

錦娘見了就拍她。「大過年的討打，又胡說呢，一大院的主子在，哪裡分得孫嬤嬤有

『這個』的分？」

四兒聽得大笑了起來，睇了眼道：「少奶奶，您不是說，那大家大府，即是主子們的，也是奴才們的嗎？主子們自有主子們的品級分位，咱們奴才嘛，當然也是有的，孫嬤嬤在相府裡頭，可不就是『這個』嗎？」

豐兒看四兒在錦娘跟前放肆自在得很，眼裡就露出一絲羨慕。四兒說著奴婢們之間的位分時，她更是心生嚮往，她也想成為主子的心腹，奴婢們羨慕的高位，也想成為如四兒所說的大拇指，做奴婢就要有那個理想才是。

錦娘聽了四兒的話覺得也有理，便點了點頭道：「嗯，妳說得對，妳也可以加把勁，好好做，哪一天也能在丫頭們中間混一個『這個』。」說著，也學了四兒比了個大拇指。

話音剛落，便聽到一陣鞭炮聲自遠而近。

錦娘本也沒覺得什麼。過年了，大家都放鞭炮，很正常，馬車也繼續趕著路，正好拐到一個巷子口，突然又一陣鞭炮聲大作，有如就在耳邊一樣。錦娘掀了車簾子去看，就見幾掛鞭炮從天而降，趕車人迅速抽出腰間長劍，撥走了不少鞭炮，但還是有不少落在馬腳下，兩匹馬一時高高地舉起馬蹄，一匹便瘋了一樣地往前跑，另一匹卻被鞭炮炸傷了腿，向地上一歪，連帶著馬車也側翻著往前頭拖，趕馬的黑衣人一時猝不及防，飛起身來跳上前面那匹受驚狂奔的馬，想要先將牠制住再說。

錦娘和秀姑幾個突然感覺馬車側翻，秀姑心裡一急，也顧不得多想，一把就將錦娘抱進懷裡。車子倒下時，錦娘的身子重重地壓在秀姑身上，秀姑的頭撞在了車棱上，頓時就冒血出來，手卻死死地環著錦娘，用自己的身子護著她。最麻煩的是，車倒了卻沒停下來，仍是傍著地飛快地拖行。

車廂壁早在馬車側翻時摔壞，秀姑的身子就被車子拖在地上磨著，頓時皮肉都被磨去了一層，錦娘也跟著被拖出了好幾公尺，不過好在有秀姑護著，她倒只受了些小傷。她心中又急又怕，卻又無力改變，只能任由身子隨車而行，一點自救的能力也沒有。

豐兒和四兒兩個坐在外面一些，一下子便被顛出了車門好遠，摔得頭破血流，不過倒是比錦娘和秀姑還要好一點，沒有被車拖。

說時遲、那時快，其實整個事情發生了不過一分鐘不到的時間，馬車一翻，守護在後面的幾個暗衛立即飛奔過來，有兩個跳到車廂上，砍爛車廂去救錦娘。很快地錦娘就被人救起，另外那人去救秀姑。秀姑被從車廂裡拉出來時，已經是血肉模糊，左側身上已經看不到一塊好肉，衣衫破爛不堪，人卻是清醒著，沒有暈過去。被那侍衛救下後，她努力地抬眼尋著錦娘。錦娘心中又駭又痛，哭著就撲了過去。「秀姑，妳……妳一定要挺住！妳還要看著喜貴哥哥成婚呢，妳還要喝新媳婦茶，要抱孫兒的，我還要養妳呢，妳可一定不能丟下我和喜貴哥哥不管了啊……」也許越是心痛害怕時，人的記憶便越會清晰，錦娘腦子裡浮現出小時候，秀姑一隻手牽著自己，一隻手牽著喜貴，跪在大夫人院子外面討吃食的情景，她心中越發慟了起來。最近這些日子，自己總嫌秀姑辦事不牢靠，嫌她私心太重，心裡只有喜貴沒有自己，其實細細想來，又何嘗沒有一絲吃醋的意味在裡面？其實很多年前，或者說，在自己穿到這具身體裡後，自己的下意識就當秀姑是親人，是疼愛自己的長輩，只是……思想也被尊卑位分所束縛，總覺著自己是主子，秀姑對自己好那是天經地義的，就算是分一部分心到她自己兒子身上去，自己也不喜歡、不願意……這，何嘗又不是自私的表現呢？

「別哭，別……哭，我……我不會死的，其實……昨天就……就想跟少奶奶說，在我心裡，您就和喜貴一……一樣……一樣重要，你們……都是我的孩子，是吃我的奶長大的……只是……如今看您……生活得好了，少爺……又待您真心，便……便把心思放到喜貴身上了。做娘的……其實……其實是希望每個孩子都好的，所以……看到弱的那一個，就會……就會更上心一些，四姑娘……我不是不疼您……是……是覺著喜貴沒您過得好，我便……更關心他一些……我……」秀姑吃力地想要伸出手去摸錦娘的臉，斷斷續續地對錦娘說道。

錦娘一把抓住她的手，將那帶血的手掌貼在自己臉上，心中又悔又悲又慟。秀姑的話說得模糊，卻很明白秀姑的意思。以前怎麼就沒體會到這一點呢？有很多母親便是這樣，若是有幾個孩子，總是有意無意地更關心那個弱小的一些，會對那個最弱的傾注更多的愛，有時，其他的孩子便會覺得母親偏心，其實不然，那只是每個母親心裡的一個美好願望，希望自己的孩子個個都能過得好，個個都能夠出息。秀姑對喜貴正是這個心理，自己雖然在王府裡四面楚歌，但畢竟有王妃和相公的疼愛，有丫鬟奴僕們服侍著，錦衣玉食地供著，比起喜貴來，生活上何止強了百倍，秀姑正是因為將自己也看成了她的孩子，才會……才對喜貴用更多的心思，才會期望自己也能幫著喜貴……

是自己虧待了秀姑的一片心，如今看秀姑一身血肉模糊，錦娘的心都快要碎了，摸著秀姑的手便直發抖。

因著過年，大家都在家裡，街上行人很少，加之此處又是個僻巷，更是不見過路之人。錦娘還要說話，暗衛便拉起她道：「少奶奶，此地不宜久留，快走！」說著拉起錦娘就跑。錦娘哪裡放得下秀姑，哭著對暗衛道：「救救我奶娘呀！救救她！」

正在這時，突然自四周圍過十幾個蒙面黑衣人來。原本守護著錦娘的暗衛便護著錦娘往巷子裡走，另一個便迎上了那群黑衣人。秀姑被孤零零地丟在了地上，錦娘大慟，開口大喊：「救救秀姑啊！」

護著錦娘的黑衣人忙捂住錦娘的嘴。「不要出聲，少奶奶，他們不會對秀姑如何的，他們的目標就是您，屬下只能護著少奶奶安全了。」

果然，另外幾個暗衛加上趕車的那個，五個人與那群黑衣人打鬥了起來，四兒和豐兒兩個機靈地待在地上一動不動，看他們戰作一團，便偷偷往巷子邊上蹭，等他們一個不注意，便往錦娘這邊跑。

一個黑衣人看到了四兒和豐兒的動靜，隨著追了過來，看到暗衛護著錦娘在逃，便興奮地直追錦娘。四兒眼見著自己暴露了錦娘的行跡，又悔又急，那人向她衝過來時，四兒突然便身子一矮，一蹲身，便抱住了那人的腿，豐兒乘機抓起手上的包袱便往那人頭上砸。包袱裡裝的都是金銀，分量自然不輕，但那人手一揮，一掌便將豐兒打飛，撞在對面的牆上摔落下來，回手又是一刀向四兒砍去，正好砍在四兒的肩上，四兒立即昏了過去。那人一腳踢開四兒，又向錦娘追去。

這邊，五個暗衛漸漸不是那十多個黑衣人的對手，越打越脫力，那群黑衣人一看便是訓練有素的高手，下手又怪異，很快便又有一名脫離了暗衛的束縛，向錦娘追過去。

大年初二，大錦朝京城的某處巷子裡，上演著一齣十幾個男子同時追殺一個弱女子的戲碼，最讓人奇怪的是，平日裡怎麼也會有人聽到巷子裡的動靜，就算不敢出來管閒事，也應該有人報官，但事實卻是官府似乎全都放了假，而巷子兩邊的住戶也無一人出來。

暗衛帶著錦娘吃力地向前跑，只想出了這巷子便是大街，總會有人發現。

後面追得越來越近，錦娘早跑得沒了力氣，根本就是暗衛挾著她在拖，腳上的繡花鞋早就不知道掉在哪裡。而此時，其中一名黑衣人已經追了上來，舉刀就向錦娘砍過來——

卻說冷青煜，初二一大早便被裕親王妃叫起來，讓他去舅家拜年送年禮。他最近都懶懶的，實在不想去，裕親王妃上了馬車後，他便騎著馬慢悠悠地跟在後面晃蕩，拉著韁繩，信馬由韁，隨意地走著。好不容易等裕親王妃轉過了街角，他韁繩一扯，立即就掉了頭，打著馬就往小巷子裡鑽，就怕裕親王妃一會子不見了人，又回頭找到他，快些逃了才是正經。

誰知一進巷，便聽到一陣刀劍鏗鏘之聲，定睛一看，只見一個黑衣大漢正舉刀朝一個嬌小的身影砍去，那身影……好熟悉啊，心突然一緊，來不及多想，抓了身上的一塊玉珮便向那舉刀之人擊去。

錦娘眼看著那人舉刀砍來，心中大駭，眼睛一閉不敢再看。身邊的暗衛將錦娘向身後一甩，自己舉刀迎上，刀還沒碰到，黑衣人的手卻突然一垂，像被什麼東西打斷了手骨，手中的刀驟然墜落。暗衛心中一喜，回頭又拉了錦娘再跑，後面另一個黑衣人又追了上來，招招直攻錦娘，暗衛又要照顧錦娘又要招架敵方的攻勢，加之跑了好一段路，體力消耗也大，眼看著就要敗落，好幾次錦娘都差一點被那黑衣人刺傷。

冷青煜縱馬趕到，對那暗衛道：「你放開她。」

暗衛哪裡肯聽，只是拚命護著錦娘，吃力地與那黑衣人對抗，而對面的黑衣人趕來的越發多了，錦娘的處境更加危險。冷青煜心急火燎之下，自馬上躍下，如飛鷹一般自天而降，扯住錦娘的胳膊，將她自暗衛手中搶過來，一個鷂子翻身，挾住錦娘便躍回到馬背，將她往懷中一攬，一隻手護住錦娘的腰身，韁繩一扯，調轉馬頭便狂奔。

錦娘驚恐萬分地坐在馬背上，感覺身後之人似乎並無惡意，心才稍安，只是她哪裡騎過馬，何況這馬又跑得太快，一時被顛得七葷八素，腰都快要斷掉了，加之剛才情勢太過激烈危險，又驚又怕又顛之下，沒多久便暈了過去。

冷青煜懷抱著錦娘打馬狂奔，出了巷子後，才感覺安全了好多，逐漸放慢馬步，這才發現懷裡的人兒已經暈了，嚇得他連忙去探她的鼻息。還好，呼吸還算均勻，鬆了一口氣，打著馬便往簡親王府去。

因怕馬跑得太快會傷了錦娘，冷青煜將馬放慢，慢慢地在街上走著，一低頭，看到懷裡的女子秀眉緊蹙，眉間鎖著濃濃的哀傷，清秀的小臉髒兮兮的，還染了血跡，臉色卻是蒼白，他心中一緊，忙察看她哪裡受傷了沒。還好，只是幾處小傷，看來只是嚇到了才會昏過去的，暈了的錦娘嬌小得有如一隻可愛的小貓，蜷在他的懷裡，一隻手下意識地扯住他的一隻衣袖，像個怕被遺棄的孩子，無助又可憐，全沒了平日裡的尖銳。他心裡緩緩升起一股憐惜之情，抬了手，輕撫著她的臉龐，想將她臉上的血污擦了去。

前面越來越接近簡親王府，冷青煜抱著錦娘在馬上慢慢地走著，忽然就感覺這段路太短了，怎麼一下就要到了呢？想著等會兒就得將她交到另一個男人的懷裡，心裡湧起一個古怪的念頭，很不捨，很想抱著懷裡的小人離開，將她就此偷走，就此圈在懷裡，再也不放開……

卻說冷華庭，在屋裡打坐調息了一陣後，始終覺得心神不寧，莫名地感到心慌意亂。他驟然自床上躍起，換了身夜行衣，又戴上了面具，打開窗戶，一個躍身便飛到院裡的大樹上，強自提氣，幾個起落向孫相府行去。

行至小巷子時，很快便看到了自家的馬車側翻在地，他心中猛地一突，整顆心急劇下墜，又痛又急，氣得目眥盡裂。再看向前，有個暗衛受傷倒地，還有幾個正與人對打，他衝了上去，腰間軟劍在空中揮成萬朵劍花，渾身爆出嗜人的殺氣，所到之處全是一招致命，劍劍直指對方喉嚨，割喉如割草一樣，毫不留情。

有幾個黑衣人感覺大事不妙，轉身就逃，冷華庭自身上摸出一把錢鏢，如空中激射的流星，四射而去，連聞幾聲慘叫，那幾個欲逃的黑衣人便全是右腳被擊碎了骨頭，摔倒在地。

處理完敵人，冷華庭環顧四周，最先看到秀姑一身是血地躺在地上，卻不見了豐兒和四兒，更不見那個嬌小的身影，一時心如泣血，提起一名暗衛怒吼。「少奶奶呢？少奶奶在哪裡?!」

那暗衛指了前方小巷，虛弱地說道：「前面……暗五護著，也不知道逃出去沒有……」說完，便虛脫一般垂下了頭。

冷華庭將暗衛往地上一扔，提氣又往巷子前面追去，沒多遠便看到了血跡斑斑的四兒，一旁昏迷著的豐兒，還是沒有看到錦娘，心中更急，卻又稍安。只要沒見到……沒見到……就還有一線希望，她……一定吉人天相，一定不會有事。

再前面，讓他幾乎震驚過去的是，他看到了暗五倒在血泊之中，身上幾處刀傷，正血流不止。他疾步過去，連點暗五的幾處大穴。

「少奶奶呢？少奶奶在哪裡？快說！」

暗五總算被他喊醒，虛弱地睜開眼。「被……被一個騎馬的公子救走了。」

被救走了？再沒有比這消息更加令他振奮的，想要繼續再問，暗五終是不支，又暈了過去。冷華庭丟下暗五，提氣繼續向前追去，一直追出巷子也沒看到錦娘的身影，更沒看到有馬匹。大街上仍是冷冷清清，行人很少，就算是有人，也是提了東西去走親戚回門的。

他心急如焚地四顧，卻是一點線索也沒有，而偶爾過來的行人一見他這模樣，便嚇得回頭就跑。

冷華庭一個縱身，便飛上了街邊的屋頂，踩著瓦片向自家府邸而去。暗五說，那騎馬之人救了錦娘，既是救，那便不是敵人，很可能是與簡親王府有交情，又認得錦娘之人，若果真如此，那人救人後，便應該送回王府才是。如此一想，他便加快步伐，連躍過幾個大院落，在離自家不遠的屋頂上，他終於看到了一人一騎緩緩向前行著，卻沒看到錦娘，剛鬆下的心又縮緊，不顧一切便向前衝去。

但那騎馬之人突然一拉韁繩，調轉馬頭朝另一條路打馬而去。轉身的一瞬，冷華庭看到了那人懷裡有個嬌小的身影，一時又喜又急，仔細一看，馬上之人似乎舊識，很像裕親王世子冷青煜，心裡一急，便大喊道：「錦娘——」

冷青煜在馬上掙扎了很久，終是敵不過自己心裡冒出來的古怪慾望，一時昏了頭，只想將懷裡的人帶走，哪怕只是再與她多待一會子也好……腦子裡還沒拎得清，手裡已經有了動作，拉起韁繩便轉了方向，正欲加快馬速，便聽得有人在喊錦娘，他心頭一震，彷彿偷東西被人抓了現形一樣，身子一僵，還是停了下來。

錦娘昏昏沈沈的，似醒似睡，又似暈迷，試過幾次想要睜開眼，卻是拚盡全力，眼皮沈如千斤，睜也睜不開，神思也沈沈浮浮找不到著落，感覺身體似乎一時落入一個沸熱的熔漿裡，將她灼燒得快要融化了，一時又似乎跌進了冰窟，冷得她骨頭都要凍僵。驟熱驟寒之間，她感覺自己的神魂在飄，在黑暗裡漫無目的地飄移，好像離這個世界越來越遠，眼前似乎又浮現現代的高樓大廈，看到曾經熟悉的車水馬龍的街道，可心好痛，很不捨，像是掉了什麼最重要的東西沒拿回來，一時又喜，像作了個長長的夢就要醒來，就要回到自己原來的世界，原來的生活……正游離之際時，便聽到一聲撕心裂肺的呼喚，那聲音飽含深情又帶著急憂，錦娘聽了好生心痛，游移的神魂又往回走，但仍有股力量在前方牽扯，似要將她往現實裡拉扯……

「錦娘——」冷華庭又大吼了一聲，身體一個急墜，自幾公尺高的屋頂上直直飛落在冷青煜的馬前。

冷青煜嚇了一跳，先前他以為是錦娘的家人找來了，所以尷尬地停下來，正想著用什麼話回還，卻不知出現在自己面前的是個戴面具的黑衣人，心裡警鈴大起，拉著韁繩退後幾步道：「你是何人？快快走開！」

「把錦娘放下來。」冷華庭冷冷地說道。離得近了，才看清錦娘正暈在冷青煜的懷裡，雙眼緊閉，染血的臉色蒼白如紙，他的心被揪得一陣陣抽痛，擔心她是不是受了大傷，偏這青煜小子不好生送她回去也就罷了，竟然還……還想將她帶走?!這人是何居心？再看他的手環在錦娘的腰間，便更覺得刺眼，一股怒火直往上冒，渾身都散發著危險氣息，讓冷青煜不自主地又收緊了手臂，生怕這個怪人會將錦娘搶了去。

又是一聲飽含深情和焦慮的呼喊，好遙遠，又好熟悉。

錦娘的心弦像是被這聲音又牽扯了一下，一張美到極致的臉，還有，那雙小鹿斑比似的無辜眼眸……在眼前忽閃忽滅，卻又越來越清晰。

「娘子，妳不能離開我，就算要走，妳也要帶上我……」她記得，他對她說過這樣的話，原來，她差點遺失的最重要的東西就在這裡。

錦娘猛地睜開眼來，一抬眼，便看到一個陌生的面具男子，只是那眼神好灼熱，眼裡的焦慮和擔憂灼傷了她的心，她忍不住就輕呼：「相公……」

冷青煜戒備地看著冷華庭。他今天原是走親戚的，並沒有帶武器，見對方用軟劍指著自己，心裡便很是惱火。「你是什麼人？憑什麼讓我放人？」話音未落，卻聽到懷裡的人兒在說話，可聲音太過微弱，他沒有聽清楚，不由低頭看向錦娘。

那聲相公讓冷華庭如聞仙樂，滿懷的擔心、憂急全在那微弱的聲音裡消散。她沒事，她沒事，她在叫自己，就算自己戴了面具，她也能認出自己……他懶得跟冷青煜廢話，一提氣便又縱起，對著冷青煜的右臂便削了過去，作勢要砍斷他的手，冷青煜本能地就向後一仰，躲過他這一擊，卻將懷裡的錦娘給暴露了出來，冷華庭乘勢扯住錦娘，一下便將她自馬上搶了過去，兩手一抄，將她打橫抱起，縱身便向簡親王府跑去，邊跑邊道：「多謝了。」

冷青煜大急，打馬就追，但那人輕功很好，抱著一個人還跑得飛快，幾個起落便跳上了簡親王府的院牆，一下便消失在簡親王府那層層疊疊的屋簷裡。

冷青煜也明白，那個人搶了錦娘直接進了簡親王府，定然不會傷害她。以那人對錦娘急切的態度看，怕是個很親近之人，而且錦娘也是識得他的，不然剛才錦娘一醒來，也不會叫那人的名字了。只是可惜，剛才沒有聽清楚她叫的是什麼，懷裡軟軟的身子一下沒了，臂彎裡還留有她的體溫，一絲帶著血腥，又夾著幽蘭的清香……

像是好不容易尋回了一件妄想多年的寶貝，突然得到又突然失去，心裡空落落的，如要失了魂一樣。他坐在馬上打著轉，不知道要向哪裡去才好，呆呆地看著前面簡親王府門前的兩尊大石獅子，雄偉又威風地站在大門兩旁，張著大嘴，露出鋒利的獸牙，像要將他生吞了似的。

他感覺背後一陣冷，眨了眨眼，對那獅子猛齜了一聲，無聊地打著馬，往自己家裡走去。

冷華庭抱著錦娘暗暗潛進自己院裡，自窗中躍進了裡屋，將錦娘往床上一放，胸中一口血氣翻湧，猛地一口鮮血噴了出來。

錦娘一落入他的懷抱，聞著熟悉的氣息，心中感到一陣安寧，不用看他的臉也知道他是誰，她緊緊地依偎在他懷裡，閉著眼，任他帶著自己時而高躍、時而落下，只要是和他在一起，空中沈浮的暈眩感都能減輕很多。

一觸到熟悉的錦被，錦娘越發安心，身子剛剛落穩，一抬眼，便看到觸目驚心的一幕——那一口鮮紅的血似乎快要將她的心淹滅，心也在和他一起滴血，疼痛欲裂。「相公……」

錦娘顫抖著，虛弱地自床上爬起，掙扎著下床向他撲去。

冷華庭噴完那口鮮血後，胸中的鬱結便鬆了稍許，強自調息了下氣息，一轉頭，看到錦娘自床上撲過來，心裡一急，差點又是一口血吐出來，忙努力按壓住。就算要吐，也不能再當著她的面了，他知道，她心疼。

他忙大步走過去，將她扶回床上，扯掉自己臉上的面具，與她偎在一起。

「娘子，妳……妳有沒有受傷，有哪裡疼？我……我這就去叫太醫來，給妳察看。」他緊張地察看著她的身體，哆嗦著將她渾身上下看了個遍，看到她衣服都破了好幾處，身上也有好些地方擦傷，心痛萬分。「是我不好，應該陪妳回去的，是我大意了。娘子，我……我真是無能，連妳都保護不周，娘子……」他真的後悔，早知如此，就算拚去這一身功力不要又如何？若是沒有了她，自己在這個冷漠陰險的塵世裡過著還有什麼意思？難道又要變成一具行屍走肉？

「不怪你的相公，不怪你，只怪他們的用計太深沈了，咱們……著了他們的道。我無事，沒有受傷……喔，快些叫人去救秀姑啊，還有四兒、豐兒，她們為了救我，只怕……」錦娘安慰著冷華庭，一時又想起秀姑幾個，又急又傷心，忙對冷華庭道。

「我傳信給父王了，一會兒人就該到了吧？別怕，秀姑和四兒她們應該沒事的，別擔心，現在最主要的是妳的身體，千萬不要有事。」冷華庭愛憐地撫摸著她蒼白的小臉，一把將她摟進自己的懷裡。貼得如此近，他才能感覺她是真的存在。剛才那一口血，與其說是受傷，不如說是憂急鬱結所致，他現在很疲累，心情卻是大好，只要她沒事，什麼都無所謂了。

錦娘聽了這才放心，仍是問道：「父王會去救秀姑的對吧？秀姑她……她其實是很疼我的，她原不會受那樣重的傷，全是為了救我，為了救我啊……」想著秀姑先前的那番話，還有秀姑被磨掉半身的皮肉，錦娘的心一陣陣發麻、抽痛，又懊悔自己平日裡對她不滿、對她的懷疑，這些都讓她不安和內疚。

「她是心甘情願的，她們都是心甘情願的，因為妳平日裡待她們以善，所以，她們願意用命來護著妳，娘子，這是妳善心的回報，不管那些人如何陰險狠毒，他們都傷不了妳的，因為這麼好的娘子，就是老天都會幫著妳的。」冷華庭輕輕撫著她的秀髮，柔聲安慰著錦娘。

一想到她差一點就死於那些人的刀下，他身上便直冒冷汗，後怕不已。那些人陰的不行，直接來硬的了，肯定是看出了錦娘的重要，所以想殺了她，以絕後患。

看來，自己還是太過手軟了，這件事一定不能就這樣完了，一定要讓那些人血債血還！

第六十九章

王爺自聽了冷華庭發出的暗信，立即帶了人馬趕去出事地點，先是將秀姑幾個救回來，再帶人勘查現場，將那幾個被冷華庭打斷了一條腿的黑衣人帶去刑部。

這當口，順天府尹才得了信，帶著一幫衙役來了。王爺二話不說，對著那順天府尹便是一巴掌搧去，罵道：「京畿重地，光天化日之下，在你的治下竟然有人暗殺本王兒媳，你順天府是吃乾飯的嗎?!」

順天府尹嚇得趴在地上便不敢起來。「王爺息怒、王爺息怒，這大節下的，兄弟們都……都放了假，誰也不知道會發生這等事情，下官……給您賠罪了！」

王爺冷笑地看著他。「這麼巧嗎？此處乃王公大臣聚居之地，平日裡這裡可有不少巡邏的衙役，只等本王的兒媳出事時，你們就放大假？放得好啊，放得妙啊！」

順天府尹聽得一震，埋頭只顧磕頭，一句話也不敢再說了。

這當口，大老爺也得了信，匆匆趕了來，一見王爺也在，顧不得多禮，忙問道：「我那四丫頭如何了？」

王爺聽得心中一慟，忙安慰大老爺道：「還好，庭兒著人將媳婦救下了，應該無大礙，只是傷了幾個下人。」

大老爺聽了心中大定，一轉頭，看到順天府尹還趴在地上，大步走過去，一腳便將他踢翻，踢得那順天府尹捂胸就吐了口血出來。可憐他一介文官，哪裡受得住大老爺的一腳，差點就暈過去。

大老爺踢完順天府尹後，拉了王爺便道：「王爺，這事可不能這麼了了，咱們進宮面聖去，看是誰有這麼大的膽子，竟然敢襲擊王爺和本帥的親眷！就算揪不出首腦來，這一次也得砍了他的臂膀，重傷他的元氣不可！」

王爺道：「親家，不慌，等查出些實據，咱們再一起去面聖，到時，就算他們再巧舌如簧，也難以抵賴。」

劉醫正很快帶了好幾個太醫到簡親王府。四兒肩膀上被砍了一刀，流血過多，早就昏迷不醒；秀姑雖然傷重，好在都是外傷，只是皮肉受損太重，要恢復至少得半年以上；豐兒受傷最輕，卻也被震傷了內腑，幾個品級低一點的太醫正緊張地給秀姑幾個醫治著。

劉醫正便被王妃親自引進了內堂，先給錦娘探了脈。還好，錦娘只是驚嚇過度，只有一點皮肉小傷，並不重。王妃聽了這才鬆了一口氣，含著淚就將錦娘抱在懷裡，忍不住哭了起來。「可憐的孩子、可憐的孩子，幸虧命大啊……若是……若是真有些什麼，娘還真是對不住妳娘親，是哪個該千刀的，竟然下如此毒手，若要找出來，真要將他千刀萬剮了去……」

錦娘依在王妃溫軟的懷裡，心裡湧起一陣心酸，又感覺一陣欣慰。幸虧遇刺的是自己，不是王妃，不然，這府裡會更加亂作一團，首先王爺就會發瘋的。而且，王妃可是養尊處優慣了的，自己怎麼都比王妃要堅強得多，若是王妃，受了那麼一嚇，怕是至少一個月都難以恢復。

先前她聽了烟兒的信後，只擔心王妃，還真沒想到自己只是回個門子，不過是幾條街的距離，又是在王公貴族集居之地，那些人竟然如此大膽行刺，看來，那個幕後之人不可能只是二老爺和冷華堂這麼簡單，他們兩個人的權勢還沒達到那個地步，自己一個弱女子，竟然惹惱了京裡的某位大員，硬是要將自己殺了才甘心呢。

「娘，沒事了，您別擔心，太醫都說沒事，兒媳福大命大，不會就這麼早去了的。」說著，又抬眼緊張地看冷華庭，他這會子早換了夜行衣，穿著一襲藏青色的長袍，坐在輪椅裡，正擔憂地看著自己，她也顧不得多話，忙對劉醫正道：「劉大人，您再幫相公探探脈吧，我怕他憂心過重，會傷了身子。」

劉太醫也覺得冷華庭臉色蒼白，便伸了手要去給冷華庭探脈，冷華庭將手一縮，淡淡地說道：「不用，我身子好得很，沒病。」

錦娘立即明白他是不想讓劉太醫知道他的雙腳已經恢復了，才不願意讓劉醫正探脈，但那一口鮮血著實嚇壞了她，不給他診一診，她怎麼都不放心，於是便對王妃道：「娘，我餓了，想吃點燕窩。」

王妃也正擔心冷華庭，不過庭兒又沒出府，更沒受傷，想來定是因為太過擔心錦娘的緣故，才會臉色有異吧？一聽錦娘說要吃燕窩，心中一喜，受了這麼大的驚嚇，肯吃東西就好，一會子多燉些，讓庭兒也吃點。

王妃立即起身出去吩咐碧玉，讓她去自己院裡燉來。

王妃一出去，錦娘便起了身，半坐在床上對劉醫正行了一禮道：「請大人給相公探脈，不管他病情如何，還請大人不要聲張，守口如瓶才是。」

劉醫正何等精明，一看二少奶奶連王妃都支了出去，定然二少爺身上會有秘密。自在孫家第一次見到這位二少奶奶，劉醫正便覺她與眾不同，且這簡親王府二少爺看著柔弱，卻不是池中之物，這兩個人合在一起，將來前途不可限量啊，簡親王府這條線，他是萬萬也不肯丟卻的。

「二少奶奶請放心，本官以醫德作保，定然不會向外洩漏半句。」劉醫正精光閃爍地看了冷華庭一眼，對錦娘說道。

冷華庭知道今兒若不讓劉醫正檢查一番，錦娘定然不會放心，他也捨不得讓她揪心，且她話都說到這分上了，只好無奈地伸手出來，老實地讓劉醫正探脈。

劉醫正一探之下，眉間立即露出驚詫之色，欣喜又複雜地看著冷華庭，冷華庭對他眉頭一挑，斜了眼睨著他，劉醫正立即斂了心神，繼續診脈，半晌，他才面色嚴肅地對錦娘道：「二少爺因耗力過損，傷了元氣，加之過於憂心焦慮，才致氣血攻心，損了內腑。不過，好在他內力深厚，身體底子也好，只需多加調養，便可痊癒，本官這裡有幾顆家傳秘製的補中益所丸，二少爺連服三日，應該便有奇效。」

自始至終不言及冷華庭的腿疾和體內毒素之事，果然是個人精。錦娘和冷華庭聽了都很寬心，劉醫正自懷裡拿出一個小藥瓶子，卻是直接遞給錦娘，等錦娘接過後，他突然便起了身，對著錦娘一揖到底。

錦娘見了就皺眉，看向冷華庭，冷華庭無奈地笑了笑，對劉醫正道：「該是我們謝你才是，為何如此多禮？」

劉醫正直身，誠心誠意地對錦娘道：「還請少奶奶不吝賜教，下官為二少爺的毒沒少下功夫，卻始終不得其門而入，找不到法子醫治，且下官敢斷言，整個大錦，若下官父子二人都難醫治，除非下藥之人拿了解藥來，不然，定然是無人能醫。」

果然如此，這個劉醫正，還真不是個能吃虧的主。錦娘笑了笑，對劉醫正道：「大人是如何看出是我給相公解毒的？而且，大人早就知道相公身中劇毒，卻只在如今才肯明言，大人是否也該給我們一點有用的信息呢？」

劉醫正聽得一怔，複雜地看向錦娘。這個二少奶奶若是去做買賣，怕是只賺不虧的，一點補藥可能難以討到自己想要的方子，不過，二少爺可是簡親王唯一的嫡子，如今他雙腿恢復，而那位如今的世子爺卻正越發瘋狂，怕是過不了多久，簡親王府的真正掌家之人便會是眼前這一對年輕夫妻……

「二少奶奶，二少爺所中之毒乃是來自西涼皇室，而且症狀與某種疾病很是相似，下官既是無能醫好，又豈敢妄下斷語？不過，據下官所知，貴府二老爺與西涼皇室卻是走得近的，下官言盡於此，再多的，下官也不知了。」劉醫正斟酌著說道。

錦娘和冷華庭聽得一怔。怪不得府裡總出現西涼來的毒藥，原來，二老爺真與敵國有勾結！此事可不是只關係到簡親王府，而是關係到整個大錦王朝的利益了，只是，劉醫正怕是也沒有切實的證據，以他的精明和保守，定然也不會在皇上面前去指證二老爺。他今天能說出這樣一番話，不過是因太想要錦娘醫治那毒素的方子，也算是打破了他一貫堅持的自保原則。

「其實那個方子很簡單，一會兒我便寫給您，還望大人能替我夫妻二人保守這秘密才好。」錦娘笑著起身，拿了筆墨將方子寫給劉醫正。

劉醫正提供的那個信息太過重要，冷華庭一時陷入了沈思。二老爺也算得上是大錦朝的皇族，他為何與西涼勾結來害自己？僅僅只是為了幫助冷華堂固位嗎？冷華堂得了墨玉和簡親王之位又對他能有多大的好處？將基地的秘密賣給西涼？他在大錦身分地位和財富都不低，西涼皇室要多大的好處才能讓他心甘情願背叛大錦呢？這一點，很讓冷華庭費解。

王爺與大老爺將那幾個人犯帶到了刑部大牢，經過審訊，那幾個都是江湖人士，是有人出鉅資請他們來暗殺簡親王兒媳，但他們卻只說出給他們錢的是一位蒙面人，先付了一半訂金給他們，事成之後再付另一半，誰也沒有見過那個人的真面目。

這讓王爺和大老爺聽了好不光火，將那幾個人犯施了重刑，卻還是問不出一點有用的信息，只好移交刑部尚書按正常程序處理。

王爺和大老爺兩個還是一起進了宮。皇上正在正元殿裡與太子議事，聽說孫大將軍和簡親王兩人同時求見，很是詫異，笑著對太子道：「這兩親家不是在一起喝酒慶新年，到朕這裡來做什麼？難道是想討便宜酒吃？」

太子聽得哂然一笑。「或許是來給父皇您拜年的呢，王叔開了年可就要去南方了，想來，還有諸多的事情想要向您稟報呢。」

皇上笑著讓宮人將簡親王和孫將軍召了進來，二人進來後，與皇上和太子分別見了禮，皇上說了免禮平身，但此二人同時跪著不肯起來，皇上見了便覺奇怪，看了太子一眼，太子忙上前來扶簡親王。「王叔，這大過年的，您就算要給父王拜年，也不能拜了不起來吧，地上可冷著呢。」

「求皇上給微臣作主，臣之兒媳冷孫氏今日回門時，在路上被人劫殺。」王爺一臉憤怒地對皇上說道。

皇上聽得大怒。竟然有人敢在皇城下行凶，且是在王公貴族集居之地對皇家親族下手，那也太無法無天了，這不是在打皇家的臉嗎？

太子也是一驚，忙又問了句：「王叔，您說的可是小庭媳婦？」

大老爺聽了，聲音哽咽地對太子道：「回殿下，正是微臣小女，嫁給簡親王二公子的錦娘被人劫殺。」

太子聽得大怒，對皇上拱手道：「父皇，那孫錦娘可是個人才，她若出事，對大錦朝可是一大損失啊！」

此言一出，不只是皇上，就是簡親王和大老爺兩人也很是震驚。太子如何知道錦娘是人才？錦娘會的那些可全是以小庭的名義上報的，太子此話是何意？

「父皇可還記得臣妻曾獻給母后的一幅草圖，那可是用墨筆畫的。」太子急切地說道。

「墨筆？你是說，那女子用墨筆畫圖？」皇上聽得也是一震。

「正是，那日她來兒臣宮裡給臣妻上了個治宮的條陳，兒臣原想那不過是婦人之間的小把戲，沒有在意，後來一看那圖才知道，她竟然用墨筆作圖，而且用法與以前那奇人出奇相似，所寫的條陳也是簡單明瞭，方法實用又公正。臣妻如今雖是雙身子，每日卻只是理事半個時辰，便將整個太子府打理得井井有條，既輕鬆又自在，還少了很多紛爭。父皇，她定然也是個奇才。」太子躬身對皇上說道。

「果真如此，那還真是不能錯過。王弟，你怎麼不早說啊，她可是受傷了？」皇上一聽，急了起來，忙責怪地對簡親王道。

簡親王沒想到太子如此銳利，只從一枝墨筆就看出錦娘的才華，原是想以此推小庭上位的……嗯，不過也好，反正錦娘是自己的兒媳，那是誰也無法改變的事實，就是孫大將軍此刻只怕也是後悔莫及呢，聽說當初錦娘在孫家時，可是受盡虐待的，孫家從沒重視過她，倒是簡親王府一直將錦娘看得重，王妃和自己也對她關愛有加，錦娘可是誰也搶不走的。她是女子，終是不能立於朝堂之上，如今小庭正潛心向學，以小庭的聰慧，不過幾年，錦娘的學識便會學個七、八，能夠站在明面上的，還是小庭。

「回皇上，臣之兒媳確實聰慧，她與小兒華庭感情深摯，小夫妻兩個都很會動腦子，基地那邊……怕是得他們二人同行才能發揮意想不到的作用。」簡親王斟酌著對皇上說道。

皇上聽了大喜，可又被簡親王急死了，說半天，也沒說清楚他的兒媳是否受傷。「唉，王弟啊，你兒媳可否受傷啊？」先把人救了才是正經，若真是個奇才，可真是天佑大錦。

簡親王一聽，面上就帶了淒然之色，憤怒地說道：「微臣不知，微臣趕過去時，小庭已經派人救走錦娘，只是她的奶娘、隨侍丫鬟，還有幾個護衛全都重傷，還有一個已經沒了，臣是氣急眼了，直接來見皇上，求皇上給討個公道。」

皇上聽了也擔心起來，對一旁的宮人道：「快，將宮裡最好的治傷藥送些去簡親王府，這樣的人才可遇不可求，千萬要救好才行。」

立即便有宮人聽旨辦差去了，皇上又對太子道：「此事確實太過分了，天子腳下竟然有人公然行凶，還是對一個弱女子，太子，此事著你去嚴查嚴辦，不管查到誰的身上去，都要一辦到底，不可姑息。」

太子聽得一振，心中大喜，立即領旨下去了。

大年初二這一天，因著簡親王次媳回門遇刺一案，原本熱鬧祥和的年節變得詭異了起來，京城很多皇親貴族，高官大員都誠惶誠恐地縮在家裡不敢隨便出門，一是怕又遇到奸凶之徒行那搶劫刺殺之事，夫人小姐們都不敢出府，該走的親戚也都不走了，只是派個下人互送節禮，以示親近。

這第二，便是太子首次用雷霆手段抓了一大批六品以上的官員去大理寺受審，首當其衝的就是順天府尹和九門提督。這兩位肩負京城安守之職，卻在大節裡玩忽職守、懈怠瀆職，致使皇親貴戚得不到應有的保護，其次當然是要連累他們的上司以及相關部署衙門，如此七七八八一查，只要稍有關聯的就被連帶，竟在兩日之內，鎖了八名官員之多。

有意思的是，這些人要嘛便是與寧王爺走得親近，要嘛便是屬裕親王所轄，其中兩位還是當朝太尉手下的關鍵人物，太子與簡親王一起，先是以緝凶查案為名，後來有些人與此事毫無牽扯，便將他們平日裡或貪或行賄，或縱子作惡，或欺壓百姓……林林總總地羅織了不少罪名，將這八個位居要職的官員一併處置了，或貶或抄家或流放，一下便將寧王與裕親王那幫聯合起來的勢力削弱了不少，真正達到了斷其枝節的目的。

而在這一審案過程中，太子與簡親王的關係比之過往更進了一步。太子妃在初三這一天，不顧身懷有孕，親自蒞臨簡親王府探望錦娘病情，宮裡除太后與麗妃娘娘，叫得上名的主子幾乎全都表達了關懷之情，一時，錦娘夫妻倒成了親貴們口裡的香餑餑，這是最讓二老爺和冷華堂幾個始料未及的。

而最巧的便是，九門提督趙懷古竟然是二太太的親族。

京城原分內外二城，內城是皇宮和皇親貴族及二品以上大員集居之所，外城才是百姓雜居之地，九門提督掌管內外二城的安保，尤其內城更是重中之重，就是在平日裡也不得有半分懈怠，何況年節時分，更應該嚴防才是。而那一群江湖殺手，竟然在內城如此肆無忌憚地行凶，而且策劃周詳嚴密，整個案件發生多時也不見有半個巡查的衙役和守城兵士出現，這不得不讓人懷疑是有內鬼勾結作案，或者說是暗中配合行事，才使那起刺殺變得如此順利。若非簡親王府事先便有防衛，只怕那日當場再無活口留下，因此簡親王當日便直指九門提督與順天府尹嚴重失職，太子也正要乘機打壓異己、培植親信，當然更會配合簡親王行事。

在嚴刑之下，趙懷古之部下終於供出，趙懷古與西涼人有勾結，那群行刺者其實全是西涼高手。太子聽得大喜，此事不只是一件小小的刺殺，而是通敵叛國的大罪，一查之下更是不肯放手，只想再深挖出更大的蛀蟲出來。

但可惜的是，當日正要再審趙懷古，他卻莫名地在牢中服毒自盡，好不容易挖出的一條線索就此斷了，讓太子好不氣惱，盛怒之下，下令以通敵叛國之罪誅趙家滿門，而更多趙氏親族牽連在內，因此，京城姓趙的或與趙家有關聯的，全都成了驚弓之鳥，連大門都不敢再出，而二太太的娘家父母兄長當然也被牽連在裡，二太太因著是出嫁之女，又是簡親王親眷，又有裕親王力保，才免去一劫。

這一切，錦娘都是躺在床上知道的。

連日來，因著來探病的客人太多，王妃是忙得腳不沾地，卻仍是讓錦娘與小庭好生休養，來了客人，也儘量不驚動他們二位，就是太子妃來了，也只是在錦娘處稍坐，見錦娘身體無恙便起駕回宮。大量的良藥補品堆滿了錦娘的小庫房，讓張嬤嬤和豐兒幾個大忙了一陣，只是這樣倒是讓秀姑和四兒幾個受了惠，平日裡難得一見的療傷聖藥，這會子便像不要錢似的，全往她們身上堆。

錦娘第二日便去了秀姑屋裡。秀姑因著傷勢太重，一直昏迷著，又高燒不止，大半個身子纏得像個木乃伊，看得錦娘直掉淚。柳綠倒是機靈得很，自秀姑救回後，就一直守護在秀姑床前，忙上忙下，小心服侍著秀姑，讓錦娘見了很是欣慰，又賞了她不少好東西給她做添箱。喜貴也陪在秀姑身邊，兩人一同服侍秀姑，感情也在逐漸升溫之中。

這日，錦娘又去看秀姑，見秀姑還是暈著，便問柳綠：「可曾甦醒過？」

「回少奶奶的話，昨兒晚上醒過一回，直嚷嚷少奶奶的名字，燒倒是退了，您看，今兒總算不燒了，應該過兩日便會醒吧。」柳綠給錦娘行了禮後，便站在一旁，拿了帕子給秀姑擦臉，一臉欣喜地對錦娘說道。

錦娘聽了自然很高興，接過柳綠手中的帕子親自給秀姑擦著，想起那日她擁自己在懷裡，用柔弱的身子緊密護著自己，還有，她清醒時說的最後一番話，這幾日全總在耳邊縈繞不絕，擦著擦著，就忍不住掉淚。

這時，喜貴端了藥進來，見她在，正要避，錦娘見了便道：「喜貴哥哥，藥給我吧，咱們打小就在一起的，不興那些個講究，你……就在這裡陪著秀姑吧。」

喜貴聽得一怔，忘了羞怯，激動地看著錦娘，嘴裡囁嚅道：「四、四姑娘，妳……妳又叫我喜貴哥哥了？」

錦娘聽得更是心酸。腦子裡，幼時的回憶這幾日時時浮現出來，那時，自己雖是小姐身分，卻一直吃不飽穿不暖，四姨娘那會子時不時地就跟了大老爺出征在外，有時半年才回一次家，若不是秀姑和喜貴護著，這個身體怕也早就作古了。那時，大幾歲的喜貴總會將好不容易得來的燒餅多分自己一半，總在遇到二姊欺負時，用小小的身子擋在自己身前，任那鞭子抽打在他的身上，咬著牙，一聲也不吭……

「我最近記起好多小時候的事情，對不起，喜貴哥，錦娘忽略了你。」錦娘含淚對喜貴說道。

喜貴聽了，眼睛也潮了起來，抓了袖子去拭淚，點點頭道：「不怪少奶奶的，奴才……一直沒用，總是沒什麼本事，也不能給少奶奶長臉。少奶奶，您快別再叫奴才哥哥了，一會兒讓別人聽到了不好。」

錦娘哭著搖頭道：「不怕，昨兒我跟王妃說過了，就認你做義兄，給你脫了奴籍，以後你再也不是奴才了，那間鋪子若是做大了，就分一半股份給你，你……一定要好好做，好好孝敬秀姑。」

喜貴一聽大喜，跪下就要給錦娘磕頭，錦娘忙過去扶住他。「少奶奶，這……這不合適的，奴才怎麼有資格做少奶奶的義兄？您……您只幫奴才脫了奴籍就是，奴才絕沒那個膽做您義兄的。」

柳綠也是聽得狂喜，沒想到自己無意間還真撿了個寶，二少奶奶是何等身分啊，簡親王嫡媳，喜貴若真被二少奶奶認作了義兄，那自己不也是飛上枝頭了嗎？就算算不得是鳳凰，那也是隻喜雀呀，從此喜貴便是二少爺的大舅子了，比起做主子的姨娘通房，那可要強多了，喜貴又年輕俊秀，最重要的是實誠、好拿捏，就是秀姑也是個心善的，而且還有半間大鋪子作家產……那自己以後不也成了主子奶奶嗎？

她見喜貴還在推辭，忙走過去和他一起跪了下來，一隻手便繞到喜貴身後去，使勁擰了喜貴一把。

喜貴身子一僵，臉就紅了起來。畢竟兩人還未成親，如此親熱之舉還是頭一回，他有點不適應，不過心裡卻是歡喜的，他也知道柳綠的意思，只是……娘還沒醒，這事怕是還要娘應了才成呢。

「你們起來吧，等秀姑好了，咱們就擺兩桌，請些親朋來慶賀一下，也不用回孫家說什麼，你以後只是我一人的義兄，不關孫家什麼事。」柳綠的小動作，錦娘只當沒看見。這也是人之常情，只願自己將喜貴的身分抬起來後，柳綠會真的改邪歸正，會用心地對待秀姑和喜貴，好生過日子就好。

喜貴終是抑不住心中的狂喜。天上突然掉了餡餅，砸得他腦袋都暈了，被柳綠又碰了碰後，高興地點了頭，這事就算這麼定下來了。

錦娘又看向柳綠道：「那日秀姑原是要去妳家提親的，只是遇到這禍事，倒是耽擱妳了，明兒我便派人去妳家給喜貴哥哥提親，也免了妳的奴籍。妳可要好生侍候秀姑才是，若讓我再發現妳心思不良，妳可小心著，我會讓喜貴休了妳，重新聘一個大家小姐回去。」

一番話恩威並施，讓柳綠聽得心驚膽戰，既喜又憂，忙不迭地給錦娘磕頭，連連應是。

錦娘又看了眼昏迷著的秀姑，便起了身。得去看看四兒了，那日四兒失血過多，養了幾天，也不知道醒了沒。

剛走到門口，柳綠突然道：「少奶奶，奴婢還有下情容稟。」

錦娘詫異地回頭，就見柳綠向自己跪爬過來，喜貴也是一臉莫名地看著柳綠，不知道她要做什麼，生怕她還要提什麼過分的要求，急得一臉是汗地在後頭扯柳綠。

柳綠對著錦娘就拜，連磕了好幾個頭，錦娘看著就皺眉，冷然地說道：「妳有什麼話就直說了，我若是能辦的，一定幫妳辦了。」

柳綠聽了便抬起頭來，一臉的愧色，鼓起勇氣對錦娘道：「奴婢該死，奴婢求少奶奶饒恕奴婢的罪過。」一邊說邊自懷裡拿出一個小包來，雙手呈向錦娘。

錦娘也不去接，只問：「這是何物？」

「毒藥，二太太給奴婢的毒藥。奴婢進府沒多久，二太太就將這包毒藥給了奴婢，讓奴婢伺機給二少奶奶下毒。」柳綠低著頭，不敢看錦娘的臉，哭泣著說道。

「妳說妳進府沒多久二太太就給了妳？那怎麼可能，那會子二太太應該不認識妳才對啊。」錦娘疑惑地問道。

「少奶奶有所不知，二太太與大夫人原本就是手帕交，她們又是遠親，打小關係就好的。奴婢被大夫人送給少奶奶之前，大夫人就囑咐過奴婢，進府以後，便要聽從二太太的吩咐……您也知道，奴婢的父母親人全在孫府裡，在大夫人手裡討生活，奴婢不敢不聽大夫人的話，所以……」柳綠哭著解釋道。

原來如此，大夫人可還真是死性不改，自己嫁了，她也不忘要埋幾顆炸彈來害人，只是……

「那妳為何一直沒有下手呢？妳完全可以在藥裡下毒的啊？」錦娘仍是不解地問道。

「奴婢也不是傻子，二太太心思太毒，要害二少奶奶不說，同時也沒將奴婢幾個的命看在眼裡，奴婢若真聽了她的，在您進府沒多久時就給您下了毒，您真要有個三長兩短，我們這些服侍您的身邊人，還不得個個都被活活打死去？奴婢也不敢完全不做，只是一直拖著，說找不到機會，但又怕大夫人在家裡害奴婢的親人，便只在您藥裡動了一些手腳，能讓您不孕，也算是給大夫人和二太太交差了。」柳綠低頭，話說得很合情理，看來她還真是個有腦子的，只是一直沒用在正途上，以後若她真改了，保不齊還能助了喜貴一臂之力呢。

錦娘聽著不由喟嘆。如二太太之流，一直只拿奴才們當狗一樣的使喚，將他們的命視如草芥，但人心都是肉長的，善惡到頭終有報，柳綠方才雖說是在一番猶豫衡量下才決定要全盤托出此事，但又何嘗不是被自己與喜貴、秀姑之間的主僕真情給打動了？自己生活在這個陰暗邪惡的王府裡，雖說步步驚心、時時危機，但一直保有一顆善良的心不改變，或許二太太之流會覺得自己軟弱可欺，可向自己身邊靠攏的人卻越來越多，終有一天，自己要將整個王府淨化，變成一個美麗幸福的大家園。

接過柳綠手裡的藥包，錦娘放在鼻間聞了聞，發現與玉兒小弟所中之毒氣味有些相似，便收了放進自己的袖袋裡，對柳綠道：「今日之事，妳再不可對任何人說。妳且仍與二太太保持聯繫，看她還有沒有進一步的行動讓妳執行，這藥包我先拿走了，好生侍候著秀姑。」

柳綠沒想到二少奶奶聽完自己這番話後竟是如此反應，完全沒有生氣和要處罰自己的意思，心裡又是一陣狂喜，看來自己又押對了一次，以後二少奶奶只會更信任自己，將自己也納入她的護衛之下……越想越開心，柳綠又連連向錦娘磕了幾個頭。

錦娘也沒扶住她，只是深深地看了一旁的喜貴一眼，便轉身離開了。

四兒自那天被救回後也一直昏迷著，冷謙連著幾天來看她，一直徘徊在門口也不好意思進去，每次來便送了一些傷藥補品過來，敲了門，也不等裡面的人出來，放下就走，急得服侍四兒的鳳喜直跺腳。沒見過這樣的，明明心裡就是惦記得要死，偏生拉不下面子，不肯進來親自看四兒一眼，冷冰冰的，連句問候也沒有，虧得四兒昏迷之中，時不時還會叫兩聲他的名呢，真真為四兒不值。

錦娘這幾天就聽鳳喜在嘮叨這事了，但她每次來，都沒碰到冷謙，今天她特意先去了秀姑房裡待了一陣，再偷偷地挨著牆角往四兒屋裡走，果然便看到冷謙如一座移動的石雕一樣，在四兒窗前徘徊的身影，手裡拿著一包不知道是藥或是首飾的東西，正要抬手敲門，錦娘突然自屋角走了出來，狀似無意地說道：「阿謙，你也來看四兒嗎？怎麼不進去？昨兒聽鳳喜說，四兒好像醒了呢。」

冷謙聽得一震，轉頭看是錦娘，臉就紅了。其實，他剛才也聽到有腳步聲往這邊來，但他以為是路過辦事的丫鬟婆子，便沒怎麼在意，沒想到二少奶奶今天是這會子來了，臉上立即就有點掛不住，生怕二少奶奶又來個碎碎唸，放下東西低了頭就要走。

錦娘忙道：「昨兒還聽鳳喜說，四兒一醒來，看不見某人，立馬就哭了。太醫可是說了，四兒原就失了血，若再鬱氣傷心，那就會留病根的。可憐的四兒，全是為了我，若不是為了救我，她也不會傷成這樣子，可憐還沒個人真心疼她，打小又死了親爹親娘，孤苦零丁，心裡還老牽掛著別人，擔心他元氣受損沒有恢復，會不會去看她，是不是嫌棄她只是個奴婢出身……」

冷謙被錦娘說得臉脹得通紅，也不敲門，拿起東西推開門就往裡闖。裡面，鳳喜正在給四兒換藥，突然見冷謙像個鐵柱子似地闖了進來，嚇得手一哆嗦，忙將被子蓋住四兒的肩，嗔道：「我的天，冷大人，您今兒是魔症了吧?!平日裡求您都不進來，這會子門都不敲就闖進來了，您是要嚇死奴婢呢！」

冷謙被鳳喜說得嘴角直抽搐。剛才他眼尖，一進來正好看到四兒露在外面的一截雪白的肌膚，和那嚇人的傷口，雖然只是春光乍現，卻讓他整個身子一顫，心驟然加速跳著，慌忙移開了眼，一轉頭，卻看到錦娘正似笑非笑地看著自己，一時更不自在了。也不知道自己是哪根筋結反了，被少奶奶一念叨，就不管不顧地衝進來了，看吧，正好又給少奶奶找了話頭了。

「鳳喜呀，阿謙可是特地來看四兒的，妳這是說什麼話呢？看把咱們阿謙給說得快要找地洞鑽進去了，妳仔細四兒好了說妳欺負阿謙呢，會揭了妳的皮去。」果然錦娘就開口打趣了。

冷謙原本就脹得通紅的臉開始發黑了，鳳喜看著就掩嘴笑，對錦娘道：「唉呀，少奶奶，奴婢錯了，奴婢不該說冷大人的，呃，正好四兒姊姊的傷要換藥，少奶奶，咱們出去吧，讓冷大人幫著換。冷大人可是武功高手，這樣的刀傷他比奴婢更在行呢。」

錦娘聽了差點沒笑出聲來，依言道：「嗯，好，我也就來看看四兒，她如今有更好的人照顧著，那我也放心了，明兒再來吧。」說著，也不管冷謙是什麼臉色，拉了鳳喜就往外走。

第七十章

冷謙一臉尷尬地站在屋裡，一時出去也不是，留下也不合禮數，正不知如何是好，床上的四兒就輕哼了一聲，皺著眉頭想翻身。冷謙一看她就要壓住傷處，心裡一急，大步便走了過去，隔著被子將她輕輕按住。

四兒迷迷糊糊地睜開眼，看著眼前這張冷硬的俊臉，一時不知身在何處，恍如隔世一般，顫抖著伸出手來，想要觸摸冷謙的臉。「你……你怎麼在這裡，我……是在作夢嗎？」冷謙心一緊，伸了手去想要抓住她的手，卻又停在半空。四兒清醒了些，看他抬了手，卻又想縮回去，嘴角就帶了絲苦笑，對冷謙道：「我……沒事的，快好了，聽鳳喜說，冷侍衛天天送藥來，奴婢在此多謝了。」

她的話突然變得客氣有禮，卻帶了淡淡的疏離，讓冷謙的心一陣抽痛，劍眉不由自主地皺起來，一把握住她的手道：「我給妳換藥。」說著就去揭四兒的被子。

四兒嚇了一跳，臉立即紅了起來，縮了手就想去扯被子。「你……你個木頭，男女授受不親呢，你……你發什麼神經?!」誰知一急，卻扯痛了傷口，不由咬了牙一齜，深吸了口氣。

冷謙嚇得立即放開她的手，另一隻大手卻仍向她肩頭的被子揭去。

「你魔症啦？你……快走開，你……」對著這樣的冷謙，四兒都不知道要說什麼了，只想大聲叫人進來就好。

「我娶妳！」冷謙冷冷地對四兒說道。錦被已經被拉開，四兒瘦削的肩膀就暴露在空氣裡，肩頭上半尺長的傷口看著觸目驚心。

四兒卻被他那三個字驚得目瞪口呆，早忘了他在做什麼，癡癡地、不可思議地看著冷謙，半晌才道：「你……你可知道你在說什麼？」

冷謙見傷口上的舊藥已經被鳳喜拭淨，便拿了自己帶來的藥給四兒細細地抹上，又拿著床邊的白紗布準備給她纏上，但這樣就必須將四兒的肩膀托起來，當然就得……

他遲疑了一下，還是小心地伸出大掌向四兒的頭抱去。一觸到那細膩光滑的肌膚，他便感覺後腦一陣急麻，像是被灼燙了一樣，手不覺要往回收，四兒清亮的大眼如濛了一層水霧，雙頰染上一層豔麗的雲霞，聲音細如蚊蚋。「你……你方才說什麼，你可知道？你在做什麼？你……還是出去吧，今兒這事，我不會說出去的，只當……只當沒有發生過就好。」

冷謙聽得一震，冷冽的眸子裡就含了絲怒色，更帶著一簇閃動著的火苗，大手一勾，將四兒的頭輕輕捧起，強抑著身體裡那股奇異的波動，板著臉，輕柔地將那白紗一圈一圈地細心纏好。

兩人離得近了，冷謙的呼吸噴在四兒的肩上，熱熱的，帶著強烈的男子氣息，四兒感覺自己的心跳急速加快，似乎要自胸膛裡蹦出來一般，垂了眼，再也不敢看冷謙一眼。一向爽朗潑辣的她如今也變得羞不自勝起來，冷謙不由看怔了眼，深吸了一口氣，說出來的話仍是硬邦邦的。「我娶妳。」

四兒再次聽到自己想要聽的，內心一陣激盪，頭都有點暈了，抬了眼眸，紅唇微顫，羞怯地說道：「我……不配的，我只是個奴婢，你是大官，我們……」

「我娶妳，管妳是什麼身分，我曾經也是個棄兒，嫌棄妳，就是嫌棄我自己。」冷謙的話冷硬得如他的氣質一樣，不帶半點溫情，卻讓四兒如聞仙樂。世上最美的情話也比不過冷謙的這幾句，四兒的心忽地就飄了起來，如墜五里雲間，甜蜜得快要冒泡。

她一直就自卑，怕冷謙看不起自己，不敢奢望這份感情能得到回報，而且兩人身分相差太遠，她害怕那只是自己的妄想，畢竟沒有哪個正經的六品官員會娶一個卑賤的奴婢為妻，那是想也不敢想的事情。但感情就是如此，看對眼了，就有了，藏也藏不住，壓也壓不下，只能常常偷眼看他……偷偷關心著他，還好，他不是木頭，他……心裡也有她的，而且最難得的，他竟然對身分高低不屑一顧，就三個字便將他們的終身給定了下來，教她如何不幸福、不開心、不流淚……

看到她流淚，冷謙伸手笨拙地幫她擦拭著那晶瑩的淚珠，難得放輕了聲音道：「妳……可有家人？我讓少奶奶去妳家下聘，等少爺從南方回來，我們就成親。」

四兒喜不自勝，一把反握住他的手，大膽地看著他道：「我無父無母，我也不要三媒六聘，只是我不做妾，你若讓我做小，我寧願不嫁。」

冷謙聽了冷冷地說道：「大小都是妳，以後不會再添人，做妾做妻都由得妳。」

四兒聽得狂喜，顧不得肩傷，伸手就捧住冷謙那張冷硬的臉，放肆地在他臉上輕啄了一下，冷謙整個人立即石化。

錦娘拿著柳綠交給自己的毒藥，和玉兒家的那份毒藥一起，叫張嬤嬤到了內堂，將兩包藥粉都交給她。

「嬤嬤，這事只能託付給妳了，儘快幫我查一查，看看這藥是不是由西涼來的。」

張嬤嬤接過後，了然地放進袖袋裡走了。

錦娘回到屋裡，卻沒看到冷華庭，不由找了一圈，出來問豐兒，豐兒很是詫異地道：「方才還在的？唉，輪椅也不見了，是不是去了王爺的書房？」

錦娘一聽也是，看窗外天色也暗了，想著怕是與王爺談什麼事去了，便沒放在心上。

其實，冷華庭吃了劉醫正給的補元氣的藥後，又休息了兩日，果然不只是功力恢復，還大有長進，這天便趁著錦娘沒在，穿了一身夜行衣，戴上面具潛出了王府。

但他沒有走遠，而是直接去了東府，跳上東府的屋頂，撥開二老爺家屋頂的一塊瓦片，向下看去。這裡正是二太太的臥室，二老爺背著手在二太太屋裡走來走去。

二太太正坐在床上淌淚，拿了帕子拭著。「……我爹娘和父兄全都入了大獄，你得想法子救他們一救才是。」

二老爺煩躁地停了步子，對二太太道：「妳呀，也不想想，沒有查到我們身上那已經是萬幸了，這事別人躲還來不及呢，怎麼還主動去挨，那不是找死嗎？」

二太太聽了便氣。「你莫要忘了，這些年來，我娘家可沒有少幫助過你，不然你也到不了現在這地位，就算……就算你有外援又如何？你一無爵二無財，想要成事，根本就是妄想。」

二老爺無奈地說道：「妳明兒先去探下王嫂的口氣吧，若王兄肯放過大舅一家，太子就不會再追究的，就怕王兄不肯啊。」

「那個孫錦娘也太過命大了，十幾個西涼高手圍攻也沒能殺死她，毒也早就使人過去了，她怎麼就沒死呢？鬧得現在皇上和太子都將她看成個寶一樣地供著，再動手，只怕更難了。」二太太惡狠狠地說道。

「也不過是讓她多活些日子罷了，妳不是說使了人給她下毒嗎？怎麼還沒動手？」二老爺也是一臉陰戾之色，問道。

「那丫頭先前被關起來了，這會子才出來呢，原想著她怕是難以成事了，沒想到竟讓那小賤人的奶娘收了做媳婦，看來過不了幾日，她就有機會下手了。」二太太那雙清冷的眸子裡透出如母狼一樣的眼神，彷彿立即就要將錦娘生吞活剮了一般。

聽到此處，冷華庭再也難抑心頭之火，自屋頂上輕輕地躍下，只是唰唰兩下，便將守在二太太屋外的兩個婆子點暈，在門外敲了兩下門。

二老爺聽了，詫異地問道：「你是何人？」

冷華庭也不答，只是繼續敲著。二太太眼睛一亮道：「會不會裕親王府來人了？如今也只盼著裕親王爺能幫我們一把了。」

二老爺聽了便去開門，可門只打開了一扇，一柄冰冷的軟劍便向他攻來。

二老爺一驚，立即一個閃身，偏過身子，躲過了那一擊，定睛細看，竟然是上回見過的蒙面人，不由大喝道：「你是何人?!」卻也立即自腰間抽出一柄軟劍向冷華庭攻去，招招陰狠，每一招不是向著雙眼，便是向著胯下進攻。冷華庭巧妙地躲閃著，他料定二老爺不敢呼人來救，因為一喊便會驚動府裡的暗衛，那他身懷武功的秘密便會洩漏出去，所以也一樣招招都是致命的打法，卻又不使出全力，只在將二老爺引出門來。二老爺卻是很狡猾地邊打邊退，一時，兩個便打進了屋裡，二太太嚇得就想退到立櫃後頭去，怕那兩人一個不小心，便招呼到自己身上。

冷華庭只待二太太一動，猛地一個飛身到了二老爺的頭頂，一劍直衝而下，向二老爺頭頂直刺下去。二老爺身子靈巧地一扭，迎劍向上，兩柄長劍便在空中擊出了朵朵劍花，說時遲、那時快，冷華庭在向二老爺出招的同時，手中銅錢激射向二太太四肢關節，只聽一聲慘叫，二太太直直摔倒在地。二老爺心中一驚，劍招便不如方才嚴謹，挽了一個劍花才堪堪將冷華庭遞過來的軟劍架住，冷華庭乘機向門外一縱，躍上院中的大樹，消失在了黑暗之中。

二老爺也不再追，氣急敗壞地跑到二太太身邊，就見二太太雙手雙腳的關節全被擊得粉碎，筋脈也斷了。他將她抱到床上，忙托起她的一隻手，看看是否還能接合關節，但細看之下，心中大慟，那人竟是將二太太四肢全廢了。

而二太太此時已痛暈了過去。

冷華庭幾個起落便潛回了自己書房，在書房裡將衣服換好，又坐回輪椅上，回了自己屋裡。

張嬤嬤辦事很快，不到半個時辰便將那毒藥又拿回來，告訴錦娘道：「此兩種毒藥都是西涼的。我那口子在西涼待過，因著香料與毒藥關聯很大，因此對毒藥也很有研究，他曾在西涼見過這種毒藥的。」

錦娘聽了便點點頭，對張嬤嬤道：「不知妳家男人如今在何處當差，不如也到我這院裡來吧，請他專門給我們製香也好。」

張嬤嬤聽了便笑起來，對錦娘說道：「倒不是王爺不用他，只是他有些厭倦了製香，不想再做老本行，如今情願在二門處守門呢。」

錦娘聽了很是震驚。張嬤嬤的丈夫定然是個人才，王爺怎麼會捨得不用他呢？不由疑惑地看向張嬤嬤。

「二少奶奶您也別問，有好些事情，奴婢也並不知道的，奴婢家的那位是個悶嘴葫蘆，他不想說的事情，誰也逼不了他，他情願只做個門房也不願再去製香啥的，奴婢也沒辦法，只能依著他了。」張嬤嬤有些無奈地看著錦娘說道，眼裡卻是帶了一絲希冀和期待。錦娘看了心中一動，對張嬤嬤道：「哪一天，我和二少爺去張嬤嬤屋裡坐坐吧。」

張嬤嬤聽得眼睛一亮，也不客套，福了福對錦娘道：「只是奴婢那屋子太小，只怕會得罪了二少爺和二少奶奶。」

錦娘便笑道：「只要沏杯香茶給我們就行了。天色也不早了，妳早點回去休息吧。」

張嬤嬤便笑著退了出去。

錦娘一轉身，便看到冷華庭自己推了輪椅進來，不由一怔，又想起此時阿謙還在四兒屋裡呢，就笑了起來，過去將他推進裡屋。豐兒和滿兒兩個要進來服侍，錦娘擺擺手道：「算了，妳們歇著去吧，我來服侍相公就好。」

關好門，錦娘便將那兩包藥拿出來，正要說話，冷華庭道：「使個人去將柳綠關起來。娘子啊，妳總是心軟，那個人怕是二嬸子放在妳身邊的棋子呢。」

錦娘聽得一怔，沒想到他們倆要說的是同一件事情，只是不知道他又是從何處得來的消息呢？她將手裡的藥朝他面前一遞，道：「不用抓她了，她今兒將事情全跟我說了，連二嬸子給的藥都交出來了。」

冷華庭聽了就瞇起眼，一把揪住她的鼻子道：「妳又用了什麼法子讓她開口？不會又做了什麼好人，讓她感動了吧？」

錦娘被他捏了鼻子又癢又酸，嗡聲嗡氣道：「我也不是要對她好啦，是她自己要說出來的。我又不是神仙，哪裡知道她會是二太太的人，我原是打算著將她嫁給喜貴後，打發他們去外面住的，可沒想到她全自己招了，還把藥也拿了出來，看來，好人還是有好報的呀，相公。」

冷華庭無奈地鬆了手，一把將她扯進懷裡，輕敲著她的額頭道：「妳不給她好處，她又怎麼會說出這些來，不怕更使妳厭惡她嗎？」

錦娘嘟了嘴道：「我就說要認喜貴做義兄呀，也許正是這樣，讓她權衡利弊、看清形勢，覺得還是投誠比較實在，所以就交了這毒藥啊。喔，相公，這毒藥我可打算明兒用在該用之人身上去。」

冷華庭一聽這話便來了興致，放開她。「說說，怎麼用？用到誰身上去？」

「當然是用其人之道還治其身。這藥不是只有東府才有的嗎？二嬸子不是想要毒死我嗎？那咱們就讓二嬸子嚐嚐這藥的滋味吧，嗯，也不知道會不會立即致命呀，得下少了點，最好是能鬧起來，讓太子殿下也對東府關注起來才好呢。」錦娘微笑著對冷華庭說道。她深信，自己這次遇刺一定與二太太有關，烟兒剛送信來說二太太與江湖人有勾結，很快自己便被江湖人刺殺，哪有那麼巧的事情，秀姑血肉模糊地倒在血泊之中的樣子時時刺痛著她，她是心軟，但那也要看是對什麼樣的人，如果敵人太陰險惡毒，她也會用同樣的法子對付他們的。

冷華庭聽了便笑起來，伸手捧住錦娘的小臉，在她額頭親啄了一下，心疼地將她擁進懷裡，聲音裡帶了一絲愧疚。「娘子，對不起，讓妳受苦了。」他真希望，她一直是那個單純又善良的女子，但又害怕她太過單純而被惡人所害。是他無用，給不了她一片純淨的天空，讓她小小年紀便不得不用盡心思謀算……

錦娘聽得心裡一酸，輕輕地搥了一下他的背，故意笑道：「又說傻話，不是說好了要一起努力，一起面對的嗎？不過是人不犯我、我不犯人，只要保持著咱們的本心本性不變就成了，咱們也不是傻子，不還手便會死，做這一切不過是自保而已啊，算不得狠的。」

冷華庭聽了便點頭笑了，將頭枕在她的肩上問道：「妳準備如何做呢？」

錦娘半挑眉，故作輕佻地伸手點著他完美的下頷，斜了眼看著他道：「山人自有妙計。」

冷華庭忽然將她攔腰一抱，幾步走到床前，俯了身壓住她，十指張開，作勢便要搔她癢。「說不說？不說我可要動手了喔。」

錦娘最怕癢了，忙扭著身子就想逃，冷華庭按住她的雙手道：「妳的計劃怕是要變一變了。」

錦娘聽得一怔，揚了眉道：「為何？你都不知道我要怎麼做呢。」

「因為二嬸子的手腳全被我廢了。」冷華庭冷冷地說道，眼裡露出一絲報復後的快慰。他今天原只是想探聽一些消息的，想知道究竟誰主導了刺殺錦娘的事情，但一聽之下便大為光火，加之又存了試探二老爺功力的心思，如是乾脆出手。

二老爺果然武功了得，功力怕是比冷華堂還要深了幾層，自己與他過了近百招，也沒討到多少便宜，若非自己使詐，怕是還難以傷到二太太，看來自己的功夫還得勤加苦練才行。

「你廢了她的手腳？」錦娘聽得一震，起身就圍著冷華庭打轉，上上下下地看了個遍，沒發現有哪裡受傷，這才放心，伸手就擰住他的耳朵，咬牙切齒道：「咱們有的是法子對付她，幹麼要去冒險啊？要是二叔又弄了個套子讓你鑽，再傷著了怎麼辦？以後再不能這麼幹，讓人揪心。」說著就聳了聳鼻子，一副又要哭了的樣子。

冷華庭聽了心裡甜甜的，歪著頭任她擰，只是大聲嚷嚷。「疼、疼，娘子輕點！」

錦娘看他眼裡又露出一副可憐兮兮的樣子，才鬆了手，只是仍有不甘，定定地注視著他道：「那日我遇險時，定然是嚇著相公了吧，你……一定很害怕、很惶恐對吧，那種感覺很難受，你一定很痛的，對吧？」

冷華庭聽得心一緊，將她溫柔地擁進懷裡，臉貼著她的臉，柔聲道：「我有分寸的娘子，放心，我絕不會讓妳受那樣的痛，太難熬了，像放在火上煎一樣，以後我再不讓妳一個人出府了，再也不讓。」

錦娘將頭埋進他肩窩裡，蹭了蹭，深吸了口氣道：「明兒我去找柳綠，讓她幫我辦些事情，你派個暗衛幫幫她吧。」

冷華庭知道她心裡有了計較，也沒去細問，點了頭。後來，錦娘又出去了一趟，回來後，兩人便洗洗睡了。

第二天就是初五了，明兒就是貞娘出嫁的日子，錦娘便在家裡收拾了些東西，準備著明兒與冷華庭一起回門。

這一次，正收拾著，柳綠來了，豐兒見了忙笑著迎上去，見她手裡拿著一包東西，便詫異地問：「妳拿著什麼呢？」

柳綠笑著提起手裡的食盒道：「秀姑昨兒晚上終於醒了，一醒就惦記著少奶奶呢，一大早就讓我燉了燕窩，說是要送給二少奶奶喝。我還說二少奶奶這裡要啥補品沒有啊，豐兒、滿兒姊姊定然都會想得周周全全的，哪要我去操這心？可秀姑就是不肯，說這是她的一片心呢，所以我只好就送來了。」

豐兒聽了也覺得在理，秀姑的事她也聽說了，原還覺得秀姑辦事糊塗、不牢靠，這會子也明白，秀姑對少奶奶的忠心，那是無人能比的，對秀姑捨身救二少奶奶的行為也很是感動，只是……這吃食……如今二少奶奶可是重點保護對象，外來的東西可不敢沾她的邊……

「少奶奶在裡屋裡忙著呢，要不，妳先放在這兒，一會兒我幫妳提進去吧。」豐兒沈吟了會兒說道。秀姑她是信得過的，但柳綠……雖然是自己救了她，卻不代表自己全然信她，她送來的東西還是別讓二少奶奶用的好。

柳綠聽著就笑了，將東西遞給豐兒，自己就打算走，正好錦娘自屋裡出來，柳綠忙上來給錦娘行禮，說明了來意，錦娘一聽說秀姑醒了，又讓她送了燉品來，眼睛就濕了，當著柳綠的面，就端起一小碗燕窩。豐兒在一旁就急，但又不好說什麼，只得拚命眨眼，想要阻止錦娘，錦娘渾然不在意，仍是喝了那小碗燕窩。

柳綠微笑著看錦娘喝完後，行了禮，回去向秀姑覆命去了。豐兒等柳綠一走，便緊張地看著錦娘道：「主子呀，妳……妳怎麼亂吃東西，若是……」

錦娘聽了就笑。「人不是妳引薦回來的嗎？這會子妳又不放心了，她如今可是跟喜貴好著呢，利益輕貴，她可是比妳拎得清得多呢，以後我要認了喜貴做義兄，她的地位可就是水漲船高，以後全家都得依著我過日子，怎麼還會來害我？」

豐兒聽了也覺得有理，便摸了摸頭，一旁傻笑著。

錦娘忙完了便去裡屋，推了冷華庭出來，兩人一同去了王妃屋裡。明兒要回門，王妃也是要同去的，畢竟是親家屋裡嫁閨女，又聽錦娘說在娘家就跟那一個姊姊好，怎麼也得去撐個面子的。

錦娘這會子去，一是病了兩天，一直都是王妃照顧著，如今好了，也該給王妃請安了；二是商量著明天出行的事，都得備了哪些禮才好，王妃這個可比她懂得多。

到了王妃屋裡，就見上官枚和玉娘都在。上官枚一見錦娘，鼻子就有點酸，起身就迎了過來。「弟妹身子還沒大好，怎麼就來了？也不多歇兩日。」

「明兒是我三妹妹出嫁呢，四妹傷得也不重，安了兩天神也差不多了，總關在屋裡讓一大家子操心也不是個事。姊姊妳看，她臉色好著呢。」玉娘聽了便坐在椅子上，伸著手正檢查自己的手，漫不經心地說道。

上官枚聽了便皺眉。錦娘受刺那日，上官枚一聽消息心裡就很難受，心急火燎地就從娘家趕了回來看錦娘，但玉娘卻是一副無所謂的樣子，聽到錦娘只是受了驚嚇後，那神情似乎還微帶了些失望。這讓上官枚很是心寒，原來對她還存著的一絲憐憫之心也全消散了，這幾日對玉娘就越發冷淡起來。

錦娘聽了玉娘的話倒不介意，反正玉娘一直就是這麼對她的，早習慣了，只是懶得理她。

上官枚上上下下將錦娘打量了一番，看她果然氣色不錯便放了心，拉著她的手一同坐到了王妃下首。

冷華庭一進門，玉娘的眼睛就止不住地往他身上膩，但冷華庭臉色淡淡的，眼神只追著錦娘，像全然沒有看到玉娘似的，玉娘見了心裡就一陣悶，也不敢太大膽地瞄他，低了頭，拿了帕子放在腿上死命地絞。

王妃見兒子兒媳都安然無恙，心中大定，笑咪咪地看著錦娘道：「妳大嫂說得對，妳怎麼不多歇會子，不是說了，這陣子不用請安的嗎？」

錦娘聽了便笑道：「知道娘和大嫂疼我呢，只是，正像二姊說的，也沒什麼大毛病，總窩在屋裡也讓長輩們擔心，還不如出來走動走動的好。」

「妳呀，就是個愛操心的，明兒那禮娘都備好了，方才宮裡來了信，說是太子殿下也會到場慶賀呢，明兒咱們可以晚些去。太子跟妳父王說過好幾回了，說是要見見庭兒呢。」王妃笑著對錦娘說道。

冷華庭聽說太子要見他，眉頭就皺了起來，一臉古怪，既不像生氣，又不像高興，錦娘看過去時，他還將頭偏向了一邊，似乎很尷尬的樣子。

錦娘便想起了太子說他美麗的話來，不由抿嘴一笑，對他挑了挑眉，嘴裡卻是回王妃的話。「我就是啥都不懂了，全靠娘打點了，明兒回去，府裡必定有不少貴親，我又沒見過啥大場面，就躲在娘身後得了，娘可要護著我啊。」

王妃聽了便呵呵笑起來，上官枚聽著也覺得好笑，正要打趣錦娘，就聽小丫頭急急來報。「稟王妃，三少爺來了，說是要求見王妃和二少奶奶！」

王妃聽得詫異，自上回給二太太和二老爺行了家法，冷華軒就沒有來過，就是錦娘和小庭兩個遇刺後，東府那邊就打發個管事婆子來問了下，應付地送了些禮，就沒了動靜，今兒怎麼倒來了個正經主子了？

沒等王妃說傳，冷華軒已經打了簾子進來，一進門，見王妃、上官枚還有錦娘都在，不由鬆了一口氣，對著王妃就跪了下來。

王妃冷笑道：「小軒這年禮可是拜得有點遲呢，今兒可都初五了，伯娘這裡的包紅可都派完了喲。」

冷華軒聽出王妃話裡的刺，這會子也顧不得那許多，低頭就磕了個頭，道：「伯娘，我娘昨夜突遭歹徒行刺，如今雙手雙腳全被打斷，伯娘這裡可有黑玉斷續膏？我爹請了個名醫來，說非得那黑玉斷續膏對碎骨有整合作用。」

王妃先是聽得一震，竟然有人行刺二太太？還是在東府裡？這人也太大膽了些吧，王府裡明的暗的可有不少護衛啊，怎麼可能？或者是二太太作惡太多，有仇家來尋仇？

不過，她心腸那樣毒，一門心思地想要害錦娘，遭這罪也是活該，那藥莫說沒有，就是有……也不想給，省得又弄什麼么蛾子。

「怎麼會有人如此大膽，竟然敢闖進簡親王府來行凶？太放肆了，快快報官啊！」王妃一臉驚詫和憤怒，卻根本沒有說到黑玉斷續膏上頭。

冷華軒著急地又道：「伯娘，為今之計不是報不報官，是要先救救我娘再說啊！您與宮裡的劉妃娘娘是親姊妹，求您看在軒兒的分上，幫幫我娘親吧，她……她怕是要終生殘廢了啊！」

王妃很是憐惜地嘆了口氣道：「唉，小軒，你也知道，你伯娘我一個婦道人家，既不舞刀弄槍又不對人行惡，要那種藥做什麼，我這裡還真沒有啊，這會子就是去宮裡，劉妃娘娘那裡也不一定會有。啊，你娘不是跟麗妃娘娘是表親嗎？去求求麗妃娘娘吧。」

冷華軒聽得一噤，眼裡就流了淚，一雙清潤的眸子痛苦地看著王妃。「如今我外家遭此大劫，麗妃娘娘是避之唯恐不及，哪裡還肯沾染上我娘親？爹爹昨夜便託了人求過了，也沒有啊，如今姪兒也是沒法子了，只能來求伯娘。」

上官枚聽了便在一旁冷笑道：「三弟，二嬸子遭此大難，怕是也仇家太多了吧，平日裡若是多行些善，人家也不至於會冒險潛進府來對一個深閨婦人下手。」

冷華軒聽得臉上一陣發白，他一直不太相信二太太是那心狠手辣之人，他只是覺得，母親功利心太重，可那一切幾乎都是為了他，他哪裡又不明白這個道理，而且這麼些年了，父親做下的那些事讓她變化很大，刺激得她越發不擇手段了，可是母親再怎麼不好，也是他的娘，哪怕受再多的恥笑和譏諷，他也要忍，要繼續求。

「大嫂，若是我娘有何處對不住妳，小軒在此給妳賠罪了，妳……妳若是有，就幫幫小軒吧，求妳了。」冷華軒根本沒將上官枚的諷刺放在心上，轉頭又來求上官枚。

上官枚冷笑道：「三弟，真是對不住，大嫂也和母妃一樣是個足不出戶的深閨婦人，要那種藥沒用，我連那藥名都沒聽過呢。」

上官枚這裡自然是有的。冷華堂時不時地便會讓她去太子妃那裡討些奇藥回來，什麼樣都有，說是他手下管著一班人馬，總有個磕碰之處，備藥也是為了收買人心。上官枚覺得他說得有理，便時常也備了些奇藥在屋裡，只是她又怎麼可能會拿出來給二太太這個曾害過自己和相公的人呢？

一句話就絕了冷華軒的念想，冷華軒無助又淒楚地轉向錦娘，他……實在也不好意思對錦娘開這個口，娘親先前費盡心力就是要陷害她，後來她遭人刺殺後，自己因著二哥對娘親太狠，心裡有了膈應，根本沒有來探望過……而且，他隱隱也覺得，那些刺殺她的人怕是與自己的父母也有關聯，所以不自覺地，他也害怕面對二哥和二嫂……

錦娘看著那雙原本溫潤又親和的眼睛如今浸滿痛苦，心中便在哀嘆。此子若不是生在這樣一個家庭裡，若不是有二老爺二太太那樣惡毒的父母，還真是個值得相交的朋友，只可惜，他的父母太過狠毒，注定與自己和相公勢不兩立，這一生，最終與他會反目成仇……

「三弟，前兒皇上將宮裡最好的傷藥賜了不少給我，也不知道有沒有你說的這一種，一會子我讓丫頭去尋些看看吧。」錦娘出乎在場眾人意料地主動開了口，說完還對跟來的滿兒道：「妳去找張嬤嬤，讓她幫著找找，若是有那黑玉斷續膏，便拿些來給三少爺吧。」

王妃與上官枚聽得一陣驚詫莫名，尤其上官枚，當著冷華軒的面就瞪錦娘，一副恨鐵不成鋼的樣子。王妃看著錦娘就嘆氣。這個媳婦也太過心善了吧，二太太那種人可不值得人同情的，就是死了也沒人可惜，她可是被二太太害得最多的，怎麼會……太仁慈，只會姑息養奸。

只有冷華庭，聽了錦娘的話後只是微挑了挑眉，似笑非笑地看著錦娘，嘴角便勾起一抹調皮的笑，玉娘正好偷眼看他，那一笑的驚豔真是天怒人怨，讓她忘了自己身處何境，一時竟是癡了。

冷華庭眼角餘光終於注意到玉娘，眉頭一皺，原是捏了一塊桂花糕正要吃，隨手便向玉娘砸去，那點心正好砸在了玉娘的眉心處，碎成了粉末，玉娘眉間立即紅腫了一大塊，點心渣子撒了她一臉一身，整個人看起來便像個戲臺上的小丑，滑稽又好笑。錦娘和上官枚見了先是一怔，繼而同時掩嘴就笑，就是王妃也忍不住撇過頭去，強忍著笑意沒有說話。

冷華庭氣呼呼地看著笑抽了的錦娘，眼裡冒著火氣，錦娘忙抿了嘴，裝作一本正經地看向王妃。

玉娘見了一時間臉上就掛不住，又羞又傷心，失落掛了滿懷，也不跟王妃告辭，捂住臉便跑了出去。

冷華軒原本滿腹的悲痛，聽到錦娘肯幫他時，是又喜又驚又愧，滿肚子的感激之言還沒來得及說，屋裡又鬧了這麼一齣，一時哭笑不得地看向冷華庭，哀哀地叫了聲：「二哥……」

冷華庭聽了便向他翻白眼，冷聲道：「別裝，知道你是在盡孝，但你娘實在不是個好東西，今兒我娘子救她是看在你面子上，你可有記著她這份情？他日我可是要討還的。」

冷華軒聽了點點頭。一時，滿兒真的拿了一小瓶藥膏來，冷華軒得了藥，對錦娘一揖到底，感謝莫名，走時，看著冷華庭道：「二哥，怪不得你會如此對待嫂嫂，她……值。」說著，疾步走了。

上官枚也不是第一次見到玉娘對冷華庭花癡了，她心裡越發鄙視起玉娘來。二弟長得美，這是全大錦都公認的，就是自己以前也被他的相貌吸引過，只是身為已嫁的婦人，怎麼能夠對別的男子、尤其是自己的妹夫如此放肆偷窺？真真丟人現眼啊。

冷華軒一走，上官枚也沒說玉娘什麼，只是開始數落錦娘。「妳也是太善了，可別好了傷疤就忘了疼，前些日子他們是怎麼待妳的，難道都忘了？若是我，誰來求也不會給他。」

錦娘聽了只是笑，嘆了口氣道：「我也不過是全了三弟的一片孝心罷了。」只希望，這幾日過後，冷華軒不要太恨自己和相公就好。自己這樣做對他雖然不公平，但也是沒有辦法的事，他若是個明事理的，就應該與他的父母早些撇清一些，不然，以後終究會兄弟成仇的。

說著，錦娘便起了身，給王妃和上官枚行禮，與冷華庭一起回了屋。

第七十一章

第二日一早，豐兒正在屋裡打了水服侍冷華庭梳洗，柳綠又提了個食盒來。錦娘正好收拾妥當，一出門，便看見了柳綠。柳綠也不多話，給錦娘請了安後，又送上食盒。滿兒昨天也是看錦娘喝過柳綠送來的燕窩，見少奶奶吃了也沒怎麼著，便接過食盒，給少奶奶盛了一碗，看還有剩的，便要送一碗進去給冷華庭，錦娘忙道：「這幾日相公有些上火，讓廚房燉碗銀耳給他吧。」

滿兒聽了也沒多想，便去了廚房。

早飯時，錦娘自用過那碗燕窩後，就什麼也沒吃了，冷華庭見了便定定地看向錦娘，錦娘笑嘻嘻地說道：「一大早的，不想吃太多，相公，你再吃個水晶餃子吧。」說著，就挾了一個餃子塞進他嘴裡，好引開他的注意。

用過早飯，小倆口就帶上禮物，與王妃一起上了馬車。這一回，簡親王府派了一大隊護衛跟著，加之先前出過事後，整個內城都戒備森嚴得很。

到了孫相府，老遠就見白總管迎出來，見簡親王妃親自來了，忙派了人報信，二夫人和大老爺一起雙雙迎到了二門。

二夫人親親熱熱地拉住王妃的手，大老爺便對錦娘一揮手道：「妳去陪妳婆婆和妳娘親吧，爹爹來推妳相公。」說著，大笑著推了冷華庭往前院去了。

二夫人等大老爺和冷華庭一走，忙過來打量錦娘，當著王妃的面她也不好哭，只是聲音哽咽著道：「孩子，妳以後……可得多注意著些，再不可單獨出門子了。」

王妃一臉愧色，對二夫人道：「都是我沒照顧好錦娘，對不住妹子啊。」

二夫人聽了忙向王妃行禮。王妃身分何等尊貴，自己雖說升了平妻，出身可是改不了的，王妃竟然跟自己以姊妹相稱，那便是給了她莫大的面子。

「王妃您快別說這樣的話，不怪您的，是這孩子自己命裡災多，只盼著過了這一次，從此平平安安就好啊。」

王妃心裡更是緊張，忙也附和著說道：「那是，經此一大難後，錦娘從此便一帆風順了，不會再有磨難的了。」

幾人閒聊著便去了老太太院裡，錦娘給老太太行了禮，祖孫兩個又是相對抹了一把眼淚，說了不少叮囑的話，錦娘便惦記著今天做新娘子的貞娘，帶了張嬤嬤便向貞娘院裡去了。

十全奶奶正在給貞娘梳頭、化妝，錦娘也不讓人通報，直接就進裡屋。新娘妝扮的貞娘面若桃李，嬌中帶喜、眼含春波，美得令人心醉，錦娘一進去便歪了頭看她，貞娘先前還沒注意，回頭一瞧是錦娘回來，提了裙便向錦娘撲來。錦娘嚇了一跳，忙站直了張開手就要給貞娘一個擁抱。

貞娘自聽到錦娘遇刺的消息後是茶飯不香，一顆心緊揪了好些日，今兒總算看到完好無缺的錦娘活生生站在自己面前，又喜又嗔，撲過來就想捶她兩下，沒想到她竟擺了這麼一個好笑的姿勢，忍不住就笑出聲來，又拿手去戳錦娘的腦門。「妳……也不知道送個信回來，讓人好生擔心。」

錦娘聽了心裡便有些黯然，大老爺與王爺一同審案子，這幾日天天與王爺在一起，又怎麼可能不知道自己的傷情？只是沒有將信送給貞娘罷了，看來，貞娘在家裡仍是不受寵啊，好在就要嫁了，而且這回又借了自己的勢，太子也對孫家更為重視起來，太子肯親自來參加貞娘的婚禮，那便是給了貞娘莫大的面子，貞娘嫁過去後，也能更招婆家待見一些。

「三姊姊，妳可真美，一會子我那三姊夫來了，怕是會看丟了魂去。」錦娘打趣著貞娘道。

「小貧嘴，嫁了人後便渾了，一回來就調侃姊姊呢。」貞娘笑罵道。

一時，小丫頭就沏了茶，擺上了果品。錦娘一見便皺了眉，聳聳鼻子說道：「我今兒是怎麼了，一聞到香東西，就堵得慌，好不舒服。」

貞娘聽了先是皺眉，後來眼睛一亮，道：「妳……妳不會是那個……」

錦娘聽得莫名，捂著胸，眼裡含著一絲狡黠。「姊姊說的是哪個？」

貞娘臉一紅。「妳少來，都嫁了快半年了，哪裡自己也不知道的。」

錦娘便故意驚得張大了嘴。「姊姊不會說我是有了吧？姊姊怎麼比我還明白些呢？是不是……還沒嫁，便想早早給三姊夫家添個丁呀。」

說說笑笑中，就聽外面鼓樂喧天，迎親的隊伍來了，白晟羽騎著高頭大馬，一身大紅的婚服，來到了孫家大門前。孫家人按規矩鬧了一陣後，才將他放進來，一進門，他便被人領到老太爺屋裡，先給老太爺行禮後，再去了大老爺書房，給大老爺見禮後，冷華庭、冷華堂，還有寧王世子都在，孫家四個女婿一時全都到齊。

大老爺放眼看去，寧王世子雖然也是一表人才，卻因太過放縱，神情萎頓、目光閃爍，看著就不正，冷華堂卻是一副翩翩佳公子模樣，舉手投足間優雅高貴，談吐謙恭得體，看著就讓人喜歡。

而冷華庭，相貌自是不必多說，但神情卻不太討喜，自見到冷華堂也在屋裡後，他便一副冷冰冰的模樣，兩眼望天，誰來了也不搭理的樣子。

而這新進門的白家二公子，氣質儒雅大方，神氣淡泊恬靜，溫潤中又帶了一絲親和，只是那雙星眸幽深如潭，即便是大老爺閱人無數，也難看清此子內心。大老爺見了便立即喜歡上了，看來這三女婿怕也不是個簡單的人物呢。

冷華庭倒是對這個新結的姊夫很感興趣，等他行完禮後，他也拱手給白晟羽行了半禮，說道：「聽說姊夫是在工部任職？」

白晟羽笑著回道：「正是。華庭兄，你也在將作營任職吧，以後咱們可有的是合作的機會喔。」

冷華庭搖了搖手道：「姊夫高看我了，那不過是掛了個閒職，你看我這身子……我都沒有去衙裡當過一天差呢。」

白晟羽微挑了眉，幽深的眸子裡便帶了絲戲謔，卻是轉了口。「聽說我那娘子與四妹妹關係可是最好的，以後，為兄可是要帶了娘子多去你府上走動走動喔。」

兩人你一言我一語地說著話，其間冷華堂也插了幾句言，但一是冷華庭不怎麼睬他，他說著也無趣，二是這白晟羽也是個怪胎，他一進門便只與冷華庭親近，倒是將兩位正經的世子撇到了一邊，只是客套兩句後，便不再與他們多言，就是那兩位搭話，他也只是平靜客氣地應答，不肯多言。冷華堂與寧王世子兩個覺著說著也沒意思，便去了一邊，兩人在一起談些別的了。

大老爺看著就嘆了口氣。四個女婿一下子便分成了兩派，不久以後，怕還會站在對立的兩面，想想還真是頭疼啊。

這時，下人來報，太子爺來了，幾人便全都迎出去，給太子爺見了禮。太子爺正是趕在新郎迎娶新娘的這個時候來的，笑著說他也是來看熱鬧的。

眾人聽了便笑了起來，太子與大家客套幾句後，便走向冷華庭，兩眼含笑地看著他。「小庭，太子哥哥可是好幾年沒見過你了喔，你可是長得越發美了。」

冷華庭聽著就皺眉，嘆了口氣對太子道：「殿下，臣都娶了娘子了，你……就別再笑話臣了。」

太子便抿住嘴，強忍著笑意道：「我知道，你娘子很不錯呢，上回我說你美，她還給吃了好一頓排頭呢！可是小庭，誰讓你越發美麗了呢，我可還記得你小時候說過的話喔，你怎麼能夠隨便就反悔呢？」

冷華庭聽得大囧，向來天不怕地不怕的他，對太子殿下連連舉手作揖，紅著臉求道：「臣給您行禮了，殿下就看著臣腿腳不便的面上，饒過臣吧，一會兒臣那娘子來了，可千萬不能洩漏了半句。」

太子見他臉色一陣尷尬，不由心情大好，哈哈笑了兩聲，紆尊降貴地跟著白晟羽一起去接新娘子。

外面禮炮齊響，錦娘扶著蓋好蓋頭的貞娘站在屋裡，一會子新郎到了，白晟羽進來揹了貞娘出去，錦娘跟在後面走著，等白晟羽揹著貞娘到了前院，她便打算去老太太屋裡，但遠遠地看到冷華庭與太子正一起說笑，便要避開，突然腹內一陣絞痛，不由蹲了下去，一旁的張嬤嬤見了，便慌張地大喊起來——

「二少奶奶、二少奶奶，您這是怎麼了？不要嚇奴婢呀！」

那邊，冷華庭一聽到張嬤嬤的哭喊，慌忙丟下太子，推了輪椅便往錦娘這邊來。

太子和冷華堂還有冷卓然見了也是皺眉，忙走了過來，就見錦娘正捂著肚子蹲在地上，額頭冒著冷汗，一張小臉蒼白著皺成了一團。太子大驚，大聲道：「來人，快請太醫！」

一時來了幾個丫頭，將錦娘扶到了屋裡，在床上躺下。老太爺和大老爺也趕了過來，請了太子進正堂坐著。太子皺著眉頭坐在屋裡，臉色很嚴峻。

劉太醫正好也在孫家作客，很快便被下人請了來，給錦娘探了脈，立即又施了針，一番急救之後，錦娘的疼痛才緩解一些，劉醫正抹著汗出了裡屋。

太子一見便急急地問道：「冷少夫人可是生了急病？」

劉太醫忙給太子行了禮，抬頭看了一眼孫老太爺和大老爺，半晌才說道：「回殿下，冷少夫人不是得了急病，而是中毒。微臣方才已經查出，她中的正是西涼特有的三花散，此乃三種毒草之花所煉，毒性較慢，服用後，一般要一到兩個時辰才會發作，中毒之人若救治不及時，便會腸穿肚爛而死。此毒好生霸道啊，若非微臣手中備有此毒解藥，冷少夫人怕是過不了今日了。」

太子聽得大怒。不過四日，便又有人對孫錦娘行凶，那人分明是與他作對，與朝廷作對，眼看著南方基地上的機械就要成為一堆廢鐵，好不容易找到一個懂行的，竟然有人一而再、再而三地加害於她，而且，還在自己的眼皮子底下行事，太不將自己放在眼裡了吧！

孫老太爺和大老爺兩個一見太子的神情，也是嚇了一跳。錦娘可是在孫家出的事，她是孫家的女兒，按理說是不可能有人對她下毒的，卻總脫不了干係呀，但轉念一想，錦娘來了不過半個時辰多一點，並無一個時辰，那便說明錦娘的毒並非在孫家所中，而是在簡親王府裡便有人下毒了。

冷華庭正是想到了這點，便抓了張嬤嬤來問：「二少奶奶一大早就是吃過什麼？」

孫嬤嬤一臉驚慌地跪著，頭也不敢抬，哭著說道：「二少奶奶一大早只是用了一碗燕窩，來時便說不太舒服，所以到了相府後，便未沾任何東西。」

冷華庭聽了又道：「妳是說，娘子早就用了柳綠送來的那碗燕窩？其他什麼也沒用過？」

張嬤嬤點了點頭道：「回少爺的話，的確如此。」

太子聽了便冷笑起來，對身後跟著的侍衛道：「快，你領一隊侍衛，現在就去簡親王府，將那燉燕窩之人抓起來。」

說著，也無心在孫家用宴了，對冷華庭道：「小庭，走，太子哥哥給你清理清理去。我倒要看看，誰那麼大的膽子，在孤眼皮底下頂風作案！」

冷華庭便跟著太子回了簡親王府。

卻說柳綠，看到錦娘喝了那碗燕窩後，又在自己屋裡待了好一陣，估摸著時間也差不多了，便拿個小藥包，大大方方地出了王府，向東府去了。一進東府的院子，她便一臉小心謹慎地溜進二太太院裡，院裡的小丫頭正要詢問她，柳綠便拿了幾個大錢往她手裡一放，神神秘秘地道：「我是來給二太太覆命的。」

那丫頭聽了，忙將她放了過去。

柳綠輕車熟路地便進了二太太屋裡。二太太四肢都上了藥，正痛苦地躺在床上，她貼身的丫鬟清水見柳綠進來，忙要趕，柳綠便不管不顧地往二太太床前撲通跪了下來，大聲哭道：「二太太，奴婢已經完成您交代的事情，求您放過奴婢的家人吧……」

二太太正被痛苦折磨得不行了，對錦娘恨之入骨。她明白，自己被傷得如此，定然是有人在給孫錦娘出氣，報復所致，巴不得將錦娘碎屍萬段才好，這會子突然被大聲吵著，便皺了眉，抬眼一看是柳綠，心中一喜道：「妳說什麼？妳……已經給那賤人下手了？」

柳綠聽了忙磕頭道：「下了，奴婢這幾日天天給二奶奶送吃食，前幾日都沒動手腳，就今天的下了您給的藥。她如今去了孫家，就算是發作，也不關咱們的事，二太太，求您放過奴婢的父母家人，奴婢已經將您交代的事情全都辦妥了啊！」

二太太臉上露出一絲獰笑，對清水道：「賞五百兩銀子給柳綠。」

清水進去拿銀子了，二太太對柳綠道：「妳放心，我明兒便找了人去孫家，讓大夫人放過妳家人便是。」

柳綠聽了便起身，正等著清水拿錢來，但等來的卻是兩個黑衣人，一來便捂住柳綠的嘴，正要將柳綠拖出去，這時，兩名暗衛自窗外閃進來，舉刀就砍，將柳綠救了過去，緊接著，一隊穿著宮廷服的護衛也衝進來。那兩名黑衣人一見大事不好，轉身就想逃，但整個院子都被團團圍住，哪裡還能逃得出去？

兩個黑衣人一見連宮廷侍衛都來了，一時嚇得面無人色，雙手舉刀做垂死掙扎，那名太子跟前的侍衛長手一揮，便同時有幾名侍衛上前，正要動手，那兩名黑衣人互看一眼後，明明舉向前方的鋼刀便突然橫向自己的頸脖，刀一抹，頓時兩股熱血一噴，命喪當場。

那侍衛長沒料到有此突變，一時好不懊惱，抬腳便向那兩具屍體踢去，一抬眼，看到床上的二太太正驚慌失措，不可思議地看著自己，嘴角就帶了冷笑。「冷夫人，末將奉太子之命前來捉拿毒害冷少夫人的嫌犯，可還真巧啊，一路跟蹤，竟然就在您這裡找到了，而且，您這……是要行滅口之事嗎？」

二太太雖驚，心思卻飛快運轉，正要拿話搪塞，就見門口的侍衛往兩邊讓開，恭敬地低頭行禮，正暗忖來者是何人，便見到太子殿下一襲繡金三爪滾龍袍，頭戴金冠，面色黯沈地走了進來，頓時驚得目瞪口呆，一時只想找根柱子撞死算了。

太子一進門，便對那侍衛長道：「楊勇，可是抓了現形？」

那名為楊勇的侍衛長單膝跪地，兩手一拱道：「回殿下，屬下正好聽得明白，正是冷夫人要挾指使冷少夫人身邊的丫鬟在冷少夫人的吃食裡下毒的，且，若非救助及時，這丫鬟怕是已經讓冷夫人滅口了。」

柳綠先前也是嚇出一身冷汗，如今見這陣勢越發鬧大了，就更加心驚，但她也知道，自己雖是剛撿回一條小命，若不好生為二少奶奶將此事繼續演下去，只怕仍是不死也要脫層皮了，只能將寶全押在二少奶奶身上，為了將來的好日子，她拚了。

於是這會子等那侍衛話音一落，便撲通跪到了太子面前，哭著對太子磕頭道：「求太子殿下救救奴婢一家，求太子殿下開恩啊！」

太子冷冷地看著她，鼻間輕哼一聲道：「以妳這等惡奴就該處以極刑，還有何面目求人救妳？」

柳綠一聽大驚，邊拜邊哭道：「殿下，奴婢有下情容稟，奴婢並非情願要害二少奶奶呀！」

一旁的楊勇聽了也對太子道：「殿下，臣方才過來時，正好聽到這丫頭與冷夫人的一番談話，說是她的家人全被冷夫人挾制，不得已才行事的。」

太子聽了便看向柳綠。

柳綠乘機又道：「稟殿下，奴婢原是二少奶奶的陪嫁，二少奶奶出嫁時，孫家大夫人叮囑奴婢，過府後便必須聽從二太太的吩咐，不然便會將奴婢一家全都賣到鹽場去。奴婢害怕，便聽從了。奴婢進得簡親王府後，二太太便找上了奴婢，交給奴婢一包毒藥，讓奴婢伺機害死二少奶奶。奴婢先是不肯，後來沒辦法，二太太一再逼迫，只好今兒早上在二少奶奶所吃的燕窩裡，放了少許，只求就此救回奴婢一家老小。」說著，便將手裡的小藥包呈上。

楊勇便接過那藥包，太子看了一眼，說道：「交給劉醫正檢驗。」

說著，冷厲地看向床上的二太太。二太太手腳全被廢，無法給太子行禮，她深知，今日是無論如何再也逃不過這條命去，只是這回可真是連累了丈夫和軒兒了，自己死不足惜，不能就此害死了軒兒，如此一想，心裡便有了主意。

她眼裡露出一絲堅決之色，躲開太子的目光，一副驚惶萬分的樣子，在床上縮成了一團，卻是扯著嘶啞的嗓子對柳綠罵道：「賤奴！妳敢陷害於我，我便是做鬼，也不會放過妳的！」

太子聽了便更是氣，手一揮，對楊勇道：「全都押到大理寺去，全力搜查簡親王東府，不可放過半點可疑之處。」

說著，抬腳就往外走。

門外，冷華庭靜靜地坐在輪椅裡，心裡卻是翻江倒海，一肚子的怒氣。那丫頭昨兒還告訴自己，不能隨便冒險，今兒就拿她自己的命來賭，這事若少算一步，或出現半點意外，就很難達到如今的效果，若柳綠真的給她下了全藥，她不就真的命喪黃泉？三花散，腸穿肚爛而死……他一想到這幾個詞，心便撲撲直跳，頭上直冒冷汗。若非自己扶著她時，她及時扯了扯自己的衣袖，給自己一點暗示，此時自己哪能如此泰然地陪太子過來，怕是早就一劍將柳綠和二太太刺死算了。

「小庭，你跟太子哥哥一起去大理寺嗎？還是……你會捨不得你娘子，要回孫府陪她？」太子見冷華庭眼裡露出戾氣，一副氣得快要炸了的樣子，心情便大好，促狹地眨了眨眼問道。

冷華庭無奈地抽了抽嘴角，拱了手對太子道：「殿下，臣再不敢稱殿下為太子哥哥了，臣……已經成年了。」

「喔，卻是為何？你和青煜自小可都是稱我為太子哥哥的，莫非你也如青煜那小子一樣，怕人說你們裝嫩？唉呀，無事的，你那娘子可護著你呢，前次我不過誇了你一句美麗，她便給我吃了一頓排頭，害得我差點下不了台呢。」說著，就哈哈笑了起來。

說到冷青煜，冷華庭那濃長的秀眉便蹙得更緊，想著那天他將錦娘抱在懷裡的情形，心裡便像打翻了醋瓶一樣，酸得掉渣，鼻子裡輕哼一聲，道：「臣才不和那小子一樣呢。」板著個臉，一副老成持重的樣子，卻忘了自己這話可是十足的孩子氣。

太子笑得更厲害了，親自推了冷華庭就往外走。「小庭啊，你說你小時候多乖啊，讓你扮女兒裝你就扮，太子哥哥——」

「殿下，臣要回府，殿下公務繁忙，臣就此別過。」冷華庭不等太子將話說完，趕緊低頭給太子行禮，截住太子的話道。

太子強忍住笑意，裝出一副很受傷的樣子，深深地看著冷華庭道：「小庭，你這些年一直躲著太子哥哥，太子哥哥可是好生惦記著你呢，你說，若是你媳婦知道，你曾經——」

「殿下好走，臣……不送了。」太子越說越過分，冷華庭聽了只想找個地洞鑽進去就好，一抬眼，看到一旁的楊勇拚命在忍笑，心裡便更覺鬱悶，再也顧不得禮儀，逕自推了輪椅就往另一條路去，只要遠離太子就好。

卻說冷華軒，先前在錦娘處求得黑玉斷續膏後，心裡便很是感激錦娘。難得二嫂如此不計前嫌，連遭毒手之下，還保持著善良的本性，在最關鍵之時，肯對自己伸出援手，心裡便暗暗下了決心，以後絕不能愧對了二嫂的這番心意。

他回到府裡，將藥交給了二老爺，二老爺將藥給了大夫，給二太太用過藥後，見二太太睡下了，兩父子才出了二太太的屋。

第二日，父子在書房裡，為了救不救二太太娘家一事鬧將了起來。二老爺是絕對不肯在這個非常時期去救二太太的娘家的，此時躲還來不及，自己往槍頭上撞，那不是他的行事風格，但冷華軒心知母親心中苦楚，自己對外家也有感情，父親能到如今的地位，可離不開外家的相助，做人怎麼能如此忘恩負義、翻臉無情呢？

兩人為這事爭得面紅耳赤，二老爺差一點就搧了冷華軒一個耳光，正鬧得不可開交時，二老爺似乎聽到一陣腳步聲，開了窗子去看時，赫然看到宮廷侍衛正衝進府裡來，不由嚇出一身冷汗，再仔細一聽，自二太太屋裡傳出一陣打鬥聲，果然那隊侍衛便直向二太太院裡奔去。二老爺愣怔了一秒不到，便立即關了窗，對冷華軒道：「大事不好，宮廷侍衛都來了。軒兒，你先出去看看你娘是不是出事了，爹爹準備準備，隨後就到。」

冷華軒也在窗口看到，心裡大驚，看了二老爺一眼後，便急急地向外走去。

二老爺等冷華軒一走，迅速地收了幾件要緊的東西，走向書房裡的那排大書櫃，在其中一格藏書處擰開一個暗鈕，那排大書櫃便緩緩移開，竟然出現一條暗道，他毫不猶豫地閃身進了暗道。

冷華軒撩起衣袍，便急急地向二太太院裡趕去，趕到院門時，便見院子已經被侍衛圍住，任何人都不得進入，他不由大急，對那侍衛說：「不知家母所犯何事，怎麼驚動了宮裡的大人們？」

那侍衛一聽他是二太太的兒子，毫不猶豫就將他押了起來。冷華軒不由怒道：「為何要抓我？我乃有庶吉士，有功名在身，你們不能亂用私刑！」

守衛的侍衛一聽，不耐煩地冷笑道：「太子殿下正在辦案，任何人不得喧譁，你若不想死，就安靜一點。」

冷華軒聽得大震，卻也不敢再大聲吵鬧，老實地站在院外焦急地看著二太太屋裡。

他正六神無主，又看到冷華庭正推了輪椅也到了二太太屋門前，隔著院牆，冷華軒就大叫：「二哥，出了何事？」

冷華庭回過頭來，雙眼如刀一般看向他，眼神冷若冰霜，令他忍不住就打了個寒顫，心下更是憂急起來。不知母親又做了什麼事，不過，猜也能猜出幾分，今兒是孫家三姑娘出嫁的日子，二哥和二嫂應該去了孫家才是，而這會子卻突然出現在二太太屋前，又是那樣的臉色，只怕二嫂又遭了什麼不測……他心中陡然一沈，一股愧然和沈痛便浮上心頭，無奈又無力地看向二太太屋裡。

其實，昨日拿藥來時，他便一遍一遍在父母面前說二嫂的好話，誇她是如何大度善良，希望他們能放棄對二嫂的敵視，但不過一日，便又弄出事情來，他們究竟想要如何？

站在院外，好不容易熬到太子自二太太屋裡出來，沒多久，便見到有侍衛拖著二太太往外走，後面還押著一個陌生的丫鬟，他的心便一沈到底，預感的一切都成了事實，這讓他又氣又痛，看向二太太的眼裡便含了絲怒火，但看她一臉蒼白，被侍衛如狗一樣在地上拖著，一雙原本就碎了關節的雙腳在青石地板上磨著，立時便劃出一道長長的血印，偏她還一臉堅毅，咬著牙，半聲也沒吭，再想自己的父親，說是一會兒便來，但一刻鐘過去了，仍不見身影。母親出了如此大事，父親卻不知躲在何處，不敢現身……

一股悲涼感便湧上了冷華軒的心頭，呆呆地怔在原地，竟是忘了自己究竟要做什麼。不久，耳邊又傳來太子與冷華庭的對話。他們二人談笑風生，哪裡是出了大事的樣子，一時心裡就又有了希望，但願母親的毒計並未成功，二嫂吉人天相，並無生命之憂，那自己便還能求求二哥和太子，希望他們能饒了母親一命——雖然，希望很是渺茫，但他身為人子，哪怕只有一線希望，也要爭取的。

冷華庭正要離開，那邊冷華軒便瘋了一般對他大喊：「二哥！求二哥讓小軒見見太子殿下，求求二哥了！」

太子聽得一怔，轉過頭來這才看到冷華軒，不由皺了眉。冷華軒太子也是見過的，只是不如小庭那麼熟，聽說此子文采不錯、才華出眾，原還想著開春的春闈看他的殿試成績，若是能進三甲便收歸己用，沒想到，他家裡竟然出了這麼檔事……

「且放他過來。」太子沈吟了片刻後說道。

侍衛放了冷華軒，冷華軒立馬撲到二太太處，跪下便拜。「娘，妳……為何要如此？為何不肯聽兒子的勸……」他心中實在愧痛得很，對二太太是又恨又痛，又不忍，將她磨得血肉模糊的雙腿輕輕托起抱在懷裡，泣不成聲。

「你……走開，此事與你無關，娘……恨那賤人，娘想殺了她，殺了她你二哥就永遠是個廢物，我還想殺了你大哥，這樣，世子之位便只有你能接替了，可是……天不助啊，天不助我啊！」二太太已經痛木了，這會子見兒子連太子也不顧便過來護住自己，終是忍不住淚如泉湧，雙眼不捨地看著自己唯一的兒子，強忍住心痛，硬著心說著，到後來，竟是歇斯底里嘶叫起來。

冷華軒嚇得忙去捂她的嘴，仰天大哭道：「娘，兒子不要那些，兒子不要世子之位，兒子只要一家人平平和和的過日子就好啊，害人終是會害己……娘，妳錯了，妳做錯了啊！」

這樣的冷華軒讓太子看了很是動容，他絲毫不因冷華軒沒有立即過來給自己行禮而介意。此子若不是在裝，那便真有一顆赤子之心，至孝又明事理，心存正義良善，嗯，一會兒得命人仔細查查，若他確實與謀害孫錦娘一事無關，那便放他一馬吧。

二太太聽了冷華軒的話，紅著眼睛瞪著冷華軒。「你這不孝子，為娘哪裡錯了？娘生了你，就要為你的前途著想，都是冷家子孫，憑什麼你就不能得到世子之位？憑什麼同樣是庶子，冷華堂就能得到？你父親糊塗，娘可不糊塗，娘就是拚了這條命去，也要為你謀得最好的前程！」

見冷華軒還抱著她的腿不放，她猛然大喝道：「男子漢大丈夫，你哭什麼？不要讓娘看不起你，你走！走開，自從嫁入你們冷家，娘就沒有過過一天好日子，娘終於也可以解脫了，可以解脫了……」說著，終是身體太弱，又連番受創，暈了過去。

冷華軒見了更是傷心，一轉頭，撲到太子腳下，納頭便拜。「殿下，求您，讓微臣代娘受過吧，她……她這一切都是為了微臣啊，可憐她也是一片愛子之心，求殿下開恩啊！」

太子殿下無奈地搖搖頭，親自去扶了冷華軒起來。「你娘罪不容恕，她是自作孽、不可活，孤若是放過她，又怎麼對得起被她毒害之人呢？你也是熟讀聖賢之人，怎麼能徇情枉法呢？」

這時，侍衛已經開始對整個東府進行大肆搜查，除了在二太太屋裡又發現幾包西涼毒藥外，再沒找到其他有用的東西，而到此時，一直沒看到二老爺現身，太子不由皺了眉道：「可有通知冷大人？」

一旁的侍衛回道：「回太子殿下，並沒找到冷大人的蹤跡，據門房報，冷大人一早就出了府。」

冷華軒聽了微怔，心下卻有些發寒。但願父親是去找援手幫助娘親了，不然，這樣心狠又自私的父親……不如沒有。

太子聽了皺了皺眉，對一旁的楊勇道：「派人全城去找，若找到，便讓他來大理寺見孤。」

說著，便抬腳走了。

二太太和柳綠兩個也同時被帶走。

第七十二章

卻說冷華堂，自聽說錦娘出事之後，便也跟著回了王府，但太子卻直接去了東府，他大震之下沒敢跟過去，坐在自己書房裡發呆。今天的事太過蹊蹺，按說二叔二嬸在這個危險時期不應該再有什麼動作才是，且孫錦娘那毒發得也太是時候了，怎麼一見太子就發作了？而且，若真是中了那三花散，哪裡還有命活？大錦根本就沒有這種解藥才是……

正疑惑著，外面丫頭來報，說劉姨娘有請。冷華堂皺了皺眉，起身到了劉姨娘院子裡。

劉姨娘原是被錦娘罰去了浣衣房，但冷華堂一再堅持說必須等她傷病養好之後才能去，王妃見也到了年節，便任她在屋裡休養，反正一開春，便不管她病養好與否都抬罰，再不姑息。

冷華堂最近因著事情太忙，也有好幾天沒有來看劉姨娘了，這會子劉姨娘來請他，他心裡便生了幾分愧意，步子就加快了些。

一到劉姨娘屋裡，冷華堂便感覺有些怪異。大白天的，不只是門簾子全都放了，就邊窗簾子也關得嚴嚴實實的，而迎他進去的丫鬟一到了劉姨娘門前便止了步，冷華堂在門口頓了頓，回頭四顧。他害怕王爺或是小庭會派了人在暗處監視，所以格外小心，心裡總覺得會有什麼事情發生似的。

掀簾子進了屋，冷華堂好一陣才適應屋裡的黑暗，看到劉姨娘正端坐在床邊，一雙大而媚的眼睛怔怔地看著自己，他不由心一緊，幾步走上前去，蹲在劉姨娘面前，握了她的手道：「娘，您怎麼了？」

劉姨娘伸手愛憐地撫摸著他的頭。「娘帶你去見一個人。」說著便起了身，卻是向內堂而去。

冷華堂看了心裡便直打突。姨娘膽子也太大了，竟然敢大白天裡藏了男人在屋裡……不過，心裡雖是如此想，但也知道那個人可能對自己和劉姨娘都重要，便還是老實地跟在劉姨娘後面往裡走。

內堂裡卻是空空如也，冷華堂一陣詫異，問道：「娘說的人在哪裡？」

劉姨娘聽了也沒說話，只是將他的手握得更緊，拉著他走到一個大立櫃前，開了櫃門，伸手一擰，那立櫃裡竟然開了一扇門，裡面透出昏暗的燈光來。冷華堂不解地看向劉姨娘，只見她泰然地讓開身，對他道：「娘就不進去了，你自己見他吧。」

冷華堂心中疑惑更深，也提了幾分戒備，忍不住就問劉姨娘：「娘，您……您屋裡怎麼會有暗道？那個人是誰？」

劉姨娘淡淡地看了他一眼。

「娘一個不受寵的姨娘，不弄些機關謀算，你能得到世子之位？進去吧，裡面的人不會害你。」

冷華堂聽得一怔。世子之位自己怎麼得來的，心裡當然清楚，只是劉姨娘這裡還藏著不少他不知曉的秘密，這讓他心裡稍感不豫。猶豫了一會兒，他還是抬腳跨進那立櫃裡，閃身進了暗道。

沒想到這條暗道很長，他足足走了兩刻鐘的樣子，才看到前面豁然開朗的一間房子，走過去一瞧，不由怔住，只見二老爺一身黑衣坐在密室裡。

「堂兒來了？」二老爺說道。

「二叔，您怎麼在這裡？大事不好啊，那孫錦娘突然中毒，太子親自派人在王府裡查，但一進府便直往東府而去……」冷華堂急急地說道。

二老爺臉上也帶了憂色，深深地看著冷華堂道：「此事我已知曉。二叔來，正是要你去辦一件事情，此次二叔只怕難脫干係，找你來，便是想讓你幫二叔去城東送個信。」

冷華堂聽了腦子裡便轉得飛快。今日之事怕是小庭和錦娘設的一個套，連太子都驚動了，自然難得善了。或許，此時小庭的人也開始盯著自己了，這會子若自己輕舉妄動，那不是自跳陷阱？

「二叔，信呢？一會兒我派個得力的人幫您送去。」冷華堂心中雖有打算，面上卻恭敬得很，正色地對二老爺道。

「不行，此信非同一般，那人的身分也不是隨便哪個人都可以見到的，你必須親自走一趟。」二老爺冷冷地打斷冷華堂的話，眼裡露出一絲審視之色。堂兒是什麼樣的人，他心裡清楚得很，看他這樣子便像口是心非。二老爺倒不怕他會出賣自己，只是覺得他在這當口不會真心幫助自己而已。

冷華堂聽得微怔，乾笑了笑說道：「那好吧，姪兒便親自跑這一趟就是了。」說著，將手伸向二老爺。

二老爺自袖袋裡拿出一封信來，遞給冷華堂道：「此信非同小可，你切莫丟失了，它可是關係到你我叔姪的前途啊。」

冷華堂接過信，便在心裡冷笑。二叔的前途怕就到此為止了，明兒二嬸子若是受不住刑，透個一句、兩句，二叔怕是也會跟著到刑部大牢裡去，與二嬸子夫妻團聚了。

上回下毒之事，他回來後，上官枚便一五一十地跟他都說了，他也不是傻子，幸虧自己原就存了分戒備，不然真吃了那些點心，怕早就被二嬸子害死了。經了那次的事後，冷華堂對二老爺過去對自己過分的關心便產生了懷疑，自己再怎麼也不是二叔的親生兒子，或許二叔如此幫自己正是存了和二嬸子一樣的心思，先幫著除了小庭，讓自己得了世子之位，再害了自己，那小軒便順理成章成了簡親王府的繼承人……二叔，用心太深了啊。

若非自己也太想要那塊墨玉，冷華堂還真是不想再與二老爺一家打交道，不過，父王的立場太堅決，非要將墨玉傳給小庭，以自己的勢力還難以與父王抗衡，他還是得借助二老爺的力量，只好繼續與二老爺周旋著。

自己才不會那麼傻，再繼續被二叔抓著當槍使，反正二叔如今也失了勢，再靠他也沒多大用處，一會子出了門後，只當沒見過二叔就是，這封信嘛，當然不如燒了就好。

打算好了後，冷華堂恭敬地接過二老爺手裡的信封，又說了幾句應景的話，便告辭要走。

二老爺微眯了眼看著他，慢悠悠道：「堂兒啊，你的功夫如今練到了幾層？那日二叔見你那一手飛花摘葉用得很不錯，精準又隱蔽，傷人於無形啊。」

冷華堂聽得心中一噤，恭順地站在二老爺身前道：「謝二叔誇獎，若非二叔的鼎力相助，堂兒也難以突然破第七層的瓶頸，二叔對堂兒的好，堂兒永生都不會忘了。」

二老爺聽了便半挑眉，嘴角帶了一絲譏誚，拍了拍冷華堂的肩膀。「你光練到第七層就有如此大的功力，你說二叔已經練到了第九層，功力與你相比如何？」

冷華堂聽得一陣心慌，眼睛再也不敢看二老爺，忙低了頭道：「二叔功力自然是比堂兒強上許多，堂兒以後還得仰仗二叔多多教導。」說著，又給二老爺行了一禮，只想快些離開這裡才好。

二老爺也沒再留他，只是等他走出幾步遠後，不緊不慢地說道：「若是二叔此次逃脫不了，被人用了嚴刑，那很多事二叔的嘴怕就關不嚴實了。小庭當年被人迷暈後有人做過什麼事情……當年他又是如何中的毒……這一切的一切，二叔腦海裡可從來都沒有忘記過啊。」

冷華堂聽得身子一僵，原本清潤的雙眸裡便浮出一片陰狠之色，嘴角抿成了一條冷厲的弧度，握著拳頭的手指節都有些發白，但他沒有再回頭，更沒再說什麼，大步便走了出去。

出了暗道，看到劉姨娘正歪在內堂的貴妃榻上，眼神幽幽地看著他，忙沈著臉走過去，氣呼呼地對劉姨娘道：「娘，二叔一家可是犯了大事，您如今已是待罪之身，可別再沾染二叔一家了，不然真會死無葬身之地的，到那時，就是兒子也難再維護您了。」

劉姨娘聽得一滯，眼睛不可置信地看著冷華堂道：「你……怎麼能如此對待你二叔？這麼些年，若非他……你怎麼會如此平安地活到如今，更不可能得到世子之位，娶得太子妃的妹妹為妻？做人不可過河拆橋啊，堂兒！何況，你如今的境遇也並不太平，那孫錦娘真不是個好對付的角色，咱們用了如此多的計策都功虧一簣，若沒你二叔掌舵，你這世子之位定然不穩啊！」

「娘，不是您教兒子人不為己天誅地滅的嗎？如今二叔已經是顆廢子，與他勾結只會連累孩兒的。哼，他方才還威脅孩兒，若不好生替他辦事，便會將孩兒以前做過的那些事情全都洩漏出去，娘，兒子如今認為，小庭也好，孫錦娘也罷，都比不過二叔可怕，他才是兒子真正的絆腳石啊！」冷華堂急切地對劉姨娘說道。

話音未落，劉姨娘抬手就打了冷華堂一巴掌，氣得胸口不停地起伏著，顫了音罵道：「小畜生，你真不知好歹，對待自己的……恩人如此以怨報德，你……如此說也不怕天打雷劈嗎?!」

冷華堂臉上被打得火辣辣地痛，不可置信地看著劉姨娘。這還是他長這麼大以來，劉姨娘第一次打他，而且是為了二叔那個陰險之人，難道……當年陳姨娘之死真與二叔和娘親有關？

他不由火大，臉上一陣紅一陣白，瞪著劉姨娘道：「娘，我不管您與二叔關係如何，如今是二叔要拖兒子下水，兒子是絕對不會再受他擺布的了，您要是肯幫兒子，那便將他解決了吧！他不是喜歡待在密室裡嗎，正好就讓他永遠別出去好了，他若失蹤，太子和滿朝的官員會說他畏罪潛逃，怎麼也不會怪到咱們頭上來的。」

劉姨娘聽了，只覺得胸膛裡氣血翻湧，一口腥甜之氣便湧上了喉嚨。她頹然地坐在貴妃榻上，癡愣愣地看著冷華堂，一時不知是喜還是悲，半晌都沒說出話來。這就是她苦心教育了多年的兒子嗎？他怎麼會變得六親不認了啊，竟然還吩咐自己去對幫他多年的至親下手？他還是不是人？

「娘，您也不用如此看著兒子，兒子如今只能先保了自己再說。而且，兒子如今有了玉娘外家的幫助，加上孫家就算不幫兒子，也不會反對兒子，怎麼說兒子同樣也是他們的女婿，再加上裕親王和寧王府，兒子根本不再需要二叔。您苦了這麼些年，想的不就是看兒子功成名就，給您一個正式的名分嗎？放心吧，兒子對別人再狠，也不會對自己的娘親狠的。」冷華堂見劉姨娘仍是用那種傷感的眼神看自己，不由皺了眉道。

劉姨娘聽得不由閉了眼，整個人軟在了榻裡，眉宇間全是痛色。那日他便讓自己給他頂過一回槓，今日又要對二老爺下手，他成功了，真會孝敬自己嗎？

沒來由的，劉姨娘第一次開始懷疑起自己的兒子來，無力地對冷華堂揮了揮手道：「你走吧，莫說我不能下手，就算下手，也不會成功。你二叔是什麼樣的人，你心裡也清楚，他不會輕易地相信任何人的。」

冷華堂聽了便點頭，轉身出去了。

冷華堂一走，那立櫃裡又出來一個人，劉姨娘眼皮都沒抬一下，仍是痛苦地閉眼，那人便走近劉姨娘，在她榻邊坐下，長嘆了一口氣。

劉姨娘聽得大驚，猛地睜開眼來，眼前赫然又是一個冷華堂。

「你……你……為何要化成堂兒的模樣？」

假冷華堂聽了便苦笑道：「如今太子四處尋我，我那戶部侍郎之職定然是會免了的，而且怕是還會有牢獄之災，扮成堂兒的樣子，不過是想先混出府去，再尋其他辦法而已，清容……」二老爺說著就抓住劉姨娘的手，劉姨娘下意識就縮著手，卻被二老爺抓得死死的，一隻手抬起劉姨娘的下巴，眼裡便是一派迷離之色，喃喃道：「莫說，還真是像，妳們姊妹個個都是貌若天仙啊。」

劉姨娘聽了眼裡便閃過一絲痛苦，眼睛就開始泛潮，二老爺冷哼一聲，突然將劉姨娘的手骨一擰，冷哼道：「妳心裡始終只有他對不對？他有什麼好，不過就是出身比我強，是個嫡子而已，妳們一個一個便只對他動心？他就是個又蠢又糊塗的大笨蛋！」

劉姨娘的手痛得鑽心刺骨，但她不敢哭，連哼都不敢哼一聲，只是痛苦地看著二老爺道：「你……你想太多了。」

二老爺便放開劉姨娘的手，唇邊勾起一抹溫柔的笑來，狀似深情地看著劉姨娘道：「放心，我再如何也不會害了堂兒的。人說虎毒不食子，我不過是借他這樣子逃出去罷了，妳在家裡可得看好了他，千萬別讓他輕率行事。」

劉姨娘目光躲閃著不敢與二老爺對視，心裡一陣恐慌和擔憂，忙附和著二老爺道：「是，你放心，我會盯著咱……們的堂兒的，你還是會在暗處幫助他吧？」

二老爺聽了便點點頭，看時辰也不太早了，起了身，便大大方方地向門外走去，那一舉手一投足，與冷華堂一般無二。

二太太被抓到了大理寺後，不用太子審問，便全都承認了罪行，說是自己指使柳綠在錦娘的吃食裡下毒的，又當眾承認自己曾經下毒害過世子冷華堂，而這一切便全是為了兒子冷華軒能繼承簡親王世子之位。但太子卻沒有輕易地信了二太太的話。自二太太屋裡搜出不少西涼毒藥，而且給錦娘下的毒也是來自西涼，這一切矛頭都直指二老爺，二太太一介婦孺，足不出戶，又怎麼可能與西涼人勾結，並得到西涼的幫助？

且那次刺殺也是組織嚴密得很，光二太太一個人根本就不可能做得了那件事情……

但二太太一口承認是自己收買了西涼人對錦娘行刺，一次沒成功便下毒，而那些人和毒藥便全是自堂兄趙懷古處所得，二老爺和冷華軒與此事全然無關，全是她自己一人所為。

這倒讓太子無法再問下去，因為早就查出趙懷古確實與刺殺一事有關，而且也查出他與西涼人勾結，二太太處心積慮地要除掉簡親王的兩個兒子，萬般無奈之下去求助堂兄趙懷古也算是說得過去……

但太子怎麼都覺得這事沒這麼簡單，案子卻因此陷入瓶頸，再也難有進展。

柳綠倒是個小角色，不過是被主子收買和威脅的下人罷了，太子原是讓人亂棍打死她的，但後來，病榻上的錦娘親寫了一封信給太子，求太子寬恕柳綠，說她並無真心害人，那毒藥只是下了少許，不致致命，說明她心存善念，又是至孝，求太子給她一個改過的機會，從輕發落，將她打了二十板子後，又送回了簡親王府。

太子下令全城尋找二老爺，卻連尋三日都沒找到人，正要下令免去二老爺戶部侍郎之職，下令緝拿二老爺時，二老爺卻一身是傷地回來，出現在大理寺的正堂裡。

二老爺的出現讓太子很是震驚。他是被幾個侍衛在城外，像是被人綁在山洞裡，被一樵夫發現，才被救了出來，一身儒袍被什麼東西刮成破布，頭髮散亂，面容憔悴，一進大堂便向太子跪下來，兩眼含淚，沈痛又羞愧地說道：「殿下，臣該死，臣沒能及時阻止賤內行凶，臣願受罰！」

太子眼神銳利地看著二老爺，冷冷地問道：「冷大人怎麼會被人綁在山洞之中？」

二老爺淚流滿面，對太子磕了個頭，伏地不起，顫著聲音道：「那日，臣發現賤內神色不對，便盤問於她，她支吾著敷衍臣，後來又趁臣外出，使了人將臣綁到山洞裡，每天送了水飯，怕臣餓死……說是等事情過後，再放臣出來，結果，昨日起，那送水飯之人便再沒現身，若非有好心的樵夫發現，臣恐怕……」

太子聽了就皺了眉，見二老爺也不像在說謊，心裡倒是去了幾分懷疑。不過，這事定然還有蹊蹺，冷夫人若做到此等地步，她那心機未免太過深沈狠辣，難道她料想到那日之事必會敗露不成？明知會敗那又何必要賭呢，看她那樣子，也不是個沒有成算之人啊？

但這會子也找不到什麼證據證明二老爺在說謊，而且，那樵夫也確實是城外的本地人，一個老實巴交的小老百姓，再說二老爺如今這個樣子也確實狼狽得很……此事，只能暗中再查了。

「來人，將冷夫人帶上來，與冷大人見上一面吧。」太子想看看冷夫人見到二老爺後的表情是什麼，若二老爺說謊，是臨時起意裝了這麼一齣，夫妻二人之間就難免話語裡會有漏洞，總要露些馬腳來才是。

二太太很快便被衙役拖上來。在牢裡關了兩天，原又受了重創，她此時已不成人形，嘴唇乾裂、眼窩深陷，身上血跡斑斑，只有那雙眼睛仍是清冷孤傲，放出不屈的光芒。

二老爺一見二太太這樣子，跪在地上就向她爬過去，哆嗦著去握她的手，痛苦又悲哀地看著二太太。「娘子……妳這是何苦啊，為夫……勸過妳多次，不該咱們的，就不能強求，妳……妳竟是連我也綁了起來，妳……妳讓我說什麼好啊……」

二太太冷冷地看著他，眼裡露出鄙夷之色。她手骨關節盡碎，不能動，卻是抬頭就對二老爺呸了一聲，一口唾沫便吐到了二老爺的臉上，扭過頭，閉了眼不再看他。

太子見了，果然疑心更重，兩眼如鷹一般盯著二老爺。

二老爺絲毫不以二太太的態度為忤，用衣袖擦乾臉上的口水，扳過二太太的臉，將她抱進懷裡。「我知道，妳是嫌為夫太過懦弱無能，不能幫妳，還扯了妳的後腿，可是，妳那是在作惡啊，為夫不能讓妳一錯再錯。妳恨我，我不怪妳，就算我在那小山洞裡餓死，我也不怪妳，只怪我出身比人差，只是個庶子，無法給妳和軒兒最好的地位和身分，是我無能啊！」

二太太聽了嘴角微抽，含了絲譏笑，驟然睜開眼，眼裡精光爆射，似兩把尖刀一樣刺向二老爺，二老爺眼裡盡是乞求愧痛之色。二太太聽他說起冷華軒，眼裡忍不住又流出兩行清淚來，微嘆了口氣，對他說道：「不過是關你幾日而已，又怎麼會真的讓你餓死，不是派了人給你送了吃食嗎？我已經是廢了，你要再……怎麼樣了，軒兒怎麼辦？」

二老爺聽了這話總算鬆了一口氣，他眼圈一紅，淚水就流了出來。「娘子，為夫就是拚了這條命去，也要救妳一救，最多咱們以後離開京城，到鄉下去，一家三口平淡地過日子也好。」

二太太嘴角又露出一絲譏諷的笑意，眼睛卻是悠悠地看向堂外的天空，喃喃道：「算了，今生我已經注定是個失敗者，只盼來世，不要遇到你這樣的……你這樣的窩囊廢就好。你走開，叫軒兒來，讓我再見他最後一面。」說著，又閉上了眼睛。

太子被二太太的話弄得半信半疑，但他還是比較同情冷華軒的，聽了二太太的話，便讓人去叫了冷華軒來，還是讓他們母子見上最後一面。

冷華軒一進大堂，看到一身衣衫襤褸的二老爺時，身子一震，劍眉緊蹙了起來，兩眼狠狠地瞪了二老爺一眼，大步走到二太太身邊。二老爺便喚了聲：「軒兒。」

二太太見兒子來了，眼裡便露出慈愛之色，對冷華軒道：「小軒，娘知道錯了，娘……很後悔，可現在一切都晚了，娘不能再護著你、管著你了，你要……好好保護自己啊……」

冷華軒聽得雙目赤紅，一把將二太太自二老爺懷裡奪過去，緊緊抱住，痛哭失聲。

那天，冷華庭與太子分開後，便讓冷謙又送自己去了孫家。貞娘那天的婚事雖然鬧了那麼一齣，但錦娘毒發時，白晟羽已經將她揹出孫府大門，是上了花轎後才知道錦娘出了事的，這花轎一抬，就斷沒有再回頭的理，大老爺雖是為錦娘急痛，但也還是讓白晟羽將貞娘接走了。

錦娘被送回自己當初住過的小院裡，有些婆子們還是當初的老人，見四姑娘好不容易回個府，竟然又遭了大罪，心裡便懷疑是不是大夫人又弄了什麼么蛾子，有幾個找著機會就湊在一起議論起來。

後來，自簡親王府傳了信來，說是柳綠做的好事，大家便更是懷疑大夫人了，有的就開始幸災樂禍起來。四姑娘如今可是得了朝廷的青眼了，她的事可是太子殿下親自查辦的，這回大夫人怕是再也難逃得過去，一定會受罰的，將來這府裡怕是會變天了呢……

老太太得了信後，也是大怒，當時便使了人去張太師府裡，將張太師夫妻都請過來，當著張大人夫妻的面將大夫人的罪行數落了個遍。張太師也知道這次事情嚴重，太子上報皇上後，皇上將他叫進宮去，狠罵了他一頓，怪他教女無方，不過，還是給了他一點老臉，讓他們與孫家自行以家法處置大夫人就好。

如今再聽老太太的話，張太師的臉就有些擱不住，大罵了張夫人一頓，後對老太爺道：「此事就由親家處置了，老夫再不管這孽女，親家自己看著辦吧。」說著，羞愧地掩面而去。

張夫人也是沒臉得很，還是大年節，都沒過十五呢，女兒就犯了事，說出去真真是丟盡張家的臉，不過畢竟是親生女兒，總還是不想她遭太大的罪，丈夫能甩袖子走人，她不行啊，總要有個為女兒說話的人才是，於是陪盡小心，又親自去教訓了大夫人一頓，又拿了好些貴重補品來送給錦娘及軒哥兒，求了好久，老太太這才緩了臉，卻還是決定將大夫人送進佛堂，讓她在佛堂裡懺悔、靜心，對張夫人就說，哪一天大夫人改好了，再將她放出來。

張夫人也知道，這算是最輕的了，還留了孫家主母的身分沒奪，也算是給張家很大的面子了。只是，這一回可是她這輩子最沒臉的一次，回去時，再也沒看大夫人一眼，便轉身走了。

冷華庭到了孫家，氣沖沖地也沒去給長輩們行禮，就直接去了錦娘的院子。張嬤嬤正端著一碗銀耳湯在服侍錦娘用，外面的丫頭急急地進來稟報。「四姑奶奶，四姑爺來了，好像——」

小丫頭的話還沒說完，冷謙就打了簾子，推了冷華庭進來。錦娘一看那架式就知道要糟了，對張嬤嬤使了個眼色，張嬤嬤很有眼力地出去了，臨走還將屋裡的小丫頭們一併叫走。冷謙也覺得少爺心情不好，他也怕惹火上身，張嬤嬤一走，他便像腳底抹油一樣，一閃就不見了。

屋裡再無旁人，錦娘猛地自床上跳下來，在冷華庭面前打了幾個轉，一臉討好地說道：「假的，我沒中毒呢，是裝的，看，我這不是好好的嗎？」

冷華庭的眼此時深不見底，定定地看著錦娘，錦娘沒看到預料中的怒火，心裡就越發沒底，討好了半天也沒見他出聲，只好低眉順眼、挨挨蹭蹭地往他身邊挪，嘟了嘴。「相公，別生氣嘛，對不起嘛，我……我忘了告訴你了，那個，柳綠根本沒有下毒，我是在張嬤嬤那兒討了另一種藥吃了，那症狀就和中毒是一樣的……呃……相公……」

錦娘低頭還在不停地解釋，冷華庭已經起了身，手一勾，一把將她摟起就往床上走，嚇得錦娘哇哇大叫。「相公！這……這不是在家裡，這是……這是我娘家呀！大白天的——」

話還未完，冷華庭將她往床上一按，掀起她的衣裙，「啪、啪、啪」在她小屁屁上連打了三下。錦娘只覺得屁股上又麻又痛，噘了嘴就哭。「相公，不帶這樣的，人家都認錯了，你還打，你……你欺負人。」

錦娘的小屁屁豐滿又有彈性，冷華庭連打了三下，心裡一陣激盪，忍不住在臀上又拍了兩下，才覺得氣也消了不少，見她嘟起小嘴一副受了委屈的樣子，心裡又來了氣，兩手一抄，將她翻過來，揪著她的小鼻子，咬牙切齒地說道：「妳前兒對我是怎麼說來著？還記得不？嗯？」

錦娘一聽便心虛，忙收了一臉的委屈，又換上討好的笑，聳一聳鼻子，眼睛使勁眨著。「記得、記得，我錯了嘛，是我不好，再也不敢了，相公，饒了我這一回吧？」

冷華庭見她一副小哈巴狗的樣子，不由鬆了手，抿了嘴又想笑，只是強忍著。難得抓她一回錯處，總要撈點好處回來才是，因此還是板著個臉，狠狠地瞪著她。

錦娘忙對他露了個大笑臉。伸手不打笑臉人，看她扮乖裝小什麼法子都使盡了討好自己，心裡的氣也消散了不少。

兩人在屋裡鬧了一陣子後，才出來用飯，張嬤嬤立在一旁服侍著。

冷華庭這才想起錦娘開始說過的話來，凝了眼問張嬤嬤。「妳那藥是哪裡來的，竟然能騙過那麼多人的眼睛？」

張嬤嬤正是知道少爺會問她這件事，所以才守著沒退下去的，這會子少爺問起，她便低了頭回道：「回少爺的話，奴婢家的那口子對毒也略有研究，少奶奶吃的不過是會引人出汗的藥而已，對身體並無損傷的。」當然，劉醫正可是最精明的，那天他也是暗中配合了的。

錦娘聽了也得意地看向冷華庭，小嘴卻是嘟著的，一副他冤枉了她，受了天大委屈的樣子。冷華庭見了便翻了個白眼，卻是對張嬤嬤道：「嬤嬤回去後跟妳家那位說聲，讓他收拾收拾，十五後便跟少爺我一同去南方。」

張嬤嬤聽得一怔，隨即大喜，福身便向冷華庭行了一禮，高興地應了。她家男人並非真的不願意出來做事，只是也想找個明主而已，二少爺和二少奶奶這幾個月裡的作為，他在一旁也是看明白了的，終於看到了希望，所以，在張嬤嬤的勸說下，他又有了再次出來做事的念頭。

張嬤嬤等的就是少爺這句話，少爺和少奶奶若是去南方，還不知道會有多少危險在等著他們，她家男人雖說沒什麼功夫啥的，但至少在毒藥方面可以起到很大作用，一般的毒藥只要一過他的眼，他便能辨別出是什麼，有他在，少爺和少奶奶出門便會安全很多，這將對少爺和少奶奶是莫大的幫助。

幾人正說著話，外面丫頭來報，說大姑奶奶和二姑奶奶回了門子，特意來看四姑奶奶了。

錦娘一聽玉娘的名字就有點煩。她都嫁為人婦了，還對自家相公發癡，而且還是當著婆婆和自己的面，真不知道她有沒有羞恥心？被相公好生羞辱了一頓，不過多久，又有臉來惹人嫌……不過，轉念又想芸娘這會子來，怕是為了冷婉和冷華軒的婚事吧，想寧王也是勢利人，這會子二太太出了如此大的事，冷婉的婚事怕又要就此沒了。

正想著，玉娘和芸娘雙雙打了簾子進來，見冷華庭也在，芸娘臉上微微有些不自在，乾笑著道：「四妹夫也在啊，爹爹正說要請四妹夫一起下棋呢，怎麼長忠還沒來請嗎？」

錦娘一聽她這意思就是有話要單獨跟自己說，但對她如此趕自家相公的行為很是討厭，一時任性地對冷華庭道：「爹爹也是，無事下什麼棋，相公，我不舒服，你就在這裡陪我，哪兒也不許去。」

芸娘和玉娘聽得同時一怔，哪有妻子對相公說話如此放肆任性的？錦娘還真是恃寵而驕呢，偏生冷華庭聽了，淡淡的臉上就帶了笑，眉眼裡盡是寵溺。「好的，娘子，我哪裡也不去，就在這裡陪妳。」

聽得芸娘和玉娘兩姊妹是又嫉又恨，尤其玉娘，原就一顆芳心牽牽絆絆地掛在冷華庭身上，先前才被他羞辱，這會子又見他對錦娘一片癡情，心裡更如尖錐在刺，緊抿著嘴唇儘量不去看錦娘，生怕洩漏了自己的嫉恨之情。

冷華庭不走，芸娘和玉娘還真是很不自在，玉娘無奈地硬著頭皮對錦娘道：「四妹妹，相公特地讓我帶了補品給妳，說讓妳好生養病，家裡的事情，世子妃姊姊會幫著打理的，妳就在娘家養好了病再回吧。」說著，就拿了一個禮品盒來，遞給張嬤嬤。

錦娘聽了倒是詫異得很。若玉娘說這藥是上官枚帶來的，她還想得通一點，冷華堂怕是和二太太一樣對自己恨之入骨吧，今兒怎麼又特地向自己示好來了？莫非他又有什麼陰謀？不過，二老爺和二太太才遇到如此大的挫折，冷華堂應該不會這麼傻，在這個時候對自己動手才是，而且明面上送的東西，明知道自己對他有了防備，更不會在這藥裡動手腳的。

如此一想，她倒是放下心來，便笑著對玉娘道：「倒是讓大哥惦記了，二姊回去，一定要代妹妹向大哥道謝才是。」

玉娘聽了便笑著應了，又坐了一會子，便說大夫人身子不太好，要去看看大夫人，起身告辭了。

第七十三章

芸娘見玉娘走了，心裡更不自在，想說話又不好當著冷華庭，一副欲言又止的樣子，偏冷華庭半點也沒有避出去的意思，只好硬著頭皮對錦娘道：「四妹妹，大姊知道妳這裡好東西已經不少了，就……沒拿什麼來。如今看妳的樣子還算精神，大姊也算是放心了……」邊說邊拚命地向錦娘遞眼色。

錦娘這會子氣也消得差不多了，便討好地對冷華庭道：「相公，我跟姊姊說會兒話，那個，你——」

「妳們說就是，我聽著呢。」冷華庭也不等她話說完，便淡淡地截口道，隨手還拿起錦娘床頭的一個繡花圖樣翻了起來。

錦娘聽得一滯，只好對芸娘道：「大姊，妳就當相公不在好了，咱們說咱們的，別管他了。」

話音剛落，頭上就挨了一記，轉頭看去，冷華庭正拿眼瞪自己，她只好尷尬地對芸娘笑了笑道：「好久沒見婉兒，也不知道她在家裡做些什麼呢？」

芸娘見錦娘自己都問上了，只好嘆口氣道：「還能做什麼？哭唄，二太太出了這檔子事，你們東府怕要就此敗落了去，我那婆婆又是個勢利的，當然是不肯婉兒再嫁給三少爺了，都哭好幾回了呢，誰勸也沒用，婆婆正派了人看著，就怕她尋死覓活去。」

錦娘聽了這話倒是對冷婉刮目相看起來，難得她意志如此堅定，竟然在冷華軒最低潮的時候也不放棄，肯與家裡頂，是個堅貞的女子。

不過，這事也只能當個八卦聽聽就算了，她也無能為力。自己設計了二太太，其實最覺得對不起的就是冷華軒，那樣乾淨溫暖的一個人，又有孝心，只是可惜生在那樣一個家裡……

「唉，其實，小軒倒真是個好人，婉兒要是嫁給他也還是好的。」錦娘嘆口氣，隨口說著應景的話。芸娘聽了，目光閃了閃，湊近了錦娘道：「我來可不是要跟妳說這個的，這會子妹夫在也好，大姊也只是想給你們提個醒。去南邊的事情，怕是又有變數，這兩日，我那混蛋相公也在家裡收拾東西，說是也要出遠門。這節還沒完，他又最是懶散的，一下子怎麼就勤勞起來呢？」

錦娘聽得一怔，眼一抬就看向冷華庭，卻見他神情仍是淡淡的，像這事與他無關一般，這倒讓錦娘很安心。她相信，自家相公應該已經有了對策，便笑著對芸娘道：「大姊說得是，不過若是姊夫真去，那倒好了，畢竟都是親戚，在一起也能有個照應呢。」

芸娘聽了唇邊就帶了一絲冷笑。「四妹妹也不用在我跟前說好聽的，我如今是寧願你們好，也不想他好，他對我無情，我無須對他有義。他是什麼樣的人，你們心裡要有數才行，別到時候又被人害了還不知道。對了，我聽說去的可還不止他一個呢，你們等著瞧吧，十五那日，會有熱鬧看的。」說著，她便起了身，對錦娘道：「我也是一來便到妳這裡來了，二妹妹已經去了，我若再待下去，娘怕是又要罵我了。」

錦娘忙作勢要起來送她，芸娘忙道：「歇著吧、歇著吧，我可不敢勞動妳，妳如今可是咱們家重點保護的人呢。」

芸娘走後，錦娘便皺了眉，搶過冷華庭手裡的繡花樣子嗔道：「你是要學繡花不成？」冷華庭聽了便抬眼看著，伸手去揉她，將她的頭髮揉成了一團。「我心裡有數的，妳只管好生地將養身子，到時路途遙遠，我怕妳身子扛不住的。」

這倒是，在京城裡還好，路面寬闊又平整，但出了城，所謂的官道其實也是土路，坑窪也多，行程又慢，這個身子原就不太結實，只怕真會吃不消呢。如此一想，倒是將芸娘說的話放到一邊去了，沒怎麼思慮。

過了兩天，便聽說失蹤兩日的二老爺回了，而太子也依律將二太太處以了絞刑，皇上御批，立即執行，二老爺卻只受了連帶，官降一級，停職留用，由正四品變為從四品，冷華軒的庶吉士也沒有被免，太子囑他好生讀書，準備參加春闈殿試。

後來，二夫人又親自來告訴錦娘，因為柳綠的關係，大夫人如今也被送到佛堂去了，以後整個孫府，就由二夫人真正掌家。錦娘聽了真的很替二夫人開心，且軒哥兒以後也可以生活得更加自在了，大老爺也正在思慮著要給二夫人討個誥命回來才好。於是這一天，大老爺特地過院子裡來看錦娘。

冷華庭這幾天一直陪在錦娘身邊，沒有回府，孫家一眾長輩見了心裡很是高興，很少有女婿肯在岳家連住幾天的，何況還是簡親王家的嫡子，大老爺走出去都覺得自己特有面子，一個女婿半個兒，還真是那麼回事呢。

錦娘在床上磨了兩天，第三天終於躺不下去，還是起來了，正坐在正堂裡看冷華庭描繡樣呢，大老爺就來了。

錦娘忙迎了上去，對大老爺行了一禮道：「正打算著要去給老太太和爹娘請安呢，您就過來了。」

大老爺聽了，眨了下眼道：「知道妳中毒了，這些個俗禮，爹爹不會計較的，好生坐著，爹爹有事找妳呢。」

錦娘聽大老爺話裡有話，臉色微窘，偷偷睃了冷華庭一眼，心想只怕是這廝告了密，不然爹爹也不會這樣說話。

冷華庭倒是一臉坦然，放下手中的筆，與大老爺行了禮，一副小心聽訓的樣子。

錦娘看著就翻白眼，大老爺見了只是笑，一揮手，將兩邊服侍的人都轟了。

錦娘這才正襟危坐，老實地看著大老爺。

「明兒便是初十，百官上朝，皇上會就墨玉一事徵詢臣工的意見，庭兒，你可要有準備啊。」大老爺正色地對冷華庭道。

冷華庭胸有成竹地對大老爺道：「岳父請放心，這事小婿已有打算了。」

錦娘聽了便笑咪咪地看著自家妖孽。任哪個女子都希望自己能嫁一個頂天立地，有能力、有抱負的男子，自信的冷華庭讓她愛到骨子裡去了。

大老爺聽了便欣慰地點了頭，卻又對錦娘道：「太子殿下昨日正式向皇上提出，南方之行可讓女兒妳也參加，皇上倒是允了。只是，怕朝裡的那些衛大夫們，又有話要說了，明日小庭也要小心那些人對錦娘的攻訐，儘量要克制才是。」

大老爺看來是很瞭解冷華庭的，知道錦娘在他心裡的地位，但朝堂裡可比不得簡親王府，小庭可別一句話沒說好便砸了哪個大臣，就不好收場了。

冷華庭聽了眉頭稍皺了皺，心疼地看了錦娘一眼後，還是老實地應了。

錦娘聽了大老爺的話很是感動。沒想到父親還是個很開明的人，這個時代的女子最是不能拋頭露面，女子以無才為德，以相夫教子為己任，莫說參與男子做如此大事，就是隨便出個門子，也是要左請示、右彙報，一級一級應允了，帶著一大堆的丫鬟婆子、護院啥的跟著，半點也不得自由。

正要說些感激的話，大老爺突然狡黠地一笑，湊近錦娘道：「四丫頭啊，妳可是素心親生的，這一次，妳要是立了功回來，可就是給妳娘和爹爹我爭了光啊，妳娘只是個平妻，妳功勞若是建得大，那妳就是大錦朝千古第一奇女子，而妳娘嘛，這個身分自然也要水漲船高一些了。」

錦娘總算明白大老爺的真正來意。自己這個爹爹可是越發有意思了，想給娘封誥命，自己不去討賞，倒是將主意打到自己這裡……不過，聽著好像很有面子呢，若是能以自己的力量給母親封號，那以後這個時代或許也會把女兒家的地位抬升一些呢。

第二日，大錦朝新年第一個早朝，錦娘在頭天下午與大老爺一席話後，便與冷華庭一同回了簡親王府。

一大早，錦娘起來服侍著冷華庭穿朝服。絳紅的朝服穿在冷華庭身上，更顯得玉樹臨風，俊美中帶了一絲儒雅，看得錦娘直發怔，冷華庭忍不住又罵她。「一會兒去了南邊，妳可給我悠著點，對著我還好，若是對了別人也是這樣，妳可仔細了。」

錦娘聽了便氣得又要去擰他的耳朵，他也不躲，只道：「第一天上朝，娘子不想我沒出門就挨打吧，很不吉利喔。」

說得錦娘手一縮，不敢再揪他，只是瞪他，心裡卻也憂心他今天上朝會不會順利，不由眉頭就蹙了起來。

冷華庭聽了便笑道：「放心吧，回來就讓妳看到一個不一樣的相公。」

朝堂上，臣工們向皇上拜了新年，君臣共賀祝詞之後，便是文武大臣向皇上奏報各自所轄之事。幾番對奏完了之後，寧王爺便首先站出來道：「皇上，年初北方大旱，小麥怕是難以有收成，去年年底時，雖是撥了不少款項去了災區，但杯水車薪，難解災情，微臣怕再如此下去，災民增多，會引起北方動蕩，百姓難安。」

二老爺作為戶部侍郎，也附議道：「此事戶部也無能為力，因去年夏季南方水患，造成良田千頃被毀，收成驟減不說，還撥了大量款項前去救助，戶部如今庫房空虛得很啊！」

皇上聽了便皺了眉，正要說話，那邊裕親王便狀似無意地說道：「皇上不是讓簡親王將南方基地裡的銀子撥了不少給北方救災了嗎？往年遇災時，不是都如此作為，怎麼今年倒成杯水車薪了呢？」

寧王一聽便道：「裕親王有所不知，往年若是遇到此等事情，基地一次撥付便會有上千萬兩銀子，而去年，卻是比之往年少了一半，真是救了東家，救不到西家，自然是解不了災情的。」

皇上聽他們幾個繞得遠，皺了眉道：「此事朕早就知曉，簡親王並無過錯，幾位卿家有話大可以明說，不要繞彎子就好。」

寧王爺一聽，便看了裕親王一眼道：「啟稟陛下，臣聽說，簡親王將墨玉交由次子冷華庭承繼，臣等認為此事萬萬不妥。簡王兄次子聽說心性還留在十二歲的樣子，只是個半大的孩子，又身有殘疾，腿腳不便，怎麼能擔負起如此重任？簡王兄此舉有些過於兒戲了。況且簡王兄如今年紀大了，自己一個人已經很難既管理基地又管理商隊，應該找一個身體健全、品性高潔、智謀超群之人承繼才是。」

皇上聽了有些無奈地點了點頭，又看向簡親王。「簡親王，對寧王說言，你有何話說？」

簡親王眼神凌厲地看了寧王一眼，躬身對皇上道：「聖上，吾兒華庭就在朝堂之上，他是否真如寧王兄所言，心智低下，您大可讓列位臣工考量一番就是，吾兒只是腿腳不便，心智怕是比寧王兄還要高那麼一點、兩點呢。」

皇上聽簡親王這話有諷罵寧王的意思，不由勾了唇，笑了起來，揚聲說道：「冷華庭可在？上前來讓朕親自考量你一番。」

裕親王聽了卻搖了搖頭道：「皇上，您大可以不必考量，臣弟知道，冷華庭心智正常，而且異常聰慧，比寧王兄嘛，倒真是不差呢。」

寧王聽了微皺了眉，看了裕親王一眼，辯道：「就算他心智尚可，但身體殘疾，同樣難以勝任遠洋商隊的重擔。難道您想看著一個坐了輪椅的大使出現在咱們大錦王朝的商船之上？這不是讓番邦譏笑本朝無人嗎？」

「那寧王兄你說怎麼辦？這墨玉可是自聖祖以來就由簡親王府所掌，若非出現大錯，就是皇室，也不能輕易奪了簡親王府的掌玉之權啊。」裕親王聽了便故作為難地問道。

「裕親王糊塗，簡親王世子冷華堂可是相貌堂堂、才華橫溢，此墨玉讓世子承繼不是天經地義之事嗎？簡親王府幾世傳下來，哪一代不是由親王親自掌玉的？」寧王聽了便不屑地對裕親王道。

此言一出，張太師、兵部尚書、二老爺，還有文華閣幾位大學士紛紛出言附和，請皇上聖裁，莫要因簡親王一己之私，斷了大錦朝的經濟命脈才是。

皇上聽了便皺了眉，為難地問簡親王：「愛卿，如此多臣工都反對讓華庭承繼墨玉，你可有充分的理由說服這些臣工，讓他們相信華庭掌墨玉之後，會將基地發揚光大？」

「皇上，無須父王說明理由，微臣自己便可以證明，微臣是有能力接掌墨玉的。」皇上話音剛落，便見冷華庭自列隊的後面推著輪椅出來，大聲說道。

冷華庭音質原就完美，如今放聲說來，鏗鏘有力，透著股自信和灑脫，群臣不由自主地回頭看去，一些第一次見他的人便被他外表給震住，有好色點的兩眼便發癡，盯住後就挪不開眼，看他如天上謫仙一般緩緩自後殿而來，連呼息都放緩了，像是怕驚動了這位絕色佳人，眼前的美景就會平空消失一樣。

而裕親王、寧王幾個見了群臣的這副模樣，嘴角便勾起一抹玩味的笑來，兩人對視一眼，並沒作聲。

終於，列隊裡有大臣小聲驚呼。「這是天仙下凡了嗎？怎會如此美麗？」

「是男生女相吧，太漂亮了，這樣的人一到人群裡去就會造成混亂，又是殘疾，寧王說得也沒錯呢，簡親王應該將墨玉傳世子才是啊。」

「倒是只覺俊美無儔，果然是大錦第一美男啊，就怕是個花瓶，身子又不好，做不得實事。唉，選繼承人又不是選美，長得漂亮又無用，男人還是要有本事才行啊。」

冷華庭一路聽著他們的議論，臉上半點表情也欠奉，冷漠地看著前方。

「喔，華庭，你如何證明，你是能勝任墨玉之主？」皇上眼含笑意地看著冷華庭，對臣工們的議論置若罔聞。他如今最關心的是基地上的機械是否能改善修復，簡親王的兒子誰去繼承都好，但若沒有能力將基地起死回生，就算有再健康的身體那又如何？不過也是個不中用的廢物而已。自太子說過孫錦娘會用墨筆後，皇上憂思多年的顧慮終於又有了解決的希望，他自然是更傾向於墨玉由錦娘的丈夫冷華庭來繼承了。

冷華庭坐在輪椅上，一拱手，對皇上行了個大禮，淡淡說道：「回皇上，臣方才聽寧王列舉了數條臣不能承繼墨玉的理由，臣覺得非常迂腐可笑。」

此言可謂狂妄不敬，先不說寧王與冷華庭同屬皇族，乃冷華庭的長輩，作為晚輩，斷沒有在群臣面前如此斥責寧王的道理，再者，寧王位列郡王，身分貴重，冷華庭不過一個小小六品，還是閒職，論品級，哪有小小六品如此蔑視郡王的道理？

寧王聽了臉上就有些掛不住，憤怒地瞪了冷華庭一眼後，看向皇上。按說皇上怎麼也該斥冷華庭一個殿前無狀之罪才是。

但皇上聽了卻是眉頭一挑，饒有興趣地對冷華庭道：「喔，如何可笑？朕聽寧王說得還算有理，華庭，你且說說你的理由。」

有精明的臣工立即自皇上的語氣裡聽出一些異樣的味道，不由也看戲一般看向寧王，看他如何應對。

「回皇上，寧王方才說臣身體殘疾，便不可接掌墨玉，臣想問寧王，身體殘疾怎麼就不能掌玉了？」冷華庭雙手隨意地推動著輪椅，在原地很靈活地轉了一個圈後，又迅速地滑到寧王面前，被錦娘改裝過的輪椅行動方便快捷，半點也不影響冷華庭行動的速度。

群臣還是第一次看到如此輕便靈活的輪椅，一時目光全都被冷華庭的行動給吸引住了，有幾個位高的老大臣們心裡便對皇上的用意有絲了然，看向冷華庭的眼光也帶了一絲探究。保不齊此子真有些怪才呢！

冷華庭原就是故意將輪椅的輕便展示給這些大臣們看的，尤其是給皇上和寧王看的。有些事情，眼見為實，事實勝於雄辯。

寧王聽了冷華庭的問話，不由鄙夷地一笑道：「華庭世姪，方才裕親王說你心智已然恢復，但本王看來，你仍如孩童一般頑劣無知，無禮又放肆。哼，本王不與你一般見識，擺在眼前的事實，皇上和列位大臣們全都能看見，殘廢之人如何帶領商隊去南洋，又如何管理基地偌大的產業？你這輪椅再如何靈便，也比不過人的雙腿，若遇大事，怕還會成為他人的累贅，真當大錦朝無人了，只能用你這廢物不成？」

簡親王自冷華庭出現後，便在一旁看著，很期待華庭的表現，自己辯解得再多，也沒有華庭用事實說服這些臣工的好，但寧王此話卻是刺痛了他的心。小庭的殘疾原就是他最內疚和自慚的事情，這會子心愛的兒子被人罵成了廢物，一股怒火就直往上冒，對寧王大喝道：「寧王，請注意你的言辭，吾兒不過是雙腿有疾，但品行端正，比起那些成日狎妓玩童、不務正業的浪蕩公子來，不知強了多少倍。」

寧王世子冷卓然在京城裡名聲極差，正是簡親王口中所說的浪蕩公子，寧王為此也是傷透了腦筋，聽簡親王一斥，心裡便更是氣，冷笑著說道：「品性不好，還可有改過的機會，但身子廢了那就是廢人，不然，難不成簡親王還能給他再弄雙好腿來不成？」

冷華庭聽了哈哈大笑起來，輕蔑地看著寧王，冷笑著說道：「說你可笑，你還不服氣。成大事者，要的不是蠻力，而是腦子。試問列位大臣，你們希望墨玉是由一個博學精明的身殘之人掌管，還是一個品行惡劣、不學無術、無才無德之人掌管呢？古之聖人孫臏，他也是雙腿殘疾，但他寫下了千古名篇《孫臏兵法》，歷朝歷代多少四肢健全的元帥大將還要學習他的兵法，更將他的戰術運用到戰爭中去？一個殘疾之人用自己的智慧，足不出戶也能指揮千軍萬馬，殘疾便不能掌事之說還不迂腐可笑嗎？」

冷華庭一席話鏗鏘有力，說得寧王啞口無言，心中卻是更恨，剛要說話，就聽到太子在一邊大笑著鼓起掌來，由衷地說道：「哈哈哈，華庭，你說得真好。」

太子自冷華庭進殿後便一直默默地注視著他。要說來，太子心裡還是很複雜的，冷華堂乃是太子妃的妹夫，與自己也是連襟，若冷華堂能承繼墨玉，手掌大錦經濟大權，當然對太子鞏固地位會有莫大的幫助，但太子曾經去過南方，知道基地命脈便是那一堆破機械，眼看著便要成為一堆廢鐵，若再不尋找有能之人對設備加以改造維護，那大錦得以倚仗的經濟支柱就會崩塌。如今西涼與大錦正處於膠著狀態，一旦大錦內部出現大問題，戰爭便會一觸即發……所以，當務之急便是要保住基地，而小庭和錦娘便如暗夜的光，點亮了他的希望，他相信自己的眼光，小庭夫婦或許又是一對奇人。

殿中大臣，有的見太子都出言誇冷華庭了，便也隨聲附和，一旁的大老爺更是一臉正色地道：「華庭說得的確有理。試問朝中武官，有哪位大人不是熟讀《孫臏兵法》，本朝開有武科，《孫臏兵法》便是必考之內容，誰又敢因孫聖人腿殘而鄙視於他？」

「可是，華庭小子你也太過狂妄了吧，你何德何能敢與孫聖人相比？」一旁的裕親王聽了便不緊不慢地輕哼一聲，譏諷地說道。

「我就是狂妄又如何？只要有狂妄的本錢就行，這墨玉我還就是要接手了，誰要不服，大可以放馬過來與我比試，無論是文是武，我冷華庭就用這個殘廢之軀與他比拚，若能勝過我，自然墨玉便歸他所有，若不能，那就少在這裡以口舌之爭來浪費皇上和列位大臣們的時間。」冷華庭聽了燦然一笑，挑眉大聲說道。

此言一出，不少老大臣便皺了眉。簡親王次子看似柔弱，說話卻是狂放得很，性子也桀驁不馴，當著滿朝大臣的面和皇上太子的面就敢放如此大話，要嘛便真是個心智也殘的瘋子，要嘛便有真才實學，如此，不如真的試他一試，是人才，便推舉他就是；若不是，倒是免了這場紛爭，讓皇上早些另選賢能。

而有些皇族王公聽了心裡便是一陣雀躍。簡親王府霸占墨玉有幾世了，其他皇族一直覬覦墨玉卻不得法，今日簡親王家的殘疾渾小子竟然敢如此大言不慚地放大話，那不正好給了他們一個搶奪墨玉的機會？或者，那頂鐵帽子也能一併奪過來也不定呢？

「好、好、好，當著滿朝文武大臣的面，你如此不知天高地厚，若不教訓你一二，你真以為自己天下第一了。」裕親王沒想到冷華庭如此大膽放肆，這正合了他的心意。冷華庭此話必定引起多數人的不滿，更讓很多如自己這般妄想墨玉之人找到了機會，若不乘機抓牢，那還真對不起這狂小子了。

張太師此時也是一臉的憤怒和鄙夷之色，走出列來對皇上躬身說道：「皇上，此子太過無理放肆，誠如裕親王所言，若不教訓他一二，他便真的目中無人了！老臣懇請皇上，選幾位青年才俊、文武雙全之人與此子比試，老夫就不信他真能文武全勝。」

張太師打了頭陣，立即有很多位高權重的大臣出來附和。

皇上卻是對冷華庭的大膽和自信很是欣賞，大錦已經很久沒有出過如此有性格的年輕人了，尤其皇族子嗣裡，如寧王世子之流是越來越多，他深感痛心和擔憂。皇室原就是支撐和維繫皇權的最大力量，若後繼無人，那冷氏皇族便會自內而外地腐朽。狂妄又如何，只要有狂妄的本錢就行。嗯，這一句說得真好，以後大錦在面對周邊列國時，要有如此狂妄的態度，說得起如此狂妄的話才好啊。

想到這裡，皇上微眯了眼，含笑看著冷華庭。他有種莫名的自信，那便是此子今日必定會讓自己另眼相看的。

「嗯，朕同意眾卿家所言，不過，光文武兩項不行，朕還要再加一項，若此三項有兩項能勝華庭，那墨玉便不由華庭承繼，另尋良才；若是不能，那麼眾卿家便不要再為墨玉之事爭論，以後墨玉便由華庭掌管，任何人不得有異議。」皇上嚴肅地對殿下眾臣說道。

「還有一項？父皇，那是什麼？」太子其實也知道皇上要加的一項是什麼內容，便配合著問道。

「還有一項便是由朕親自出題，列位若要與華庭比試，便就得做朕所出之題。」皇上一改方才的親和，雙眼銳利地向下面巡視了一遍。

眾大臣心裡便生了疑惑，不知皇上會出什麼樣的題，非文非武，莫非是音律之類？不過，都是大錦朝的子民，別人家會的，自家兒郎也該會，不過就是個精與疏的問題而已，總還有兩項備著呢，冷華庭只一人，而有資格與他比試的定然不下十位，車輪戰，累也要累死他，何況還是個殘疾，先天就失了優勢，若自己兒子連個殘廢也打不過，還真不如掐死算了。

如此一想，大臣們便沒有了異議，紛紛贊同。但皇上又道：「墨玉不是兒戲，並非誰都可以來與華庭爭奪，參試之人必須是皇族子嗣，且有親王世子身分才可，年齡超過二十者不得參與。」

如此一選，朝中較為勢大的外戚便排除在外，只剩皇族，而本朝的親王爵位，又適齡的還真只有四位，一位便是恭親王世子，但那位世子自小體弱，文才絕佳，卻沒習過武；而恭親王爺掌著宗人府，很得皇上信任，最會揣度皇上的心思，知道摻和這事絕對沒好處。皇上若沒有十足的把握，又怎麼可能會同意一個傻小子的大膽妄語？這所謂的比試，不過就是讓臣工們信服而已，做給大家看的。

因此恭親王毫不猶豫地放棄了比試資格。剩下便是簡親王世子和裕親王世子，還有和親王、榮親王世子。寧王倒是叫得最歡的那個，但他只是個郡王，爵位不夠，不由更是氣惱，看裕親王和二老爺那一副躍躍欲試的樣子，他便有種為他人做嫁衣的酸痛，心裡便憤憤不平起來，酸酸地看了裕親王一眼。裕親王眉頭稍皺了皺，轉而對皇上道：「既然恭親王棄權，那就請皇上將寧王世子補上吧，這比試人太少，也沒有說服力，勝之也不武啊。」

皇上聽了唇邊就帶了絲冷笑，眼中利光一閃，出乎意料地說道：「好，朕就給寧王世子這個機會，不過，寧王世子此次若輸了，十五南下之行便得放棄，還是在家裡好生修習才是。」

寧王聽得一怔。自家兒子幾斤幾兩他還是拎得清的，卓然文是不行，但卻對武很用心，每日裡再如何懶怠混帳，那功夫卻是從未落下過，文就差了，不過，皇上不是說還加了一項嗎，或許正好是卓然的強項呢？

如此一想，寧王一咬牙，應了下來。

冷華庭見人選都商定了，便淡笑著對皇上道：「皇上，這幾位世兄都是臣的叔伯兄弟，一會兒比試起來刀劍無眼，弄傷了人，可就不妥了。還是年節下，因這比試傷了各家叔伯的和氣也非華庭所願，臣認為，這比試還是以騎射和比拚內力為主方好。」

皇上聽得眼睛一亮。誰說這小子是狂妄的半傻子，分明就精得很嘛，比騎射和內力，這兩項是可以幾位參與者同時進行的，既公平又避免了對他施以車輪戰，白消耗了體力不說，還怕那幾個人耍陰的。

群臣也覺得這個附議很合理，而裕親王和寧王更不會反對。冷華庭可是個癱子，那雙腿也不知道能否騎馬，就算能騎，怕也難以與正常人相比，自己這方正好占了這便宜。

皇上便應允了，派人將要應試的幾位世子全宣到了皇家練武場，群臣便浩浩蕩蕩地跟著皇上的御輦一同去觀看。

冷華堂聽說要比武，心裡很是猶豫。參加吧，父王定然會知道自己身懷武功，一旦顯露，以往的一些事情便會敗露，自己這個世子之位怕都難保，放棄嗎？都奮鬥了這麼多年，心心念念想要得到的東西就在眼前，又怎麼甘心，簡親王世子之位雖是重要，但那掌玉之權更重要，那代表的不僅僅是錢，更是皇上的信任，和在朝中的地位與威望……

轉念一想，好在二老爺轉危為安，自己身後還有他的支持，還有孫玉娘的外家張老太師的支持，而且……小庭的腿還是殘的，皇上可以讓殘廢經商，但卻不一定會讓殘廢繼承王爵，父王……就算知道了，應該也不會將自己怎麼樣的吧？父王對自己還是存有幾分憐惜的，而且這次可是皇上主考，只要自己勝了小庭，得到皇上御准的墨玉，父王也無權反對吧？

幾番思量，他還是決定參加武比了。

對於他的參賽，二老爺早在預料之中，而王爺看到整裝騎在馬上的冷華堂只是微怔了怔，隨即很多事情便浮現在腦海裡，唇邊就勾起了一抹苦笑。這些年，讓他跟著老二，果然變得陰險狡詐了，怪不得庭兒總是不信他，只怕老二的陰謀裡，有一半也是他參與的了。老三身上的細針定然是他下的，好一個連環計啊，差點害死了錦娘，這樣的兒子……太讓他失望了！

第七十四章

冷青煜懶懶地到了練武場，裕親王跟他一說明比武的原因和規則，他便愣怔在原地，定定地看著不遠處，坐在輪椅上被推著過來的冷華庭，心裡便想起那日突然立在自己馬前的那名黑衣蒙面人。那人是冷華庭嗎？

他的腿……好了嗎？不會吧，若是好了，此等比試又有何意義？父王幾個反對的最大理由不就是說他是殘疾嗎？他一站起來，那理由不就不攻自破了？

要比嗎？若是自己贏了，她會哭，會不開心的吧？一想到她可能會坐在某個屋裡傷心落淚，他就感覺心裡不舒服，像是被堵住了一樣，悶得慌，可是不比父王也不會同意啊，少不得會挨一頓狠揍呢，而且，下意識裡，他很想和冷華庭比，想向那個小女子證明，自己其實是比她嫁的人要強的……

裕親王比其他臣工更早來到練武場，親自給冷青煜選了一匹好馬，又叮囑了冷青煜幾句，讓他好生比試，不可吊兒郎當，曉以利害之後，才退到一旁去了。

冷青煜被父親的話激起一些鬥志，加上心底的那份期待，一時將雜念存入了心底，精神抖擻地準備應試。

而冷卓然，武比可是他唯一拿得出手的強項，這一場，他勢在必得，只要將那個殘廢比下去，剩下的幾位王兄弟們誰能奪玉，那是父王們操心的事情了。

榮親王與和親王世子也是兩位相貌堂堂的青年才俊，他們與冷華堂和冷青煜都熟，小時候也見過冷華庭，只是冷華庭自病後便很少見人，倒是生分了不少，但他們兩個一見到俊美絕倫的冷華庭後，心裡就有些不忍。神仙般的人物啊，可惜是個殘疾，不然也能成為好朋友的，雖是喜歡他，但為了家族的利益，兩人也會全力以赴，不會懈怠半分。

一到練武場，冷華庭便示意身後的冷謙不要再推他，他自己推著輪椅緩緩向場中而去。侍衛牽了一匹高大的黑馬過來，停在他面前，一時就愣怔了，不知這位坐在輪椅上的年輕大人怎麼上馬，自己要不要去扶他一把呢？

一時全場都靜了下來，皇上和太子也有些懵，他要如何上馬？一個比武參賽者，連上馬都要人幫，這起步就比別人輸了一著，後面的還能比嗎？會不會突然自馬上摔下來？

皇上的擔心正是很多人的期盼，裕親王和寧王幾個都幸災樂禍地看著場中的冷華庭。那匹馬，可是有名的烈火，脾氣最是暴躁，看一個廢一雙腿之人如何上馬，又如何能駕馭牠？

王爺是知道小庭的身手的，上個馬而已，根本是小菜，小庭自小便馬術精湛，只是後來腿不好後，就很少練過了。這騎射既然是小庭自己提出來的，他當然就會有把握的，因此王爺泰然地看著場內，一點也不著急。

但場中氣氛卻是緊張了起來。冷華庭遲遲沒有上馬，只是坐在輪椅上靜靜看著那匹黑馬，他感覺馬的眼裡似乎有痛苦之色，眉頭一皺，便看向了馬腿，仔細看了很久，卻沒發現任何異樣……

但他這種表情卻讓很多人認為他是在為上馬而為難，一時場中寂靜得連呼吸聲都小了好多，大家都等著冷華庭來求助，好看他的笑話。

冷華庭注視了那匹黑馬很久，總覺得怪怪的，卻又找不到癥結所在，只好放棄了，先走一步是一步吧，於是自椅子上縱身躍起，在空中矯捷地旋轉，穩穩地落坐在馬背之上。一上馬，他便俯身，輕柔地摸了摸烈火的耳朵，以示友好，烈火抬了蹄子揚了揚，並沒有要摔他下來的意思。待他坐好之後，牠又踢了踢後腳，冷華庭又拍了拍牠的頭，牠才安靜下來，老實認命地任冷華庭騎在上面。

而這一切也只是一瞬的時間，眾臣們只看到空中那個偉岸修長的身軀轉了一個漂亮的弧度後，便穩坐在了馬上，不但沒出醜，那上馬的姿勢還是自己看到過最漂亮灑脫的一次。

騎射比的便是騎在馬上射箭，比試者每人十枝箭，必須騎馬遠射，既比了騎術又比箭術，看誰射中靶心最多，成績好者便勝。

首先出列射第一枝箭的便是冷華庭。他挺立於馬上，俊朗的身姿挺拔如松，陽光灑在他俊美的臉上，像塗了一層金色的光粉，更加耀目迷人，比起他平日坐在輪椅裡，又添了一分颯爽和英挺，一旁的幾位世子同時便看怔了眼，冷華堂更是凝眸在他身上就沒錯開眼過。

冷華庭從容地提韁，雙腿一夾緊，烈火便飛快地跑了起來。他騎馬在場中跑了一個圈後，突然拉弓搭箭，回身便是一箭，正中靶心。

他的姿勢美妙絕倫，看得大臣們忍不住就叫好起來。冷華庭淡定地騎馬往回走，準備退到場邊，讓其他人進場比試第一箭，誰知剛走到場邊放兵器的架子處，原本老實的烈火突然發狂起來，一雙前蹄猛然抬起，整個身子都豎了起來，暴躁地亂踢亂踏，冷華庭拉緊韁繩想要制止牠，牠又瘋了般突然向場邊的人群衝過去。

好在離群眾還有幾十公尺的距離，皇上和太子也正在那一群人裡，武將們猛然抽劍擋在皇上和太子的前面，而文臣卻是亂作一團，大喊護駕，有的則拚命逃跑。這場突變讓很多人目瞪口呆，嚇得不知所措，烈火明顯是受了什麼刺激才發狂的，若不制止，便會惹下大禍。看客裡，自然有人很願意看到這一幕，如寧王、裕親王之流，臉上雖也是一臉驚色，唇角邊卻是帶了絲獰笑的。

冷華庭此次就算不被烈火摔死，也會因縱馬驚駕而犯下大罪。但他們還沒有得意幾秒，便意外地看到冷華庭突然抱緊烈火的頭，伸出長臂捂住烈火的鼻口處，暴躁瘋狂的烈火竟然向前踉蹌地跑了幾步後，在離皇上和太子等人不過幾公尺處，身手搖搖晃晃地向下一歪，轟然倒了下去。而冷華庭自己卻隨之縱身躍起，冷謙手眼很快地將輪椅推過來，讓他再一次穩穩地落坐在輪椅之上，整個過程不過瞬間。皇上和太子及大臣們雖是受驚，卻是毫髮無傷，再看冷華庭，仍是一臉的氣定神閒、淡定從容，臉上並無驚惶焦慮之色，很多半天才平靜下來的大臣，這會子不管出於何種心理，都是忍不住由衷讚嘆，此真有大將之風，真可謂狂也是要有本事的。

任誰也能猜出是有人在烈火身上動了手腳，皇上對此大發雷霆，立即讓人去查，太子親自帶人過來查驗，發現烈火中了迷藥昏迷了，四足和馬身上並未發現可疑之處，正疑惑時，冷華庭推了輪椅在烈火身邊轉了一圈，對太子道：「殿下，取下鐵馬掌看看，或許有人在馬掌裡動了手腳？」

太子依言命人取下馬掌，果然在兩個前蹄鐵掌裡發現有兩根細小的鐵針。太醫取下檢驗，竟然發現那鐵針淬了致人瘋狂的毒藥，怪不得烈火一開始眼中便閃痛色，那時牠的腳掌裡可能就有了毒針，只是馬身體太大，那毒針所含藥量不夠，毒性一時還沒有發至全身。後來冷華庭催馬射箭，奔跑運動加速了血液循環，催促了毒藥發作，烈火才驟然發狂的。

不得不說，這下針之人謀算精細，步步策劃周詳，若非冷華庭身手高明，身上又備了迷藥，恐怕此時已經釀下大禍。太子憤怒地使人去抓方才牽馬之人，卻發現，那人早已無聲無息地死在練武場的一個背僻處，也正是中毒而死的。

此事更加讓皇上和太子氣憤，責令恭親王全力徹查。

此時便有人提議比試改日進行，皇上聽後卻冷笑道：「比賽繼續，朕倒要看看，那些人還想再弄什麼手段出來。」

烈火之事便成了一個小插曲，大老爺親自去皇家馬廄裡牽來另一匹駿馬，冷華庭再次上馬，退守在邊上，等其他幾個參賽者賽完第一箭。

第一箭，不管是哪一位世子，全都很輕鬆地射完，而且也是箭中靶心，看不出勝負之分。

後來又連射五箭，簡親王二子與裕親王、寧王世子所射之箭，不僅是箭中靶心，而且有幾枝箭是後箭直射前面一枝的箭尾，破尾而中靶心，可見箭術更為精湛，而和親王與榮親王兩位世子便要稍遜一籌，被淘汰下來。

到了第六箭時，比試方法改變，由一名侍衛向空中拋出一枚銅錢，參賽者不射箭靶，射銅錢。

此番下來，寧王世子敗北。他射中銅錢，卻沒有穿透錢眼，也被淘汰。

第七枝與第八枝箭，便是同時拋出兩枚和三枚銅錢，看參賽者能同時射下幾枚。第七枝過後，冷青煜被淘汰，而第八枝箭比試前，冷華堂已是一身冷汗。方才兩箭連發，同時穿中錢眼已經很是吃力，運氣的成分占了多數，再加一枚銅錢，要全穿錢眼而過，幾乎不可能。

他偷偷看向小庭。這樣高難的箭技，在整個大錦朝裡也難找出幾個，小庭平日足不出戶，雖是自小練武，難道真有這等本事？

這一次，他特意要求先賽，三枝鐵箭發出，三枝全中，但穿透錢眼的，只有兩枝。這樣的箭法也堪稱神技了，百步穿楊已難以形容他箭技的高超，場外傳來一陣陣的喝彩和掌聲，冷華堂深深地看了一眼仍是一派淡定之色的小庭，意氣風發地退到了場邊。

輪到冷華庭，他冷靜地取出三枝鐵箭，同時搭在弦上。侍衛將三枚銅錢激射向空中，明眼人一看，便知道所掀高度並不如方才，銅錢拋得高，下墜得也慢，射箭之人才有時間在銅錢落地之前射出箭枝。

一旁的觀眾看著便揪緊了心，只道這一次冷華庭必輸無疑，但冷華庭毫不以為意，咻咻咻三箭幾乎同時射出。墜地之後，驗試官上前檢查，赫然看到，三箭齊穿錢眼。拿來給皇上察看時，眾大臣們頓時驚嘆莫名，大讚簡親王教子有方，兩個兒子全都不同凡響，而身有殘疾的冷華庭更是讓人刮目相看，如此精湛的騎射技藝，在場無人能比，就算身體健全又如何，人家就是有狂妄的本事。

騎射比完，便是比拚力量，其他五位全是身體康健之人，比拚提石鎖之類的對冷華庭未免不公平，太子便建議比試開弓，誰拉開的弓力量最大，誰就勝出。

結果，冷華庭坐於輪椅之上，竟生生拉開了一張三石的強弓，且弦開似滿月，令會場震驚。寧王世子倒是同樣拉開了三石強弓，也是滿弓，但他先前輸了一場，皇上便加試一項，比兵法，結果冷卓然向來對兵法興趣缺缺，哪有冷華庭精通，不過試了兩題，他便敗北。

武比過後，便是比文。文華閣大學士太子太傅親自出策論題目，六位參賽者回到殿前比試，當著皇上和滿朝文武百官的面，那場面比歷年的春闈殿試更為緊張，太傅出題很是刁鑽，竟是以「精忠報國」四字為題，讓六位世子寫下策論。

六位同時動筆，同時鋪開紙卷，運筆揮灑。一時間，殿裡寂靜沈悶，只聽沙沙地寫字之聲。觀文比沒有武比精彩，但此種比試場面卻是頭一回見，往年殿試也不過只有監考官與皇上在座，今天卻是群臣監考，稍有動作，便有幾十雙眼睛盯著。寧王世子原就討厭讀書，他最擅長的武比已經輸了，心裡便沒有了底氣，不過寫下幾十個字，應付應付後，便交了卷。

太傅將他所寫的策論呈給皇上先閱，皇上只看了兩句便將那卷扔在了一旁，鄙夷地看了寧王一眼，繼續等其他幾位參賽者的試卷。

半個時辰過去，陸陸續續地，大家都交卷。皇上一張張閱過，前面幾份面色淡然，並無特殊表情，只在看到冷青煜所寫的策論時，讚賞地說道：「青煜平日裡總是懶散得很，文采卻是不錯，通篇下來文字流暢、引經據典，也很到位，嗯，看得出，你還是用了功的。」

裕親王聽了很是得意，高興地回看了眼簡親王。簡親王對小庭的文采比武功更為自信，不過小庭只喜詩詞，對策論這種應考談東西很是討厭，今天這題又出的是刁鑽套路，是小庭平日最不喜的論點，如此一想，心中便是忐忑，緊張地看著皇上。

皇上對冷華堂的策論也是讚不絕口，冷華堂文采飛揚，通篇策論氣勢磅礴，論據論點充分，以一臣子要如何精忠盡忠為論點，大量引用聖人之言，對奸臣大肆批判，大讚歷代忠烈，言其一生都要繼承忠烈的遺志，忠於皇上、忠於大錦……

如此論調自然很得皇上的心，皇上看冷華堂的眼光也很是欣慰。此子也是文武雙全，若能在第三項比試中也有作為，倒真可以考慮讓他承繼墨玉，畢竟冷華庭身體有疾，且太過桀驁，怕難以馴服。

但當他拿起冷華庭的策論看時，方才一閃而過的念頭立即煙消雲散，通篇看完後，又迅速地再看了兩遍，激動異常地緊盯著冷華庭，半晌也無言語，讓在場的大臣們緊張地不住揣測。皇上的表情看不出喜怒，只知激動，卻不知是氣憤還是欣喜，一時誰也不敢出聲，只是焦急地等著。

皇上注視冷華庭半晌後，才將手中試卷遞給太子，太子疑惑地拿起看了一遍，也是一看之下陷入沈思，過後也很是激動地看向冷華庭。太傅實在是忍不住，自太子手上接過，也看了起來，看完之後卻是皺了眉，激動是有，卻是帶了些不贊同。

群臣沒有太傅的資格老，皇上沒有發話，誰也不敢去拿那張試卷看，只能老實焦急地熬著。

皇上終於回神，對大臣宣佈道：「文比華庭勝出。冷華堂文采雖好，但論據過於迂腐老套，沒有半點創新。精忠報國，不能只有忠心，而無方法，以華庭策論中所言，精忠首要便是為君分憂，建立強大國家機器，大力發展經濟，改善百姓生活，穩定民心，使百姓安居樂業，使國家富強，才是根本，這才是真正為君分憂。此言太合朕意了，嗯，華庭，你文中所說的青苗法、募役法等很是新穎，還有，你說要鼓勵和發展商業，制訂新的經商律法，重改稅收制度，這些朕也贊同，這些你自南方回來，朕再與你細細研究研究，你且先幫朕將基地事情快快處理了才是，精忠報國你要拿出實際行動來才行，可不能只是空口，朕還指望著你成為大錦第一能臣呢。」

皇上此言意思已經很明白，文武兩場比試，都是冷華庭勝出，下一場比不比都是那意思了，沒什麼懸念，墨玉承繼的人選差不多已經定下來了。

不過，太傅卻對冷華庭策論中所提，民為貴君為輕的觀點很不贊同，拱手對皇上道：「老臣要與冷大人探討一番。皇上乃是真龍天子，天下人之父，你豈能大膽妄言說治國應以民為貴、君為輕，此論調太過大逆不道，皇上，您應該責他個欺君枉上之罪，而不是加賞於他。」

皇上聽了眉頭微挑。這句言詞他其實在創建南方基地上的那奇人留下的資料裡看到過，也細細品味其中涵義，知道那確實也是治國的強法，只是，身為帝王，自然是要集權力與聲望於一身的，臣子民眾對他越是尊崇敬畏，他的地位才越會穩固，所以，他對這句話也很有牴觸，只是他的心情全被先前幾條所吸引了，也心知冷華庭此言並非有異心，且自這一點倒能看出他一片赤子之心，是真心為君著想，一心為國的。

不過，太傅既然當著群臣的面提了出來，他自然也想要知道冷華庭心裡對這句話的真正看法。

「華庭，對太傅的質疑，你如何解釋？」

冷華庭淡笑著對皇上道：「太傅只看到此言的表面意思，卻不知其實深意。所謂民為貴、君為輕，並非百姓就比皇上更為重要，而是說身為上位者，要以百姓利益為第一，將民生放在首位。皇上的地位也是百姓所賦予的，江山皇室穩固與否，全在百姓，若統治者施暴政，弄得民不聊生，那麼百姓便會奮起反抗，歷代老百姓造反的事情多了去了，那便是前車之鑑，若施仁政，百姓安樂，社會安定，又何來造反之事發生？所以，要想大錦萬世昌隆，當然要以民為貴了。」

其實，冷華庭這些觀念很多便是在與錦娘平日裡的談話中得知的，那個小女子，頭腦裡有很多奇奇怪怪的東西，冷不防就會冒一、兩個他聽不懂的詞語。有時在他看書時，也會說上幾句不同的意見，兩人也因觀點不同而爭論過，不過，最終都是錦娘說服了冷華庭，冷華庭又最是聰慧好學，很多東西一點就透，而且舉一反三，後來再有爭論，倒是勝多輸少了，只是又碰到新事物時，兩人又開始探討，如此周而復始，錦娘的很多現代思想也開始漸漸浸入了冷華庭的心腦，讓他的思想也變得新穎前衛了起來。

一席話說得有理有據、正氣凜然，皇上其實也想到過這一點，但沒想透澈，經冷華庭如此一說，心中多年的癥結倒是散了，對冷華庭更是喜愛起來，一時龍顏大悅，得意地看著太傅道：「太傅，你可明白了？」

太傅當然也是心服口服，恭敬地對皇上道：「冷大人若是自南方歸來，老臣也要與他再行研討研討，老臣心裡還有些東西想向他討教一番。」

此言一出，引得殿中大臣一陣抽氣。太傅乃當朝大儒、太子老師，將來的帝師，竟然如此謙恭地說要向年輕的冷華庭討教，看來冷華庭的才華真是得到了他的認可和欽佩，不然，以太傅的聲名和地位又怎麼會如此說呢？

第三項考試已成雞肋，考不考結果都出來了，在場的幾位世子心中雖對冷華庭還有不服，但也無奈，技不如人只能認輸，不過，總不可能冷華庭便是個全才吧，文武都成，或許在音律繪畫方面，總有不精之處吧？

冷青煜心裡最是難受。兩場比試下來，他既懊喪又自慚，越比越覺得心中的那個她離得越遠，原來引以自傲的東西如今一比之下，成了別人光芒照耀下的陪襯，心裡自是很不舒服。當皇上提出要比第三項時，他是第一個應承的，那墨玉不要也罷，當著皇上和一眾大臣的面總要找回一點面子才是。其他幾個心中也有這個想法，倒是對第三項比試內容很期待了起來。

群臣也想看皇上所說的第三項比試是什麼，更想看看冷華庭是否又能一鳴驚人，將在場的幾位青年才俊比下去，一時看熱鬧的心更盛，紛紛伸長了脖子等著。

皇上命人拿了幾張紙片，然後分發給幾位世子，卻是不備筆墨，而是每人發了一枝墨筆、一把木尺，要求每人按紙片上的要求畫一個簡單的圖樣出來。

冷華庭一見便笑了。他原就猜想，第三項皇上可能會考那張圖紙上的內容，如今一見，果然如此，皇上給六人所出之題全是一樣，但要求所畫圖的大小卻是用阿拉伯數字註明，一般人怎麼能看得懂啊？不過，冷華庭對於皇上能懂阿拉伯數字也很是驚詫，想來皇宮裡肯定還藏有那位奇人對圖畫文字的一些註解。阿拉伯數字好懂，但上面的異國文字卻不一定能懂了，所以，皇上對那圖紙恐怕也是一知半解，不然也不會如此多年仍找不到對機械設備的改造之法了。

冷華堂、冷青煜、冷卓然還有和親王世子、榮親王世子看著手中的紙片和墨筆，全都傻了眼。那些符號前所未見、前所未聞，只知道要畫圖，圖的尺寸大小卻不知，要如何畫？

他們不由全看向冷華庭，卻見他嘴角正勾了笑意，熟練地拿起墨筆，比著木尺，像小孩子玩遊戲一樣開始畫起來，邊畫還不時歪了頭瞧，眉眼裡淨是幸福的笑，讓這幾位看得心裡便酸溜溜的。自己全然不懂，難道那傢伙就懂了？有神仙教過他不成？

不過幾分鐘的樣子，冷華庭就畫完了圖紙，太監拿了遞給皇上，皇上的眼睛更亮了起來，竟是拍著桌子站起來，連呼三聲：「好、好、好！」心裡那個激動簡直無法形容，眼裡竟是泛出一絲潮意，將那圖紙對太子一遞，道：「朕終於找到他了，上天眷顧我大錦啊！」

皇上如此激動，大臣們卻是莫名得很，但太子也同樣一臉欣喜又激動的樣子，竟然來到冷華庭身邊，一把握住冷華庭的手道：「小庭，你……你怎麼能夠躲了這麼些年呢？你應該早些出來為朝廷效力的啊，那墨玉，除了你誰敢接手？誰有本事能接手？」

冷華庭被太子突然如此熱情激動地握著，一直淡定從容的臉上立即染了紅。他還真不習慣與錦娘以外的任何人如此親近呢，一時忍不住低頭，眼眸更是躲閃著不敢朝太子看，手也不住地往回縮。他這模樣又羞又窘，與方才比試時的意氣風發判若兩人，太子原本激動異常的情緒被他這樣子全弄得沒了，心情急轉之下，只覺哭笑不得，半晌，他才全無形象地哈哈大笑起來，惡作劇地對著華庭就是一個熊抱，還在他耳邊輕聲說道：「知道你是喜歡太子哥哥的，不過就是握下手，不要如此害羞。」

冷華庭立時身子一僵，這下連脖子都紅了，抬手就將太子往外推。太子也知道當著大臣們的面，不好太過逗他，順勢一鬆手，卻是裝出一副傷心的樣子，對皇上道：「父皇，您看小庭，還是如小時候一樣，又欺負人呢。」

皇上聽了也是大笑起來，瞋了太子一眼。「是你在欺負小庭，別以為父皇不知道。小庭啊，你太子哥哥逗你呢，別生氣啊。」聲音輕柔溫和，如一位慈父在哄自己任性的孩子，讓滿殿大臣聽得眼珠子都快要掉出來了。這還是一向威嚴冷厲的皇上嗎？太子平日也最是端方嚴謹了，竟然在殿上就與臣子開起玩笑來，這……這……這，只能證明眼前那位坐在輪椅上，被大家或同情或不屑或妄想的那位年輕人，已經成為了皇上最為看重和寵信的臣子。而且，他又是墨玉的承繼者，手掌大錦經濟大權，不過才一天，便成了炙手可熱的人物，啊，聽說他只是娶了一位正妻，自己女兒正值適婚年齡，要不要也嫁與他做平妻呢？聽說，那位正妻只是孫相家的一位庶出孫女兒，以自己的身分地位，女兒又是嫡出，只要過得門去，應該會有機會再升成正位的……

一時間，大臣們心裡想什麼的都有，更多的便是向簡親王道賀起來。簡親王今天可真算是意氣風發，兩個兒子都不錯，冷華堂雖沒有庭兒出彩，但比起其他幾位來仍是很出色。只是，王爺自看到他騎在馬上準備比武時，心裡就涼透了。這個兒子究竟還有多少事情是瞞著自己的？又究竟做過多少陰毒之事？庭兒身上的毒究竟與他有沒有關係？

不過，心思一會兒便被庭兒所吸引了，大臣們來恭賀，他也是笑著應對，看向小庭的眼睛裡全是欣慰和喜悅，他有一種心中得到解脫的感覺。自己一直愧對小庭，他的殘疾是自己心裡的痛，好好的一個孩子，被無故廢掉了雙腿，還……失去了世子之位，這些年，他受了多少苦，是自己這個做父親的無能，連唯一的嫡子都沒能保護好，好在庭兒從來就沒有放棄自己，沒有就此沈淪，以殘疾之身在朝廷上大放異彩，怎能不讓他覺得老懷寬慰？

皇上當即下旨，墨玉由簡親王次子冷華庭繼承，誰也不得再有異議。

但寧王和裕親王幾位仍是很不甘心，裕親王在皇上下完旨後，出列說道：「華庭世姪確實有驚天之才，文武雙全不說，對奇人巧技也有研究，他承繼臣等再無異議，只是臣聽說，那基地如今產出比之前幾年大大削減，臣很質疑，究竟是基地產能下降了，還是有人心存不軌，暗中動手腳，行了那貪墨之事？臣認為，墨玉由一家掌管，有失監督和明朗，很容易致使掌玉大臣心生貪念，朝廷應該設一個監督機構，置於基地，有效監控。」

張太師聽了立即附和道：「裕親王言之有理。那基地關係重大，如若有人想圖謀不軌，將基地和商隊的銀錢捲走私吞，那便是朝廷的損失，監督既可以讓大家放心，又可以還簡親王府清白，此言臣附議。」

很多王公大臣也覺得裕親王此言合理，那基地可是塊肥肉，有機會插一腳，撈點油水，誰也不願放棄，便紛紛附議，皇上便准了裕親王所奏。

因基地也算是皇族自己的財產，大臣們便提議在皇子王孫裡選幾位才俊，正好方才比試的幾位便是最好的人選，皇上對那幾位世子也很是喜歡的，只是寧王世子先前就言明過，若不能在比試中勝出，便失去去南方的資格，所以皇上特設的監察員便只有四位，冷華堂、冷青煜，還有和親王世子和榮親王世子。

皇上將南下之日定在正月十五，冷華庭突然開口道：「皇上，臣妻連番遭受劫難，臣想晚兩日再走，各位世兄先行一步就好，請皇上恩准。」

太子這才想起錦娘來。小庭他自小便熟悉，以前可不知道小庭也會那些古怪字符的，而且，小庭的策論裡很多觀點與那奇人有些相似，簡親王是不可能教他這些的，那小庭所知又是從何得來的呢？又為何他們夫妻二人全都會那些別人都不知曉的東西呢？

「皇上，小庭既然如此捨不下他媳婦，不若便讓她也跟了去吧！小庭比不得其他人，畢竟身子不太便利，有個貼心的人照顧也好。」太子不等皇上發話，便搶先說道。

皇上心知太子的意思，正要應允，張太師聽了便冷笑道：「一個無知婦孺，怎麼能到如此機密又重要的地方去？太子此議臣反對，婦道人家就應該待在府裡相夫教子，出外拋頭露面於禮不合，難道我大錦如此無人，治國要用一個殘疾不說，還要加上一個婦人？這讓天下男子顏面往哪兒擱？」

太子聽得心中怒火一冒。這老匹夫，此話太不給自己面子了，此話不是罵自己有違禮教、大逆不道嗎？婦人又如何？那孫錦娘怕是比好些個男子都要有用得多呢，正要發火，一邊太子太傅也出列道：「臣附議，基地上去女子實為大大不妥，更為不吉利。自古女子不能干政，基地乃是大錦朝的經濟支柱，絕不能讓無知婦人介入。」

冷華庭聽著他們一遍一遍說錦娘是無知婦人，那心火便往上直冒，若這是在簡親王府裡頭，估計他已經找了個東西將那兩個老傢伙砸開花了，竟然敢罵自己的娘子，真是不知死活。

他強忍著怒火，還算客氣地對太子太傅和張太師道：「兩位老大人，我家那娘子乃是大錦奇女子，她的才學要比很多男子更為出色，請別再口口聲聲說她是無知婦人了。」

「奇女子？哼，不過是孫大人一個庶出的女兒罷了，孫相雖說也是飽學之士，但孫家的庶女又能奇到哪裡去？華庭賢姪，你既是才華橫溢，又得皇上器重，就該成熟穩重，有男子氣一些才是，怎麼能終日與婦人膩在一起，離不得婦人之懷呢？」張太師聽了，譏諷地對冷華庭道。

此言一出，殿裡立即傳出恥笑之聲。太師分明就是在罵冷華庭男生女相，一個男人被說成離不得婦人懷抱，是很大的侮辱了。這個時代的男子大多大男子氣重，最是不屑被人說成軟弱如婦了，所以大殿裡才有人會嘲笑。

冷華庭聽得火冒三丈，正要發火，大老爺笑著走出來，對他道：「賢婿何必生氣，是珍珠，光芒是掩藏不住的。你要讓別人信服，便要拿出一些值得人信服的東西來。」

很多大臣聽了也紛紛道：「就是，若說一個女子能有多大的本事，光說誰信啊，若只是寫情詩閨詞，彈幾首音律，也算奇才，那咱們大錦這樣的奇才也太多了吧。」

「就是，老夫家的小女年方十六，琴棋書畫無不精通，在京裡早有才名，但卻從未聽聞過孫大人家的庶女有何本事過。」

大老爺也懶得理那些人的話，只睃著冷華庭，眉頭微挑。

冷華庭原本是氣急了眼，想要發火的，這會子看了大老爺的樣子，不由又笑起來，他將輪椅推向前一些，拱手對皇上行禮。「皇上，臣想立軍令狀。」

皇上聽得一愣。已經讓他得了墨玉，這會兒要立什麼軍令狀？那南方之事可不簡單，他過去後慢慢找出癥結，好生試著改造就行，立軍令狀，若是第一次就失敗了怎麼辦？難道整治他？他可是好不容易才挖掘的人才，沒有他，又到哪裡找這麼一個人來，失敗了可以再來嗎？那奇人當年也不是一次而就的，這孩子，不是在給自己找麻煩嗎？

「小庭啊，你就不要立什麼軍令狀了，過去好好幹著就是，朕知道你會用心做好的。」皇上輕聲安撫冷華庭道。

太子卻是笑了。他隱約知道冷華庭的意思，便對皇上道：「父皇何不讓小庭將話說完，或許，他又會給您一個驚喜呢？」

皇上疑惑地看了太子一眼，但他向來與太子心通，知道太子此話必有深意，對冷華庭道：「那你說說，要立何種軍令狀？」

冷華庭眼裡閃過一絲堅決，低頭對皇上道：「臣為了證實臣之妻冷孫氏是大錦第一奇女子，臣一定要帶妻共赴南方基地，但有鑑於兩位老大人方才所言，說婦人無知，因此臣有一個大膽的想法，想先請方才四位監察員先去基地，臣可以讓他們一展所才，若他們能將基地改造經營妥善，那臣自願交還墨玉，讓他們接掌就是。若他們不能，臣便與臣妻二人一同再去接手。臣敢大膽妄言，臣妻，比天下任何一位男子更有本事改造基地的機械，不出一年，臣夫妻二人便會交一個全新的基地給皇上，到時，請皇上將臣妻之名列於名臣行列，將臣妻之賢天下頌揚。」

皇上還沒回答，那邊老太師便吹鬍子瞪眼地罵道：「狂妄、狂妄，太過狂妄自大了！竟然妄想女子位列人臣，真是異想天開！」

皇上對此也很是猶豫，女子參政這先河一旦打開，那便不可收拾，此舉萬萬不可啊，正想著要如何否決時，冷華庭卻歪了頭對老太師道：「我就是狂妄又如何？我們夫妻就是有狂妄的本錢，有狂妄的本事，不服氣，你們可以先做啊，做不好，別回來求我。」

這話很是孩子氣又很霸道，皇上聽了哭笑不得。這小庭時而聰慧精明，時而又像個孩子，那女子真有如此才能嗎？或許，真只有她能相助小庭呢。

「皇上，臣並非要讓臣妻參政，更不會讓她出仕為官，不過是想向世人證明，臣妻才能無雙，給她博個好名聲罷了，臣妻只會在臣身邊輔助臣，絕不會有違人倫禮儀，有破壞禮教之舉的。」

皇上聽他這話還算合理，便看了底下臣工一眼道：「華庭此言也不為過，你們可還有異議？」

裕親王和寧王等當然巴不得了，能讓冷華堂和冷青煜幾個先對基地動手，那主動權就掌握於自己人手裡，先前以為再無希望奪回墨玉的了，沒想到冷華庭竟然拱手又將機會送回來，不答應那是傻子。

裕親王陰冷地看了冷華庭一眼，對他那不知從何來的自信很是不屑，轉頭對皇上道：「臣對此無異議。若真如王姪所言，那冷孫氏真有不世奇才，那便請皇上給她那個名聲就是。」

張太師與太子太傅幾個老衛道之士見裕親王、寧王等都無異議，他們也想看著冷華庭夫妻如何出醜，到時事情做不好，那便不是傳美名的事情了，那是要追究欺君之罪的。

「臣也無異議，只是，到時，皇上可派信得過之人前去察看，若是冷大人自己所立之功，他非要說成是他娘子所立，那老臣可不答應。」

皇上聽了便允了老太師的話，讓冷華庭和冷華堂幾個分別立下軍令狀。兩邊人馬仍是十五啟程出發，由冷華堂帶領其他幾位世子，以一月為期，兩方同時寫下改造方案，交由太子，若監察員們所提之方案更合適基地改造，那冷華庭便帶妻子回京。同理，那冷華庭的方案更好，冷華堂幾個便只能行使監察權，不得再參與基地之事。

此事總算告一段落，下朝時，太子特意叫住冷華庭道：「小庭，今日那馬匹之事，太子哥哥一定會給你一個交代。你們過去之後，一定要多加小心，他們不會就此善罷干休的。」說著，自袖袋裡拿出一塊金牌，遞給冷華庭。「這是太子哥哥在江南的一支暗衛，以後就調給你了，你可要好生保護自己和……你那娘子。」

冷華庭心中一喜，高興地接過那金牌，正要道謝，太子卻又俯近他，特意勾住他的肩膀道：「小庭啊，你說太子哥哥對你這麼好，你也該再叫聲太子哥哥吧？都好多年沒聽過了，真是想念得緊呢。」

冷華庭想要感謝的話卻卡在喉嚨裡，全嚥了下去，對著太子就翻了個白眼，推著輪椅往前走，半句好話也欠奉。太子等他走遠了些，臉上才帶了絲促狹的笑，遠遠還喊道：「小庭啊，你可真是傷了太子哥哥的心啊，你怎麼能如此對待太子哥哥的一片真情呢？」

太子回頭正要回殿去，頭上就挨了一記。皇上不知何時站在了他身後，忍著笑瞪著他道：「小心他哪一天拿東西砸你。朕可是聽說，他一不高興了就會拿東西砸人呢，你王叔那姨娘不知道被砸過多少回了。」

太子聽得哈哈大笑兩聲，與皇上一同回了乾元殿。

第七十五章

冷華庭沒在家，錦娘一大早便去了秀姑屋裡。柳綠早就被送回來，她被打了二十板子，正傷著，秀姑屋裡一時便有了兩個病人。柳綠原是要回自己屋裡住的，錦娘怕不安全。以二老爺那性子，吃了那麼大一個虧，定然是要報復的，所以，錦娘將她和秀姑放在一個屋裡，就在秀姑屋裡加了個榻，照顧起來也方便些。冷謙派了暗衛在院子邊守著，一般人也難進得來。

秀姑還是不能起身，半邊身子是傷著的，每天都只能側臥著。錦娘每次去看她，鼻子就酸酸的，直想哭，又怕秀姑看到了傷心，只好忍著。今天又是如此，豐兒打了簾子，錦娘在門外就看到秀姑蒼白的臉，眉頭微蹙著，放在錦被外的手臂因為受傷而纏著紗布，像根木棒子。

錦娘深吸一口氣後才走了進去，在秀姑床邊坐下，就去摸秀姑憔悴的臉。

秀姑正寐著，錦娘一摸她便醒來，一看是錦娘，皺著的眉就舒展開來。「少奶奶今天看著精神不錯，三姑娘那天嫁得很風光吧？」

錦娘笑著點了頭道：「嗯，三姊夫是個很不錯的人呢，三姊過去一定會過得很好的。」

秀姑點了點頭，頭稍抬了抬，錦娘忙拿了個大迎枕，小心地將她扶起一點，讓她靠在大迎枕上。

秀姑眉眼裡都是笑，眼神卻是悠悠的。「當年，三姨娘受寵過一段日子，人卻不張狂，雖說比二夫人看著強勢一點，卻也是個苦命的。生了三姑娘以後，就一門心思全撲在三姑娘身上，倒是教出一個好性兒的姑娘來了。妳小時候最是木，三姑娘想和妳交好，妳總是淡淡的，妳娘跟著大老爺去邊關時，有時實在沒飯吃了，我也會帶著妳去三姨娘那裡討一點的，那時三姑娘就會把自己小碗裡的飯扒一半給妳。」

錦娘早不記得這些了，聽著卻覺得溫暖。貞娘確實是個溫婉又慧黠的人，看著溫和無害，實則也是不肯吃虧的，只是她心地良善，從不害人而已。想著前幾日她回門時，自己因著病，也沒和她好好說說話，十五以後，自己怕是就要出遠門了，想要再見就難了，一時就很想再見貞娘一面，這會子冷華庭還沒回，她又惦記他今天上朝的情況，心裡便有些憂。秀姑看著便道：「聽說少奶奶要去南方，準備帶幾個人去？」

錦娘被問得一怔，回了神笑道：「還沒想好呢，妳又正病著，四兒的傷也沒好。豐兒是要帶的，她如今服侍相公也順手了，帶去能幫我省些事，滿兒木了些，但實誠，就留在院子裡看家吧。說起來，還真不知道再帶誰去的好，鳳喜太稚嫩了些，出去也怕是掌不住事。」

錦娘將屋裡稍有頭臉的丫頭便都說了個遍，眉頭皺著，真覺得人到用時方覺少。

「要不帶了那個烟兒走吧，如今二太太也去了，三少爺應該會好生待她姊姊的，只是都有四、五個月了吧，該出懷了，她若是升了位，娘家也有人照應著，烟兒就沒什麼牽掛，少奶奶又是救過她的，應該是個忠心的，我看著她也伶俐，很不錯呢。」秀姑聽了便建議道。

錦娘微皺了皺眉，對秀姑道：「我再看看，明兒二嬸子就要出殯了，我且先帶了她去趟東府，觀察觀察再說。」

秀姑聽著也覺得對，便沒說什麼。那邊的柳綠一直半閉著眼睛趴在榻上，錦娘看她一直沒出聲，便問道：「妳的傷勢好些了沒？那日板子下得應該不是很重，我讓冷謙知會過那行刑之人的。」

柳綠聽了便微微睜開眼，嘴角抽搐著笑了笑道：「奴婢知道的，少奶奶不用惦記奴婢。」

錦娘看她笑得勉強，知道她心裡在擔心什麼，便道：「過幾日我便要與相公出遠門了，原是想將認義兄的事情早些辦了的，只是秀姑和妳都傷著，便想著乾脆從南方回來了，再辦——」

「少奶奶說什麼啊，喜貴怎麼可能高攀少奶奶？這是萬萬不成的，當初我救少奶奶可不是為了這個。」秀姑一聽便皺了眉道。「這會壞了規矩的，做下人的，對主子忠心那是天經地義的事，少奶奶一直對我母子就不錯，不要再弄那些個了，我可不想讓人說我挾恩圖報。」秀姑正色地說道。

柳綠一聽，臉色便黯了下來，抿了抿嘴，沒有說話。錦娘便對秀姑道：「妳說什麼呢，這事王妃都應下了，相公也同意。喜貴原就是與我一同長大的，只是認個義兄而已，將來妳的孫子就不是奴籍了，也可以參加科舉考試，若是個爭氣的，保不齊就給妳考個狀元啥的回來呢。」

秀姑聽了，眼裡倒是露出幾絲嚮往之色，卻仍是道：「少奶奶只需讓喜貴和柳綠脫了奴籍便成，至於我嘛，還是想守在少奶奶這邊，將來喜貴有了兒子，我也不帶，我就等著少奶奶肚子幾時爭氣了，我好帶小少爺呢。」

錦娘臉色便是微微一紅，嬌嗔地說道：「我還小呢，哪裡那麼快就有了?呀，妳好生歇著，我去四兒屋裡看看去。」

錦娘就怕秀姑提起這檔子事，更怕真的就懷了孕。這個年齡實在不適合懷孕生子啊，這半年，雖說個頭還長了，身子也比先前豐滿了些，但仍是瘦弱，怕是經不起懷孕生子那一關呢。

秀姑看著就嘆了口氣。「都嫁了快半年了，劉醫正又說少奶奶那病也好了，少爺又沒屋裡人，天天膩在一起，怎麼就沒懷上呢……」

錦娘逃一般地出了秀姑的屋。四兒到底年輕些，冷謙又成天找著好藥給她塗，那傷口倒是癒合得很快。她正半靠在床上望著窗口發呆，見錦娘進來，忙要起身行禮，錦娘忙快步走過去道：「躺著吧，妳可是傷著呢，別一會子弄疼了妳，阿謙又要怪我了。」

四兒一聽臉就紅了，瞋了錦娘一眼，身子往床裡挪了挪。「少奶奶，奴婢聽他說，您和少爺要去南邊？」

錦娘似笑非笑地看著她，歪了頭，挑著眉道：「是喔，到時阿謙也要跟著去喔，可憐的四兒，妳可怎麼辦啊？傷沒好，我不能狠心帶著受傷的妳走啊，更不忍心勞燕分飛啊。」

四兒知道錦娘又在打趣自己，無奈地嘟了嘴，卻是羞澀地低了頭，兩眼也不知看向哪裡，聲音細小得快要讓人聽不見。「他……他那天說要娶奴婢呢，奴婢……」

錦娘一時沒聽得仔細，坐到她身邊，俯近她道：「妳說什麼，阿謙要娶誰？不會是鳳喜吧？」

「他敢娶別人？哼！」原本羞不自勝的四兒明知錦娘在胡說，卻還是止不住心裡的醋意，拔高了聲音道。

錦娘掩嘴笑了起來，大聲道：「喔，我聽錯了啊，原來阿謙是要娶我們的四兒姑娘啊？那敢情好啊，明兒就給你們先訂個親，婚事就等阿謙自南邊回來了再辦，四兒姑娘，妳看成不？」

四兒聽得一喜，杏眼裡羞中帶喜，垂了頭，聲音又輕如蚊蚋。「奴婢……一切都聽少奶奶作主。」

錦娘聽了，沒有形象地哈哈大笑起來，心裡卻有幾分擔憂。冷謙家世並不差，也是簡親王這一支的，隔了好幾輩，只能算遠親了，但仍是皇親貴族。冷謙雖是很少回家，可成親是大事，總要問過家裡的長輩吧，四兒身分太差，冷謙家裡定然是不會同意的，何況冷謙自己又是個六品官員，娶一個奴婢為妻，怕是也要遭世人恥笑……四兒的情路怕還很坎坷啊。

禮。

自四兒那裡回來，正好看到烟兒在擦洗家什，她見錦娘進來，忙停下手中活兒給錦娘行禮。

錦娘便深深地看烟兒一眼道：「烟兒，二太太走了，妳可回去看過？妳姊姊如今怎麼樣了？」

烟兒神色一黯，嘆了口氣道：「姊姊如今仍住在原來的屋子裡。三少爺自二太太死後便一直在守靈，姊姊有時去看他，他根本就不理睬姊姊，姊姊只能傷心地在屋裡哭。少奶奶，三少爺他……對二太太的死太過悲傷了，奴婢怕他會想不開啊。」

「烟兒，妳是擔心妳姊姊，還是擔心三少爺？」錦娘裝作隨意地問道。

烟兒被問得臉一紅，頭便低了下來，眼裡卻滑過一絲痛楚，支吾著道：「奴婢……奴婢自然是關心姊姊的……」說著，又抬起頭，兩眼略帶乞求地看著錦娘道：「少奶奶，三少爺真的很可憐，以前二太太雖然嚴厲，但畢竟是三少爺的娘，她還是很關心三少爺的，如今二太太死了，二老爺又總是忙著外面的事情……」

「明兒二太太出殯，妳就過去看看吧，若是實在放不下，我把妳調回東府，服侍三少爺去可好？」錦娘聽她說得真切，也明白她的心理。少女懷春總是情，烟兒必然是對冷華軒動了情，若是如此自己再留她在身邊反而不妥，畢竟自己與東府結下的梁子太深，她現在也難以揣度冷華軒的心思，若他知道二太太的死與自己是有關的，保不齊心中生恨……還是將烟兒送過去的好。

「不，二少奶奶，烟兒不過去了，烟兒已經離開東府，就斷沒有再回去的道理，求二少奶奶不要讓奴婢再回去，姊姊她……她再過幾個月就該生了。」烟兒聽了立即驚惶地抬頭，連連求道。

錦娘聽了這話不由嘆息。烟兒這丫頭心地並不壞，雖是喜歡冷華軒，但她還是顧著她姊姊，雖說姊妹共事一夫的事情在這個時代多了，但她是怕姊姊傷心吧，所以想過去照顧冷華軒，又強忍著……

「無事的，妳過到那邊去，月例啥的還是在這邊拿好了。我也挺擔心三弟的，妳是個能幹的，過去了，我和二少爺也放心一些。明兒妳就收拾收拾東西，我帶了妳去吧，哪天在那邊做得不舒心了，妳再回來就是。」錦娘笑笑說道。

烟兒眼裡泛出淚來，眼底閃過一絲痛色，點點頭，行了禮，繼續做事去了。

錦娘回到屋裡，冷華庭還沒有回來，她便歪在榻上看一本《大錦遊志》。她對南方的地理環境、氣候條件都不熟悉，想看看這裡的南邊是否也與前世的江南一樣，會不會也有蘇杭這樣如人間天堂之地。自穿到這裡來後，一直就被關在這深宅大院裡頭，終於有機會出去看看了，她真感到歡欣雀躍，一想到可以海闊天空地任意遨遊，就忍不住心情激動澎湃。

張嬤嬤進來看到她一臉的激動，不由笑道：「少奶奶這是有什麼喜事呢？看這高興的。」

錦娘放下書，兩眼晶亮地看著張嬤嬤。「嬤嬤，南邊是不是有很多風景宜人的地方啊？

我好想去看啊，那邊有西湖沒，有沒有雷峰塔，有沒有斷橋啊？」

張嬤嬤聽得莫名其妙，她從來也沒聽說過這些地名，不由微皺了眉道：「奴婢也沒出過遠門呢，少奶奶說的這些地方，奴婢一概不知。奴婢家的那位應該是知道，一會子奴婢回去問問他，回來再告訴少奶奶您？」

錦娘聽了便笑了，拉了張嬤嬤往身邊坐，親暱地靠在張嬤嬤身邊道：「這回妳就跟我一起出趟遠門吧，少爺不是要帶上妳家裡的那位嗎？正好，有你們倆跟著，我和少爺也放心。我們年輕，好些事情都不懂呢，妳可得教教我。」

少奶奶的親暱和信賴讓張嬤嬤心裡暖暖的，又很驕傲。這樣的主僕關係正是自己期盼多年的，終於臨了老，遇到了少奶奶這個好主子，激動之餘，眼裡有點泛酸，看少奶奶的頭靠在自己肩頭，她也試著如秀姑那般抬了手，攬住少奶奶的肩，由衷地笑道：「好的，奴婢就跟少奶奶一起去，奴婢一定會將少奶奶身邊的事情打理得井井有條的，少奶奶您就放心地去玩、去辦差吧。」

說到這個，錦娘又想起該帶誰一起去，坐直了身子，正色地看著張嬤嬤。「妳是一定要跟著的，可還得帶兩個，一個服侍少爺，另一個給妳打下手。服侍少爺的自然是豐兒就好，可我身邊的那個……四兒傷沒好，若她好了自然是最好的……」

主僕倆又聊了些閒話，不久，冷謙就送了冷華庭回來。錦娘高興地迎出屋來，卻見冷華庭濃長的秀眉微蹙著，一臉的不高興，心裡一緊，不知道他在朝堂裡出了什麼事，便探詢地看向冷謙。冷謙卻是一臉的古怪，眨了眨眼，什麼也沒說就閃了出去，半點解說的意思也沒有。

錦娘在他身後就瞪眼，小聲罵道：「明兒讓四兒好生教訓教訓你才是，老實人越學越滑頭了。」

冷謙正好閃到門外，他聽力好，錦娘這話一字不落地聽在耳朵裡，不由皺了皺眉，冷硬的臉上有些發窘，小心地回頭看了屋裡一眼，便迅速溜走了。

在冷謙那裡得不到信息，錦娘便滿臉笑地推了冷華庭往裡屋走，邊走邊說道：「相公用過飯沒？我讓張嬤嬤給你燉了燕窩呢，先喝點墊墊底吧。」

冷華庭只淡淡地點點頭，沒有說話，任錦娘將他往屋裡推。錦娘的心裡就越發忐忑起來，朝堂裡可比府院裡更複雜，相公怕是受了不少氣吧，原想著他今天會在朝堂裡站起來呢，沒想到回來還是坐著輪椅的，她看著心裡就微微有些失望。不過，只要他喜歡，他愛坐輪椅就坐吧，府裡頭明著暗著的危機還沒解決呢，坐輪椅可以讓那些人少些戒心。

到了屋裡，豐兒也跟著進來，打了水給冷華庭淨面，張嬤嬤又端了燕窩來，錦娘接了遞給冷華庭，他卻抬起那雙眼，一臉控訴地看著她。錦娘心裡一驚，忙自發自覺地舀了燕窩餵他，一邊張嬤嬤看著便搖了頭，笑著將豐兒一併帶了出去。

冷華庭安靜地喝完燕窩，臉色才好一點，不過仍是悶著不說話，錦娘心裡就急了起來，小心翼翼地蹲在他面前，拉住他的手，關切地看著他道：「相公，咱們不為那些無聊的人生氣啊，咱們只要好生過好自己的日子就成了，我不要榮華富貴，也不要你高官厚祿，咱們有手有腳，就算什麼都沒了，咱們還可以自己掙錢養活自己呢，只要人好好的就成了，你別氣。」

冷華庭聽著就凝了眼，一把將她拉起，攔腰就抱起她，將她放在自己的腿上，俯身在她唇邊啄了一下，聲音悶悶的，有點沙啞，又帶著絲撒嬌的味道。「真的嗎？就算我一無所有，娘子，妳也跟著我嗎？」

「你怎麼會一無所有，你還有我呢，傻相公。」錦娘摸著他烏黑的秀髮，鼻子酸酸的，有點想哭。

「嗯，就算我什麼都沒有了，只要有娘子就好。」

一股細流滑過心尖，溫柔中帶著股感動，錦娘聽著便坦然了。怕什麼，管他是什麼結果，就算是離了這陰暗的府邸，他們照樣也能過得幸福，或許，沒有了那些牽絆，會活得更自由自在呢！

「嗯，我也只要有你就好。」錦娘也溫柔地說道。

「可是娘子，我們還有墨玉啊，妳說怎麼辦？扔了？」冷華庭的聲音還在飄，手很不老實地也從背後滑到了前胸，錦娘腦子裡立即警鈴大起，一扭身，在他身上坐直了，雙眼定定地看著他，聲音裡就帶了濃濃的威脅。「相公……」

冷華庭唇邊立即漾開一朵美麗的笑，聲音裡帶了絲討好。「娘子，那墨玉誰也奪不走了，皇上已經下旨，墨玉由我繼承，咱們可有了大展拳腳的地方了。」說到後面，一臉興奮，明亮的鳳眼熠熠生輝。

「那相公的意思是，你今天在朝堂上大獲全勝？」錦娘心裡欣喜萬分，卻是板了個臉，語氣裡仍是濃濃的威脅意味。

冷華庭縮了縮脖子，討好地又捧著她的臉親了一下，腦袋擱在她的肩頭。「我就是跟娘子開個玩笑嘛，妳看，我什麼也沒說啊，都是妳自己胡思亂想的，是妳自己誤會了，不能怪我啊——啊，不是，娘子，我錯了，下次再也不敢了，真的不敢了，痛啊，好痛，耳朵生凍瘡了，娘子輕點……」

他嘰嘰歪歪還沒說完，錦娘兩指一箝便擰住了他的耳朵。這廝太壞了，明知道自己心裡擔心得要死，好不容易盼著他回來了，他竟然給自己裝傻，真真該打。

但一聽他說耳朵痛，心裡就疼了起來，忙鬆了手就要細看，冷華庭笑嘻嘻地一把捉住她的手。「別找，只是有點癢癢，一會兒娘子好生摸摸就好了。」

錦娘便知道又中了他的計，沒好氣地瞪他，心裡卻是急於知道朝堂裡發生的事情，便冷聲說道：「快快將你今兒上午的行蹤老實交代了，不然，哼哼……」說著又比了個錯手指的手勢。

「說就說嘛，娘子，妳太凶了……」冷華庭立即縮縮頭，可憐巴巴的如一隻待宰的小羊。

錦娘無奈地放軟聲音，半求半威脅地看著他，他才開始講述今天朝堂裡發生的事情，當說到烈火發狂時，錦娘聽得心一揪，一把抱住他，心跳得咚咚響。冷華庭拍了拍她的背，寵溺地說道：「無事了，娘子，我這不是好好的嗎？幸虧娘子想得周全，非讓我帶上張嬷嬷那口子給的迷藥。我家娘子就是最聰慧了，今兒我可是在皇上面前立了軍令狀的，娘子可也是欽差身分去南邊呢，皇上封了我一個四品織造使，娘子妳是我的副手，咱們自南邊回來，皇上就要給妳立賢德書，將妳的才名天下頌揚。」

錦娘聽得一怔，怎麼都沒想到他在朝堂上會為自己爭取如此大的權力，竟然……竟然不僅可以跟著他一起去，還能名正言順地帶著職名去……這是她第一次被人如此尊重，這不僅是關乎情意的事，而是作為一名女性，他給了自己最足夠的尊敬，在他眼裡，自己不再只是男人的附庸，而是一個鮮活的個體……再沒有能讓錦娘更為感動的事情，在男尊女卑觀念如此深嚴的這個時代裡，自己竟然遇到一位如此尊重女性的男子，一個將自己看成與他平等的男人，要她如何不激動、不感動？她只覺得自己的心被填得滿滿的，不只是他的情，還有他的義。

「相公，我不要那些，我只要做你的娘子就好，我對那些個名聲沒興趣的，可我還是很高興，真的，真的很高興，你能將我放在心裡，放在與你平等的地位上，尊重我、疼愛我，相公，此生有你足了，我不後悔來了這裡一遭啊……」錦娘強忍著湧動的淚水，將頭枕在他的肩頭，聲音微顫著。雖然知道有些話他聽不懂，但是沒關係，就算是語無倫次又如何，她只想表達自己此刻的心意，想要告訴他，自己是多麼感激他，遇到他是多麼幸運，就算再有穿回去的機會，她也會放棄。這一生，若沒有了他，活著還有什麼意思？

可是冷華庭聽懂了。他一直就有種莫名的恐懼，生怕錦娘哪一天會莫名其妙地消失了，就如當年的那位奇人一樣。聽說當年，聖祖派了大隊人馬，尋遍天涯海角，也沒能找回那個人，所以，他也害怕，一直害怕，只是沒有表露而已，方才終於聽她說不後悔來這裡一遭，那便是不走了吧，是捨不得自己了吧……

他將她擁得更緊了，眼角微濕，唇邊卻帶著幸福的笑。

兩人在屋裡膩著，冷華庭將朝堂上的事情一五一十地跟錦娘說了一遍，錦娘聽著就擔心起來。「相公，咱們出去怕是還得小心了，那些人不會讓咱們好過的。」

冷華庭也點頭，卻是安慰她道：「無事的，會有人護著咱們的，如今咱們兩個可是皇上的心頭寶，那些人想弄么蛾子，還要看皇上答應不。」

兩個正說著，外面鳳喜就來報，說是靜寧侯二公子白大人攜妻到訪。

錦娘聽得眼睛一亮，貞娘來了，忙自冷華庭腿上滑下來，整整衣服就往外走，衣襟卻被冷華庭拽住。「妳三姊的相公來了，妳急巴巴的做什麼，把妳相公我丟著不管嗎？」

錦娘聽他又胡說八道，不過覺得自己也是不妥，來的既是三姊夫妻，冷華庭自然也要去迎客的，自己是心裡急，倒把這個禮數都忘了。

說話間，白晟羽帶著貞娘已經進了二門，錦娘推著冷華庭忙迎了出去，張嬤嬤先一步已經迎來了，貞娘一見錦娘氣色紅潤，人也精神，遠遠地就說了聲：「阿彌陀佛，就怕四妹妹妳身子還沒爽利呢，這下就放心了。」

錦娘聽著鼻子就酸，忙走過去給白晟羽行了一禮，甜甜地喊：「三姊夫。」

白晟羽一身儒袍，溫雅中透著股灑脫的氣質，一雙星眸湛亮如星，新婚時期，整個人也顯得神清氣爽。他含笑對錦娘說道：「這幾日天天聽妳姊姊念叨著，今兒又在朝堂上聽華庭將妳誇成天上僅有、世間唯一，總算是看到真神了。四妹妹，姊夫怎麼看妳也沒多長雙眼睛、多個鼻子出來啊。」

錦娘被他說得臉一紅，沒想到第一次見面就被三姊夫調侃了，不過，這樣輕鬆的話語倒是讓彼此間的陌生消散了些。貞娘聽了便瞋了白晟羽一眼，拉住錦娘的手道：「妳別理他，他就是愛玩笑呢。」又對冷華庭道：「聽相公說，妹夫今天可是讓人開眼了，相公回家可是對妹夫你讚不絕口呢。」

冷華庭對貞娘夫妻印象很好，笑著叫了聲：「三姊，三姊夫。」

白晟羽眼裡就挾了笑，隨意地上前來幫冷華庭推輪椅，幾人邊聊邊回了錦娘的院子。

豐兒上了茶，又擺上了果品，錦娘就陪著貞娘說話，看貞娘眉眼裡都帶著笑，比之在孫家裡，整個人都亮麗很多，看來貞娘在白家過得很好啊，心裡倍感欣慰，一時又問起白家的情況來。

那邊，白晟羽喝了口茶後，對冷華庭道：「四妹夫，姊夫今兒可是來投靠你的，你可要收下姊夫。」

冷華庭聽得一怔，隨口問道：「姊夫不是在工部任職嗎？怎麼……」

白晟羽聽了就眨眨眼，笑著湊近冷華庭。「姊夫是工部五品郎中，以前專管水利，聽說那基地上的機械全用水力拉動，姊夫實在是好奇，想要去學學、看看，或許能學些對水利工程也有好處的東西呢！再一個嘛，你總要有個跟班吧，身邊總要建個班底吧，姊夫在工部任職也有兩年，那些個辦事的章程可是比你要熟。」

這倒是，冷華庭自第一次見白晟羽，就沒來由地產生一種親近感，對他這種開門見山、說話不繞彎子的個性很是喜歡，聽了眼睛也亮起來，抬手就行了一禮。「姊夫若是肯幫我，那是求之不得的，只是你的官職可不小，聽父王說，你也是個能吏，工部會放你去嗎？」

白晟羽一下垮了臉，一副頭痛的樣子。「可不是，我早就去找過尚書大人了，那老頑固就是不放。我知道妹夫你和太子關係好，幫幫姊夫吧，姊夫以後一定好生輔佐妹夫，不過到時候，妹夫一定也要勻點骨頭湯給姊夫喝喔，姊夫可是還要養娘子的。」

冷華庭聽了就笑起來。「啊，工部尚書可真是個老頑固啊，明兒我跟父王說說去，讓他轉告白伯父，就說他兒子說工部尚書是老頑固——」

「啊，妹夫，不帶這樣的，咱們小輩說說就罷了，怎麼能讓王爺也知道了，不成的，我那老爹要知道我罵他老頑固，還不得抽死我。」白晟羽一聽忙拱手作揖，求饒道。

冷華庭聽得哈哈大笑，心裡越發喜歡這位姊夫。白晟羽那些話兒聽著像玩笑，其實是在告訴冷華庭，他自己的價值在哪裡。靜寧侯正是工部尚書，為人清正廉明，是大錦有名的直臣，基地裡的很多事都得與工部打交道，最要緊的就是人力，就算自己與錦娘腦子再好，皇上和太子對基地再看重，也要下面的人肯通力配合，辦起事來才會事半功倍。白晟羽自己便身居工部要職，又有一位尚書大人留在京裡，人力和物資調配起來就方便得多了，冷華庭自然是對白晟羽歡迎之至的。

幾人正說說笑笑，外面突然傳來一陣打鬥聲，冷華庭和錦娘聽得心中一緊，讓張嬤嬤好生招呼著貞娘夫婦，起身去看。冷華庭一見錦娘也要跟著出去，眼睛一瞪道：「陪著三姊吧，千萬別亂跑出來。」

白晟羽也覺得心驚。這可是在堂堂簡親王府內院，那些歹徒也太過猖狂了吧？毫不猶豫地起了身，幫冷華庭推著輪椅就往外走。

冷華庭一出門，就看到兩條人影在空中閃動，其中一位正是冷謙，而府裡的護院和侍衛就是站在一旁觀看，一臉優遊，他不由更是詫異，細看那與冷謙過招之人，看著就眼熟得很，卻又不記得在哪裡見過，不由低了頭，正想著，就聽白晟羽在他身後說道：「恭喜妹夫，又有一個能人來投靠你了。」

冷華庭聽得一怔，再看那人，一身六品侍衛官服，相貌與冷謙相似，只是不似冷謙那般冷硬，出手也是又快又狠，招式刁鑽得很，卻看得出他明顯在讓著冷謙，而冷謙仍是一張木板臉，眼裡卻是冒著怒火，下手就不留情。

那人邊招架邊向屋裡看，見冷華庭出來，忙揚聲道：「六品帶刀侍衛冷遜奉太子殿下之命前來拜見織造使大人！」

第七十六章

「冷遜？不是太子殿下跟前的人嗎？妹夫啊，看來，你可真是很得太子殿下的眼喔。」白晟羽在冷華庭身後，嘴角帶著絲調侃的笑，慢悠悠地說道。

「阿謙，別打了，停下。」冷華庭聽了也想笑。他終於想起，冷遜好像是阿謙的兄長，忙叫冷謙停下來。

冷謙狠狠地瞪了冷遜一眼，還是收了招。冷遜在空中一個瀟灑的翻身，輕輕落在冷華庭面前，躬身一揖道：「稟大人，六品帶刀侍衛冷遜奉太子殿下之命前來報到，聽從大人差遣。」

「冷大人請起。你是阿謙的兄長吧？」冷華庭笑問道。

「回大人，屬下確實是冷謙的兄長，只是冷謙他不認我。」冷遜斜看了眼冷謙，笑著說道。他與冷謙長得雖相似，但個性完全不同，冷謙冷硬剛毅，見誰都是一副表情缺缺的樣子，而冷遜卻看著隨和多了，臉帶笑容，看著使人親近。

冷謙一臉憤憤地看冷遜，看他渾不在意的樣子，更是氣，冷哼一聲道：「少爺，這就是這個多的，你以後小心著他些。」說完，也不等冷華庭說什麼，轉身就走了。

冷遜聽了也不生氣，只是看著遠去的冷謙微嘆了口氣，一拱手對冷華庭道：「大人放心，屬下得太子殿下囑咐，一定要保護大人和夫人安全。」

錦娘在屋裡聽外面打鬥聲停了，便與貞娘一起站到穿堂外，透著窗子看外面，正好就聽見冷謙說冷遜的話，不由皺了眉。看來，冷謙與家裡人的關係弄得很僵呢，他的婚事要不要問過父母長輩？總不能自己就給他們作主了吧？

貞娘見她眉頭微皺，便笑了笑道：「四妹妹，聽說妳也要去江南？是隨妹夫一起去嗎？」

錦娘回過頭來看，見貞娘眼裡露出淡淡的羨慕之色，心裡便有些微酸。貞娘定然是不能跟著三姊夫去的，若非自己是穿越來的，得皇上和太子看重，想要跟著丈夫外出辦差，怕也是難上加難。貞娘還是新婚，這麼快就與相公分開，心裡定然是不捨的。

「三姊，姊夫他……肯定也是捨不得妳的，我可看得出喔，他對妳很好呢。」錦娘調皮地笑著湊近貞娘，故意說著笑話，想逗貞娘開心些。

貞娘聽了臉一紅，伸手就去戳她腦門。「妹夫對妳不好嗎？我看他當妳是掌中寶呢，妳啊，得了便宜還來說我，看我不打妳。」

錦娘看向門口那個總賴在輪椅裡不肯站起來的人，嘟了嘴道：「他呀，好是好，就是個死彆扭的性子。我說姊姊，妳那公婆對妳好嗎？」

貞娘一臉的笑。「侯爺和夫人都是好性子，侯爺只是古板些，但人很好，夫人很是疼相公的，所以連帶著對我也好，不挑剔，是個好相與的。」

錦娘聽著就放心了。這個時代，最怕的就是碰到惡婆婆，自己就算幸運的，府裡雖然黑手多，好在王妃是個溫厚善良的人，從不故意為難自己，還處處護著，雖說進府以後過得艱難，但也還有很多溫暖包圍著自己。生活不能總盯著陰暗的那一面，要多感受陽光的溫暖，那樣自己才會開心和幸福。

冷華庭安排好冷遜，便與白晟羽一起回了屋，冷華庭就工部裡很多辦事章程上的事情請教了白晟羽。貞娘看天色也不早了，便起身與白晟羽一同告辭，貞娘還得去王妃那兒見個禮，而白晟羽正好要去見見王爺，四人便一同往王妃院裡去。

正走在路上，迎面便看到冷華堂自對面而來。遠遠看到冷華庭被白晟羽推著，他臉色微僵，眼裡閃過一絲戾色，但隨即便微笑著走近，對白晟羽拱手一禮，道：「三妹夫到府上來，怎麼也不去我那邊坐坐？」

「啊，原來是二姊夫，正說要去的呢，想先給王爺見個禮後再去，沒想到在這裡就碰到了，小弟這廂有禮。」白晟羽聽了雙手作揖，滿臉是笑地說道。

冷華堂也拱手還了一禮，眼睛卻看向冷華庭。「小庭，你怎麼能讓三妹夫推你呢，來者是客啊，還是大哥推你吧，正好我也要去父王那裡。」說著，不由分說就走到冷華庭身後，就要自白晟羽手裡接過扶手，白晟羽目光微閃，垂眸看了一眼冷華庭，見他眼裡露出一絲厭惡和鄙夷，便笑著對冷華堂道：「二姊夫客氣，你這話說得就外道了，咱們幾個都是連襟，誰推小庭都是一樣的，是吧，小……庭。」他邊說邊推著就往前面走，後面那「小庭」二字故意拖得老長，調調就拐了十道彎。

冷華堂聽了臉色更加陰沈，看向白晟羽的眼裡陰戾之氣更盛，卻又無法可施，大走幾步，轉到冷華庭另一邊。「小庭，十五那天，還是和大哥一起走吧！路途太遠，怕不安全。」

冷華庭聽了，冷漠地抬眼看他，嘴角就含了一抹譏笑。「你還是先走吧，有你在，我怕更不安全。」說著，回頭看了一眼白晟羽道：「三姊夫不是說要見父王嗎？還是走快一點吧，別為不相干的人耽擱了時間。」

冷華堂一聽這話，臉色便一陣蒼白，雙手緊握成拳，指甲深深地掐進了掌心，卻不自知看向冷華庭的眼睛既委屈又傷痛。半晌，他才對著走出好大一段距離的華庭說道：「那大哥便先行一步。小庭不肯聽大哥的勸，若途中遭遇不測，可不要後悔就是。」

說著，僵木地轉身，大步向自己院裡走去。

剛走到一座假山前時，便看到王爺赫然站在假山旁，一臉怒色，冷華堂不由心裡一突，想起先前比武時，洩漏了自己會功夫之事，不由低頭，正要對王爺行禮，王爺揚起掌便連甩他好幾個耳光。「逆子！你剛才那話是什麼意思？你又想對小庭做什麼?!」

冷華堂驟然被王爺連打好幾個耳光，被打得眼冒金星，心裡原就有火，加之一直對王爺心生畏懼，眼神裡便閃著異樣的光，一絲恨意油然而生，定定地看著王爺，委屈又憤懣，對王爺大吼道：「父王，我沒有想害小庭，您冤枉我！」

王爺抬手又是一巴掌，將冷華堂打得身子一歪，踉蹌了一步才站定，眼裡的怒火燒得更旺了。

「還說沒有？這麼些年來，你與老二都做了什麼？說，是不是你給小庭下的毒？是不是你害小庭成為殘廢的？你這個畜生，豬狗不如的東西，和你那賤娘一樣，下作無恥得很，我怎麼會有你這麼個兒子啊！」王爺氣得手都在發抖，對冷華堂是又恨又失望，更多的是傷心。

「我什麼也沒做過！父王，無憑無據，憑什麼說我？我對小庭一直很好，怎麼可能去害他?!」冷華堂對王爺怒吼著。說別的可以，說他害了小庭，他就越氣，小庭如今不肯理他，當他陌路一般，就因為懷疑是他害了他，所以他很懊惱，總是自欺欺人地想著，自己從沒害過小庭。這樣的想法在心裡久了，似乎就變成了真的，連他自己都相信，他從來都是疼愛小庭的，從來都沒有害過他，可是心底的某處又有個聲音在提醒他，有些事，做了就難以彌補，傷害一旦造成，那便成了永遠的痛，就算再不相信，也成了事實……所以，他最怕的就是有人說他害了小庭，怕人來揭他這個瘡疤，如今王爺一語道破，便讓他有若瘋狂一樣失去理智。

「你以為我沒有證據就拿你沒辦法嗎？哼，似你這等陰險狡詐之徒，怎麼能接替世子之位，你別將簡親王府祖宗基業都敗掉了，讓我到地下去，無顏面見列祖列宗！哼，明天我就上朝，請求皇上更改世子繼承人——」王爺鄙夷又絕望地看著冷華堂，聲音裡透著濃濃哀傷，恨不能親手掐死這個不爭氣的兒子不可。

王爺話音剛落，冷華堂突然便欺身而上，一記手刀便砍向王爺。王爺又驚又怒，沒想到他敢對自己動手，隨手一掌便拍向他的胸口，但誰知冷華堂那一記手刀不過是個虛招，他大膽地迎胸而上，任王爺那一掌生生地打在他胸前，也不再出招，只是雙手向王爺那擊來的手掌握去，隨即一口鮮血噴出。王爺微怔，手猝不及防便被他握住，頓時身子一僵，直直地向後倒去。

冷華堂見了，緩緩擦乾自己嘴角的血跡，垂眸看了一眼王爺，眼裡閃過一絲沈痛之色。他慢慢地蹲在王爺身邊，輕輕抹去王爺臉上被他濺到的血跡，哽咽著說道：「父王，為什麼您總這麼偏心呢，為何您就是不喜歡孩兒呢？難道，嫡庶之分就如此重要嗎？兒子不想害您的，真的不想啊……兒子還想到南方為您排憂解難呢，可是，您太傷兒子的心了，您怎麼能說兒子害過小庭呢？您不知道小庭對兒子來說有多麼重要嗎？我不會害他，我只會保護他，他身邊有太多討厭的人了，我只是想弄走那些人而已，父王怎麼能說我是害他呢，我是在幫他啊……」

他越說越瘋狂，良久，才緩緩起身，反應過來自己做了什麼、身在何處，忙回頭四顧，發現自己正好在假山後，後方是人工湖，前方被假山擋住，根本沒人看到這邊來，不由一陣慶幸。不過，他還是很小心地飛身掠起，在假山上向四周看，沒看到半個人影，不由鬆了一口氣，將王爺的身子挪到顯眼一點的地方，便悄悄地潛走了。

錦娘帶著貞娘去了王妃院裡，而冷華庭就帶著白晟羽去了王爺書房，但在王爺書房裡並沒找到王爺，倒是跟著的長隨正在書房裡整理書籍。看到冷華庭過來，很是詫異地說道：「咦，二少爺，方才王爺去您院裡了呀，說是找您有點事，他沒讓奴才跟過去，您怎麼又找到這裡來了？」

冷華庭聽得一怔，暗想可能是錯過了，便沒往心裡去，只是笑笑對白晟羽道：「父王沒在，一會兒我看見他了向他轉告你的問候就是，要不三姊夫你就留下用飯吧，用飯時，父王必定會回的。」

白晟羽低下頭，眼裡閃著有趣之色，說出來的話卻讓冷華庭惱火得很。「算了，飯我還是回去吃吧，只是給你推個輪椅，我身上就被戳了好幾記眼刀，若再陪你用飯，我怕會被就地處置了。唉，小庭啊，你真的是太妖孽了，就是姊夫我看著也會犯癡的。」

冷華庭氣得就要找東西砸他，但白晟羽早有準備，身子往後一退，滑出好幾公尺遠，一臉的憊賴和壞笑，大聲嚷嚷道：「別啊，姊夫知道你最愛砸人，姊夫可是要成為你班底的第一人，要為你做好些事的，你可千萬別砸壞了我的腦子啊，我的腦子裡可裝了不少好東西呢。」

冷華庭聽了，又好氣又好笑地看著他。明明是個儒雅又瀟脫的人，偏生喜歡耍寶逗樂，不過和這樣的人在一起，生活也必定會少些憂愁，多些歡樂。

等貞娘拜見完王妃，白晟羽和貞娘便一同告辭離開。因著過幾日便要出遠門，王妃著實很是不捨，便留了錦娘和冷華庭兩小夫妻用飯，但到了飯時，王爺還沒有回來，王妃便使人去請，但在王爺平日裡常去的幾個地方找了很久也沒找著，王妃便有點急。看著飯時都要過了，便讓錦娘和小庭先吃著，心裡卻暗忖，王爺是怎麼了，明明說好了這幾日要在家裡好生陪陪自己的，怎麼到了飯時，一聲招呼也不打就走了，到哪裡去也不知會一聲。

王妃心裡賭著氣，和小庭夫妻一齊用飯，冷華庭突然便有一絲不好的預感，但又說不出哪裡出了問題，正悶悶吃著，果然沒多久，就有小廝急急來報，說王爺暈倒在人工湖處不醒人事。冷華庭聽得一震，推著輪椅就往外跑，錦娘一見便提了裙追上去，在他身後推著。

只走到院外，就見冷華堂已經揹了王爺往院裡而來，他不由皺起眉，眼光凌厲地看向冷華堂。

冷華堂一臉是汗地將王爺揹進了屋裡，王妃看了，急得臉都白了，手也顫抖著不知如何是好，錦娘忙吩咐人去請太醫，冷華堂將王爺放到了床上。

此時的王爺臉色並無痛苦，不過像睡著了一般，與三老爺先前的症狀很是相似，冷華庭立即將王爺的手抓起，探起脈來，但奇怪的是，王爺脈象平穩，並無異樣，只是怎麼叫也叫不醒來。他心裡疑慮更深了。

一時間劉醫正來了，劉醫正探住王爺腕脈，又扒開王爺的嘴看舌苔，拿了銀針插向王爺脈裡試血，然後轉頭對冷華庭道：「中迷毒了，無性命之憂，但若要醒來，怕得半年之後。

而且此毒最是傷腦，王爺醒來後，怕是會忘了很多事情。」

一邊的冷華堂聽了忙問：「會忘了很多事情？那……會忘了多少？父王他，心智不會有事吧？」

劉醫正一時被他問住，沈吟了一會子才道：「這個下官就不是太清楚了，因人而異的，王爺功力深厚，就算忘了一些事情，過一陣子，應該就會記起來，也許……也記不全了。」

冷華堂聽著臉色就白了，走到床邊，想要握王爺的手，冷華庭卻是手一擋，冷冷地說道：「別碰他，他不喜歡你碰。」

冷華堂聽了眉頭一挑，眼裡閃過一絲痛苦，顫了音道：「小庭，你不能太過分，他也是我的父王，不是你一個人的，你憑什麼不讓我碰？」

「因為他不喜歡，他不願意看到你，你最好走開，不然，我不介意就在這屋裡與你再來一場。」冷華庭眼角含淚，悲傷地看著王爺，頭也不回地對冷華堂道。

別人或許看不出，但他還是看得出來的，冷華堂的面部肌膚有些僵板，而耳根後有紅痕，似乎被打過，而他的眼神也太過緊張，尤其聽劉醫正說王爺可能會恢復記憶後，眼神更是緊張中帶著一絲戾氣。且，王爺去自己院裡的時間與冷華堂回世子院裡的時間有點相近，因此他懷疑王爺身上的毒可能是他所為，但苦於沒有證據，不能光憑猜測便指證他。

但他絕不讓冷華堂再碰王爺一下，尤其在離府之前的這幾天，怕的就是他會對王爺再施毒手。不過，冷華庭在心裡還是慶幸了下，好在冷華堂的良心還未徹底泯滅，只是想迷暈王爺，並沒有真的下毒手要害死王爺，或許，他是心有不忍，再或許，是覺得現在不是殺王爺的時候。今天他大膽地在王爺面前展露了武功，以王爺的性子，必然聯想到了很多事情……

他邊想，邊拿起王爺的手細細察看，果然在右手手腕處看到一個針眼大的血痕，心裡又恨又痛，更加確定王爺的毒是冷華堂所下。一回頭，看冷華堂還站在他身後，他回手就是一掌向冷華堂擊去。冷華堂全副心神都在王爺身上，心裡正如慢火在煎。王爺一直是他心裡最敬愛的父親，自小他便嫉妒小庭，能得到父王那麼多的關愛，而父王看自己時，總帶著一絲鄙夷和痛苦之色，像自己就是一個恥辱的證據，他一直帶著一顆卑微和討好的心去討好王爺，盡力做到王爺想要他做的任何事情，但是，王爺始終對他沒有對小庭那般好。他常常幻想，有那麼一天，王爺也會將自己輕輕攬在懷裡，如對小庭說話一般溫和又親切，可是，二十年了，從來都沒有過一次，哪怕在他生病和過生日的時候……

正胡思亂想著，小庭突然攻來的一掌便讓他失了防備，胸口生生又受了一掌，整個身子都向後飛去，摔在了幾公尺開外的地上。

他痛苦地看著小庭，心裡大恨。為什麼？為什麼他們全都要這樣對待自己？明明自己就很喜歡他們，王爺不信自己，小庭也討厭自己……為什麼他們兩個都不瞭解自己的心意呢？

一邊想，一邊默默地爬起來，一句話也沒說，捂著胸口，黯然地向門外踉蹌而去，剛走到門口，便一口血噴了出來，他抬起手，隨意地用衣袖一擦，唇邊帶著一絲痛苦的譏笑，走了。

劉醫正無法立即讓王爺醒來，只是開了一些清神補腦的方子留下，便走了。

冷華庭在王爺床前足足坐了一下午。以前他對王爺很是無奈，恨其太過糊塗，是非不辨，又太過感情用事，弄得自己與母妃處處受制，無時不處在危機與謀算當中。他總是怪王爺無能，所以，一直不太願意親近他，如今看他平靜地躺在床上，怎麼叫都叫不醒，心裡一陣陣地抽痛，父王平日裡對他的好便全浮現在眼前，一時間，愧疚之感浸了滿心，只想就此陪著他，告訴他，自己其實是很愛他這個父親的……

王妃聽了劉醫正的話是又痛又急，好在王爺並無性命之憂，心裡倒是踏實了不少。嫁給王爺後，王爺一年總有半年不在家，能陪自己的時間並不多，年年奔波於南方與海上商隊之間，好不辛苦，這回好了，至少有半年能在家裡好生歇著，還能老實地陪在自己身邊了，只是……他總這麼睡著，會不會醒不來……

錦娘靜靜地看著床上的王爺，也如冷華庭一樣，想到了某些事情，尤其在冷華庭打了冷華堂一掌之後，心裡也更加確定了某件事，只是如今也不是將這事情鬧大的時候，南下之行日期不會更改，皇上對這次南下寄予了太大期望，不會因為王爺之事而耽擱的。

後來，錦娘還是使了冷遜去報了太子，太子隨即派人來府裡調查，在人工湖處果然看到有打鬥痕跡，地上還有一些血跡。太子斷定王爺確實是被奸人所害，但那人只是迷暈王爺，並未殺死王爺，可見那人真可能是王爺至親，迷暈王爺或許只是因為王爺知道了一些見不得人的秘密……

太子透過此事，心裡也生了疑，但他只是安慰王妃和冷華庭幾句後便走了。皇上為此事也很是震怒，但想著南下之行在即，便沒有大動干戈。只是王爺原是掌墨玉的，統管著南方的事務，這下他一倒，便無人帶領，心裡便更是惱火，不由懷疑那個害王爺之人是否也是他國奸細，故意來此搗亂的。

不管太子、皇上，還有冷華庭他們怎麼想，南下之行還是緊張地準備著。

四兒的傷口恢復得很快，但並未復原，不過她那一天死活纏著錦娘，非要讓錦娘帶她去。錦娘心知她一是想照顧自己，別人服侍她不放心，二來，自然是捨不得冷謙的。自她傷了後，與冷謙的感情進展得很快，但因著身分問題，她也一直患得患失。冷謙這一去便有半年，誰知道他身邊會不會又出現一個紅粉之類的人物，好不容易少奶奶也去，又有跟著的機會，四兒是怎麼都不會錯過的。

錦娘無奈，還是同意了四兒的請求。

而烟兒，錦娘不管她願意與否，還是將她送回了東府。冷華軒的心態錦娘一時還摸不透，烟兒心裡又裝著他，女兒家最容易感情用事，不管烟兒會不會背叛自己，錦娘覺得還是送走了省事。

十五那天，冷華庭夫妻與冷華堂一起拜別了王爺和王妃，終於啟程南下。

第七十七章

那一天，太子親自來送行，特意當著錦娘的面又調侃了小庭幾句。「唉，小庭，太子哥哥可真是捨不得啊，一看你要離開那麼久，我這心……」說著，雙手捂胸作痛苦狀，眼裡露出無限依戀之情，弄得冷華庭當時臉色脹紅，對著他猛翻白眼，一旁的錦娘聽到卻是掩嘴猛笑，看著自家相公被太子爺治住而說不得話，她心裡一陣開心，對太子的印象倒是改觀不少。

冷華庭死活都不肯與冷華堂同路，出門那天，自己與錦娘同乘一輛馬車，白晟羽、冷謙、冷遜幾人騎馬在旁，身後也跟了大隊護衛跟著。太子很無奈地讓冷華堂與冷青煜幾位世子一同上了路，與冷華庭一前一後隔著半個時辰，冷華庭因著馬車原就慢，便推後了一個時辰才上路。

馬車沒有掛簡親王府的標記，而是掛工部織造使的標記。錦娘坐在車上，一開始很興奮，掀開簾子就往外瞄，看著街道兩旁林立的店鋪，看來來往往熙熙攘攘的人群，正月十五元宵節，街上擺了好多白的黑的元宵，攤主在吆喝著，有桂花餡、有黑芝麻餡的、有紅糖豆沙餡的，錦娘在車裡看著就嘴饞。

又想起豐兒先前說過的花燈會，就更是心馳神往，馬車行經時，看到有的店鋪前面已經掛上了彩燈，有的彩燈上還有謎面，看得錦娘心裡直癢。前世時，她就最喜歡猜謎語了，後來又改成了腦筋急轉彎，覺得那東西猜起來特別有意思，要是出個題，人家猜不出，她就喜孜孜的，很有成就感。

這個時代的花燈大都用紙糊的，不過有些有錢些的人家，門口就掛著大大的綢燈，有的做成鯉魚跳龍門的樣式，有很多是小狗的模樣，因為今年是狗年，所以以生肖為模樣的花燈特多，小狗的形態也是各異，或坐或站或趴著，栩栩如生，錦娘不由又喟嘆這個時代手工藝的精湛。

冷華庭歪在馬車裡，拿了本書在看，一瞟眼，看到錦娘一臉豔羨和嚮往之色，如一個想要吃糖卻又沒錢買的孩子，可憐巴巴的，忍得只差沒有流口水，他微微感覺有點心疼，手一勾，將她扯回自己懷裡，輕點了下她的鼻子道：「明年元宵節我陪妳出來逛花燈好嗎？」

錦娘臉一紅，不好意思地笑了笑，嘟了嘴道：「我就看看，覺得好稀奇呢。」知道他心裡有愧，所以，她也不想表現得太急切。

「傻子，南方有趣的東西更多呢。反正他們在前面打頭陣，他們沒弄完，我們進去也沒意思，不如咱們邊走邊玩，相公我帶妳一路玩過去如何？」冷華庭寵溺地揪著錦娘的鼻尖，聲音柔柔的。

錦娘的眼睛立刻亮了起來，雙手環抱住他的脖子，在他的俊臉上猛啄了一口，大聲說道：「好喔，說話要算數。」

「我何時騙過妳來？」突然又被她襲擊，冷華庭一時仍有些適應不了錦娘偶爾出現的熱情大方，紅著臉微羞著，垂眸說道，眼神卻是熱切得很。這個……馬車其實還是很寬的嘛，裡面又只有他們兩個，其實，做某些事情還是可以的啊……

他心裡在想，手就開始行動，順著腰身就往上移，無奈錦娘穿得太多，隔著錦緞摸著手感不好，正要偷偷鑽進衣襟裡去，錦娘身子一扭，自他的懷裡脫開來，掀了簾子又看向窗外去了。

他心裡一陣懊惱，隨手又勾住她的腰，想要勾回來，錦娘頭都沒回，就勢一拍。「外面好多人呢，別鬧，我要看……呀，相公，我看到有一個天女散花的花燈，那仙女手上還拿了個謎面呢。」

冷華庭是剃頭擔子一頭熱，無奈地撇了嘴，歪過頭懶得再看這瘋丫頭，拿起書本又倚在厚厚的靠墊看。

馬車很快便出了南城門。郊外的官道比起城裡的來得更寬，卻是土路，並沒有鋪石子，只是在路面上鋪了好多細細的沙，可以避免馬路下了雨後變成泥濘，但細沙卻最是影響馬車的行進速度，錦娘倒沒感覺什麼，只覺得車慢了些，她一副心思全在外面路邊的風景裡。

古代的城郊一樣是農田一畦一畦的，春插還沒開始，但一塊一塊的秧苗卻是鬱鬱蔥蔥的，生機勃勃，空氣裡瀰漫著水田的味道，清新又乾淨。錦娘將簾子掀開一些，抬頭就能看到藍天和白雲，在這廣闊地天地裡，她覺得自己就是一隻小小的籠中鳥，第一次飛出了門，卻還是被圍在這方寸的小馬車裡，不由微微嘆了口氣，總算肯放下車簾，窩回馬車裡，歪靠著冷華庭閉目養神。

冷華庭正暗自生著悶氣，見她好不容易消停了，卻仍是對他淡淡的，不由將身子往她那邊擠了擠，故意將她擠到角落裡，眼睛卻還盯在書上。

錦娘被擠得不舒服，就往外面拱了拱，冷華庭全身都賴在她身上，他身材修長，身材高過她一個頭去，她哪裡拱得動，不由皺了眉道：「相公，過去點嘛，我都沒地方了。」

冷華庭裝沒聽見，仍拿著書在看，全身的重量都壓在錦娘身上，錦娘火了，五指成爪，對著他的腰便擰了去。

冷華庭身子一顫，手向後一抄，摟著她的腰就將她拽了出來，十指亂彈，將她按在車板上搔癢。錦娘哪受得了這個，呵呵就笑了起來，邊笑邊求饒。「相公，停手啊，停手，你……你再不……呵呵……」

兩人正鬧著，就聽外面傳來白晟羽的聲音。「唉，這是故意氣我這個形單影隻的人嗎？」那聲音又是荒腔走板，拐了十八道彎。錦娘在車上聽得臉上一陣赤紅，一把擰住冷華庭的耳朵，小聲罵道：「看吧、看吧，丟死人了。」

「丟死人了娘子還揪我，一會兒姊夫看到更會笑。」冷華庭也是壓著嗓子道。

「不要再卿卿我我了，我都聽見了啊。」白晟羽的聲音似在耳畔，錦娘立即放開冷華庭，自他懷裡鑽了出來，迅速挪到一邊去。

冷華庭卻是笑著挑開簾子，果然就看到白晟羽騎著馬兒，正伴在馬車邊上走著。

冷華庭一臉的坦然，對外面的白晟羽道：「白大人，你是不是太閒了啊，不如到前面探探路，給我們找個驛站吧，娘子說，坐得累了，要休息。」

白晟羽聽得一滯。這才出京城多遠，就要找驛站，到最近的那個驛站也還有幾十里路呢，真是，才出門就要歇，這兩口子也太不把皇差當回事了，再聽冷華庭不叫他姊夫叫他白大人，便了然地搖了搖頭道：「不帶這樣的吧，一出門就不是姊夫了？」說著，又是一頓。「不過，回織造使大人，此地離驛站還有三十里路，所以，卑職過兩個時辰再去探路。」

說著，很明智地打馬走到前頭去了。

冷華庭滿意地放下簾子，一轉頭，卻看到錦娘歪在枕上睡著了，小臉紅撲撲的，嘴角還帶著一絲羞意，秀眉卻是微微蹙著，一雙小手緊握成拳，小小的身子蜷縮著，看得出她沒有安全感。冷華庭心裡泛起一絲憐惜和愧疚，將疊在車上的錦被打開，輕輕蓋在她身上，自己也依偎了過去，將她攬在懷裡，輕撫她的背，閉著眼睛寐著。

錦娘醒來時，已經到了驛站，天色也暗了，這裡是離京四十里地的大通，驛站的官員只聽說京裡的織造使大人帶了家眷來，遠遠地就迎了出來。

白晟羽果然先一步將住宿事宜全都打點好了，冷謙和冷遜兩個同時到了冷華庭的馬車邊，冷謙仍是一副木板臉，看到冷遜就沒好臉色，一雙冷厲的俊眸總在一觸到冷遜時就冒火光，似乎看到生死大仇人似的。

偏生冷遜一臉無所謂，渾不將冷謙的眼刀當一回事，冷謙一看他與自己同時到達少爺跟前，快走兩步，手一攔，便擋在車門前，冷遜便只能站在車邊看著。冷華庭掀了車簾子，伸出一隻手來，冷謙如以前幾百次一樣，像抱孩子似地將冷華庭抱下來，錦娘一看輪椅還在車上呢，這會兒只下去了，拿什麼坐？便對冷遜道：「阿遜，過來幫大人拿椅子吧。」

冷遜聽得一怔，隨即笑了起來，對冷謙就挑了挑眉，一副得意洋洋的樣子，幾步便走過去，將輪椅搬下來。冷華庭坐下了輪椅，兩個同時上來想推他，冷謙又是一個閃身，將冷遜擋在身後，自己一個人推著冷華庭往驛站而去。

冷遜怔了怔，嘴角卻是帶了一絲無奈的笑，見張嬤嬤和豐兒兩個已然下來，便到後面馬車上，幫著卸東西去了。

錦娘卻是對著正要進驛站的冷謙道：「阿謙，不知道四兒能跳下車不？會不會一跳之下，又將傷口弄開啊？那可不好，咱們帶著的傷藥又不多，會不會就加重了傷情，那樣可真不好辦呢，可憐的四兒，沒人疼，沒人管啊……」

前面的冷謙終於受不住，將冷華庭鬆開，冷冷地看了冷遜一眼道：「照顧少爺。」冷遜正幫著收拾東西，聽了這話微微一笑，幾步走向前去，將冷華庭繼續往前推。

驛站站長一直躬身站在一邊，等冷華庭被冷遜抱下時，他的眼睛瞪大了許多，沒想到織造使大人竟然……竟然是個殘疾，再一看他的容顏時，更是一雙渾濁的眼珠子就沒有轉動過，像是被定住一般，不受控制。

冷華庭途經驛站站長時，看到他那副模樣，眉頭一皺，回頭望了冷遜一眼，冷遜立即自腰間抽出佩刀，驟然架在驛站站長頸脖上，那站長這才回了神，嚇得直哆嗦，斜瞪著肩上的刀便不敢動一下。冷遜仍是面帶微笑，聲音溫和道：「請站長前頭帶路。」

站長一身汗地點頭如搗蒜，再也不敢向冷華庭瞄一眼，直直地轉身向前走去。

錦娘在後面看著就皺眉。這可是要出去辦大事的，若一出門便被圍觀，還真是影響心情呢，得給這妖孽化化妝才行，沒事頂著一張傾國傾城的臉到處晃，正常人也會犯癡啊。

那邊，四兒正要下馬車，冷謙忙上去扶。豐兒原是扶著四兒的，看冷謙伸出手來，吶吶地鬆開了四兒。四兒有些猶豫，畢竟沒名沒分的，又冷謙的哥哥也在，男女授受不親，這個樣子人家會說自己不檢點的。冷謙正一臉鬱氣，見四兒這個樣子，雙手一叉，便將四兒抱了下來。

驛站是個三進的院子，一應生活設施也還齊備，錦娘和冷華庭被安排在一個稍大點的院子裡，張嬤嬤夫妻還有四兒幾個就都住在院子裡。

用過飯，錦娘與冷華庭在屋裡閒聊著。錦娘總覺得王爺傷得蹊蹺，在府裡時，看冷華庭太過悲傷，一直沒有開口問，這會子見他心情好多了，便小心地問道：「相公，你說父王真的要半年才會醒嗎？怎麼不讓忠林叔去看看父王身上的毒？或許能看出些端倪來呢。」

冷華庭聽了便拿手指戳她腦門子。「出門了，好生地玩就是，還想著府裡的事情做甚？忠林叔再強，也越不過劉醫正去，不然，他也可以當太醫了。」

「可是我擔心娘啊，咱們都出來了，娘守著父王在家，若是又有人弄么蛾子怎辦？娘又是個溫厚單純的，父王若是好著，那倒不用操心了，總有父王護著娘的……」錦娘仍是憂心地說道。

冷華庭聽了，將她攬進懷裡來，嘆口氣安慰她道：「唉，妳就別操那個心了，太子和劉妃娘娘會盯著咱們府裡頭的，放心吧，總這麼憂著心，小心變成小老太婆。」

錦娘聽著覺得也對，瞋了他一眼道：「變成小老太婆你就嫌棄了是嗎？哼，我就知道你是個以貌取人的傢伙。」

冷華庭聽得哈哈大笑，擰著她的鼻子罵道：「妳變不變都一樣，原本就醜，再醜一點也沒關係的。」

錦娘氣得剛要還手，便聽到窗外一陣悠揚的簫聲響起，低沈婉轉，如泣如訴，赫然竟是自己曾經在裕親王府彈奏過的〈梁祝〉。錦娘聽得詫異，按說自己這群人裡沒一個人會這曲子啊，這驛站還住有其他客人？

難道，這裡還有穿越者？她一時心裡異常激動了起來，像是遠離家鄉之人突然遇到久別的親人一般，提了裙就要往外走。冷華庭將她一扯，拉進懷道：「妳做什麼？天黑了，外面危險。」

錦娘顧不得這許多，她實在是太想念自己的家鄉了，掙扎著道：「讓我出去，我要看看那個人，我要看是誰在吹這曲子。」

冷華庭沒有聽錦娘彈過曲子，外面那首曲子新穎得很，他從未聽過，錦娘如此一說，他心裡便泛酸，手臂纏得更緊了。「那是什麼曲子？妳很熟悉嗎？」

「當然，我太熟了，那是……那是我曾經彈奏過的。相公，讓我出去看看，是誰也會這曲子好不好？」錦娘眼神熱切，生怕那外面之人走了。好在簫聲依舊，似是因為這屋裡的動靜，吹奏得更加用心了。那曲子原就纏綿悱惻，似悲似喜，這會子變得更加婉轉淒哀。冷華庭聽了濃長的秀眉聚攏成峰，心中就像打破了醋瓶子，酸得掉牙，沈著臉便說道：「不讓，妳……竟然彈了曲子給別人聽，為什麼不彈給我聽？人家吹他的簫，妳聽著就好，非要出去與他會面，妳……妳想氣死我？」

錦娘覺得他就在胡鬧，但也知道他是個彆扭的性子，這會子越與他強，他越會擰著，只好好生地哄著他道：「不是呢，我只彈過一次，那天相公沒在場嘛，以後你想聽，我專彈給你聽好了。那外面也不知道是哪位姑娘在吹這曲子，我覺得熟嘛，因為這曲子按說無人能會才是，所以我好奇，想看看那個人是誰。」

冷華庭聽她這樣一說，臉色才緩和了些。也是，說不定就是個女子在吹呢，一時便鬆開了錦娘，卻道：「那妳在屋裡，我去看看，外面不安全的。」

這話倒是事實，可是錦娘心裡著急，怕他一出去，若看到是個男子在吹曲子，指不定就會跟人打起來，巴巴地扯著他的袖子道：「一起吧，一起去看看，你出去了，我一個人在屋裡也怕。」

冷華庭無奈地點頭，繼續坐到輪椅裡，由錦娘推著出了門。但兩人剛出穿堂，那簫音就戛然而止，整個院子似乎突然寂靜了下來，月光如水般灑在院裡，只見樹影幢幢，哪裡見到半個人影？彷彿那簫音不過是他們的幻覺。

錦娘失望地看著寂靜的院子，抬頭看那一輪皎潔的明月，一股思鄉之情油然而生，突然就很想前世的爸爸媽媽，想念朋友，鼻子就開始發酸，眼裡泛了濕意，神情怔忡著慢慢轉身，失望和思鄉之情堵了個滿心，不自覺地推著冷華庭的車往屋裡走。

這樣的錦娘冷華庭還是第一次見，他心裡又酸又疼，還有一絲的不安，卻又捨不得罵她，一進門，便將她攬進懷裡，不管不顧地說道：「不許胡思亂想，不過就是一支曲子而已，妳要想聽，我吹妳聽就是。」

錦娘心中微嘆，將頭埋在他溫暖的懷裡，雙手環住他的腰，感受他的體溫和疼愛，更感覺了他濃濃的不捨和依戀，心情陡然又好了起來，在他懷裡拱了拱後，抬起頭，哂然一笑道：「你才胡思亂想呢，早些安置吧，明兒還要趕路呢。」

院子裡，一棵最茂盛的大樟樹上，一個修長的人影黯然地抬起手中的一管玉簫，看了看，自嘲地笑了笑，身子一縱，輕輕地飛過院牆，消失在月色裡。

冷遜自黑暗裡走了出來，看著那黑影消失的地方，嘴角勾起一絲無奈和同情，回頭看看冷華庭屋裡，見熄了燈，便悄悄地回了自己的屋。

在路上走走停停，連走了七天，才到了大岐山境內。這裡距京城足有三百里遠了，錦娘這幾天一直坐在馬車裡，一身都快要散了架似的，剛出門時的那點子熱情早被馬車給顛完了，一時地嚷嚷著又想改良馬車，不然太受罪了。

冷華庭內力深厚，每天都用內力幫她揉著痠痛的腰背，倒是讓錦娘舒服了不少，加之又是天下第一美男的按摩服務，只她一人能夠享受得到，心裡不免又得意，旅途的疲勞也就消散了不少。

大岐山是個縣名，因有一座連綿的大山而得名，此地最是地形複雜，要過大岐山，必須自山巒裡穿過才行。

一進大岐山境內，護衛們便開始緊張起來，前幾日不時地守在四兒車邊的冷謙這會子也和冷遜一樣，一邊一個，守在錦娘和冷華庭的馬車邊。山裡的官道蜿蜒崎嶇，兩旁是高聳的峭壁，錦娘一改平日的懶散，不時地探出頭去看兩邊的山景，青山如畫、蒼翠雄偉，林間鳥鳴歡快，正是她最喜歡的自然景觀，要在現代，那定是個著名的風景區。

冷華庭卻是警惕得很。這一路太過平靜，一點事情也沒發生過，越是平靜，越是危險，最怕的便是那伏在暗處的冷箭。

此處地形如此險惡，若有人在此伏擊，那就危險了。冷華堂幾個雖是只早了兩個時辰，但因著他們那一隊騎馬，自然行程就快了很多，如今怕是早就超過一天的路程了。

大家小心翼翼地在山路上行進著，提心弔膽地在山裡走了好幾個時辰，才總算出了山，不由都鬆了一口氣。冷華庭卻是越發警惕起來，那一天冷華堂在他身後說的話他可從未忘記，以冷華堂的性子，在路上將自己和錦娘解決了更省事一些才是，怎麼一直遲遲沒有動手呢？剛才若是在山上埋伏滾石，只要在自己的馬車經過時，自山上推下來，自己這一隊人馬，不死也會傷殘……這一次，冷華庭真摸不透冷華堂的心思了，越是這樣，越讓他覺得危險。

出了大岐山，天色便暗了下來，但離最近的驛站也還有十幾里路遠，要趕過去，就會走到深夜去，夜間行路更是危險，白晟羽便建議在附近找個人家打尖。

當然，要住下這一隊人馬，非得找個大戶人家不可，而附近最大的大戶人家便是一戶張姓的員外家，他家庭院房舍林林總總加起來怕有百十間之多，住下整個隊伍一點都不困難。

白晟羽帶了幾個人先去拜訪。那張員外六十幾歲年紀，身材矮胖，見人便是笑，聽說是京裡的織造使大人途經，要借地留宿，那張胖臉上便立即露出一臉的討好與欣喜，將自家最好的院子騰了出來，請冷華庭和錦娘進去入住。

錦娘先前在車上聽說要住到百姓家裡，便忙不迭地給冷華庭化妝。也沒其他法子，只是將他原本濃長的秀眉塗成了兩條蠶蟲，將他的臉稍稍塗黑了些，不過這廝最是愛潔，好說歹說才肯讓錦娘在他臉上動手。錦娘給他化好妝後，左右細看了看，雖然仍是俊俏，但少了豔麗，再加上兩條長眉，還真是遜色了好多，這才滿意地放他下車。

那張員外老早就等在莊子外，見織造使大人的車駕到，躬身就迎了過來。冷華庭掀開車簾子那一瞬，張員外微怔了怔，正要迎上前去，就見冷謙將冷華庭抱到輪椅裡，他便一臉討好地上前去，跪地行禮。「老朽張懷德在此恭迎織造使大人，大人肯在寒舍落腳，是老朽幾輩子修來的福分，老朽歡喜之至。」

冷華庭不喜這一客套，只是笑著點了點頭，對那張員外道：「員外請起，打擾了。」便再無話說。

那邊，錦娘被張嬤嬤扶了下來，張員外一見，臉上笑意更盛，忙起身道：「大人、夫人，請進府裡休息，老朽早就備好了酒菜，鄉村僻野，薄酒一杯，聊表心意。」

錦娘一聽便皺了眉。這一路，他們的吃食都由忠林叔把關，所有食物都得忠林叔試過以後才能食用，所以這一路，吃食上倒是安全得很。不過，這次與往常不同，往常或住店、或是驛站，當面驗毒人家也不會說什麼，但這次可是借住他人的地盤，人家又如此熱情好客，若也當張員外的面去試毒，只怕人家心生芥蒂，好心遭人懷疑，那是最令人氣憤之事。

冷華庭倒是坦然得很，讓冷遜推著進了府，錦娘跟在後面，不由加快了幾步伴在他身邊。

張家果然大得很，院裡亭臺樓閣、假山迴廊錯落有致，屋子也是連著片的，一個院子裡就有好幾個天井，看得出這家主人不是一般的鄉村員外，以前必定是做過官的。

「老員外，您祖上便生活在此處嗎？」錦娘笑著問道。

張員外躬身回道：「回夫人，老朽世代居於此地，已逾百年。此宅乃家父在時所建，家父曾經官至五品，老而致仕後，建此宅院，老朽也曾出仕為官，曾在尚陽縣做過幾任知縣，如今年紀大了，便致仕回鄉，採桑種田，含飴弄孫，好不快哉。」

錦娘看他笑得慈祥，又帶了些灑脫的性子，心裡對這個張員外倒是有幾分好感。一時大家進了廳，花廳裡果然擺了好幾桌酒菜，張員外請冷華庭與白晟羽一同入席，錦娘帶來的侍從便另行開桌。

張嬤嬤陪在錦娘身邊，卻是看向忠林叔。忠林叔了然地拿起筷子，張員外看著一怔，不解地看著冷華庭，就忠林叔的打扮也能看出他不過是個下人，主子沒有動筷，下人倒是先行吃將起來，很不合規矩啊。

白晟羽見了哂然一笑，拱手對張員外行禮道：「員外莫怪，此次行程太遠，大人為保安全，每到一處都會試菜，非對員外你一家如此，請多多見諒。」

張員外聽了這才又恢復笑臉，舉手還禮道：「大人客氣，老朽明白，小心駛得萬年船，應該的、應該的。」

忠林叔也不含糊，每道菜都驗過，就是連護衛們用的酒水，也沒放過。

約莫一刻鐘才算試完，張員外看著菜都有些涼了，忙道：「請、請、請，鄉野之地，沒什麼好東西招待，大人們就將就些用吧。」

冷華庭這才開始動筷，不過，錦娘總覺得有哪裡怪怪的，坐在桌邊半天也沒動，張員外見了，好不自在地問道：「夫人，可是不喜這些菜色？夫人平日裡用慣什麼，只要府上有，定然幫夫人做來。」

錦娘聽了微微一笑道：「員外客氣，不知員外府裡有幾位兒女，貴夫人身子康健否？」

按說有女眷進府，又是官宦人家的家眷在，理當有女主來陪坐才是，但偌大個莊子，進得府來除了丫鬟僕役和張員外，卻沒見其他主人，更是一個女主也沒看到，這讓錦娘很是詫異。

張員外聽了臉色微僵，黯然地說道：「老朽原配早已過世，只是個姨娘在府裡，又覺得身分卑賤，不配來招待夫人。」

錦娘聽了暗忖。就算是姨娘身分不夠，那兒子媳婦呢？應該也能出來會客的，而且，這張員外明知自己是女客，就應該另開一桌，以屏風隔開，不該與一眾男子同一大廳用飯才是，以他們家幾代為官來說，這種禮儀應該知曉才是。

「看員外一臉福相，應該是兒孫滿堂吧，怎麼不見一個呢？本夫人這裡備了不少禮，想送與員外家的兒媳呢。」錦娘仍是一臉笑容地說道。

那邊豐兒聽了，手裡便拿著幾個精緻的荷包站了過來。張員外臉色更是尷尬，抬手行禮道：「怎麼能讓夫人破費，不過，老朽思慮不周，沒想到有女眷同行，您稍待，老朽這就請出兒媳來招待貴客。」

說著，對邊上一位總管模樣的人使了個眼色，那人躬身退了下去，不多時，便領著一位約二十上下的婦人出來，那婦人柔柔弱弱的，怯怯地走來，低著頭，也不敢看人，張員外便笑著喚道：「兒媳，快過來見過織造使夫人。」

那女子聽了怯怯地抬頭，驚惶地看了一眼後，又低下頭去，走過來，給錦娘福了一禮後，坐在了一旁。

錦娘見了笑問：「大嫂年紀怕是要比本夫人大上幾歲，本夫人初來乍到，借住貴府，打擾之處，還請大嫂多多海涵。」說著，自豐兒手裡拿過一個荷包遞了過去。

那婦人聽了微微抬眼看錦娘，唇角微動，卻沒說話，只是又起身福了一福，安靜地接過。張員外便笑道：「鄉村婦孺，沒見過世面，讓夫人見笑了。」

錦娘再沒說什麼，一頓飯很快用完，張員外親自送他們進了屋後才退走。

二人洗漱後，便早早地安置了。

半夜時分，突然院裡燈火通明，沒多久，便有人一腳踹開了錦娘的屋門，那張員外帶著幾個勁裝大漢走了進來，臉上帶著猙獰又得意的笑。「哼，主子只說他們如何狡猾難辦，不過也就是幾個黃口小兒而已，能厲害到哪裡去？老夫不費吹灰之力便將其活捉，哈哈哈！」

邊上一個大漢聽了忙躬聲討好。「可不是，黃統領機智過人，想這對狗男女只以為您會在飯菜裡下毒，殊不知，您會在每間屋子裡放上迷香，他們年幼無知，哪裡想得如此周全？對您是防不勝防啊，屬下佩服得五體投地。」

那員外得意地看著床上的冷華庭道：「人人都說這位簡親王嫡子乃是大錦第一美男子，

老夫今日看來，怎麼如此一般，莫非大錦男人全是醜鬼，便將如此普通之人也稱為第一美嗎？」

員外叨唸了一陣，很快回過神，喝道：「還不上去將人都綁了！」

幾個大漢一聽便衝到床前，但手還沒觸到被子，一陣劍光閃過，走在前面的兩名立即不可思議地看著眼前那柄明晃晃的軟劍，來不及呼出最後的驚叫，便直直向後倒去。

異變突生，那員外反應也很快捷，立即抽出隨身帶著的一柄青龍刀，向床上攻來。冷華庭此時已然一躍而起，軟劍連挽出幾朵劍花，將身前之人一記擊殺，劍劍直割喉嚨，鮮血四濺。

一時連死了四名黑衣大漢，那員外原只帶得六名進來，加上他，也就七個人，見冷華庭武功如此高強，瞬間連斃四名高手，心中便生了一絲懼意。員外奔到床邊來時，正好看到那兩名大漢倒下，他不進反退，身子向後滑出一、兩公尺遠，離冷華庭一劍之地，以策安全。

殺了四人後，冷華庭淡漠地坐在床上，卻並不進攻，只是眼神凌厲地看著那員外，怒道：「你是什麼人？為何要謀害本官？」

那員外一見倒是心裡一鬆。冷華庭是個殘廢，雙腿不能走動，只能自保難以遠攻，事情已到了這分上，活捉不成，不如一不做二不休，殺了便是。如此一想，他便向門外退去。

冷華庭唇邊勾出一絲譏笑，自腰間摸出一條細索，手一抖，那細索如一條長蛇一般向那員外直捲而去。那員外舉刀一絞，肥胖的身軀靈巧地躍起，及時閃過那細索。冷華庭直起身子，手腕翻轉，抖得那細索如長蛇吐信，招招攻敵致命。那員外也不是蓋的，身手靈巧、騰跳挪閃，手中那柄青龍刀也是舞得虎虎生威，使得冷華庭一時難以將他拿下。

那邊另兩個大漢見冷華庭被員外牽制住，便悄悄自兩邊包抄而來，一人揮刀，另一人卻是陰險地拿出暗器，向冷華庭招呼的同時，也向床上一直未動的錦娘攻去。

冷華庭見了鳳眼微瞇，眼裡閃過一道嗜血的光芒，手中細索不停，仍是招招攻敵致命，卻是有空騰出一隻手來，拿起床邊的衣服隨手一旋，舞出一塊衣屏，將那暗器擋住的同時，還回贈了過去。那名使暗器之人立即跳起躲閃，冷華庭將衣服舞成棍狀，向那人抽將過去。

另一名黑衣人見機，忙揮刀向冷華庭砍去，殊不知冷華庭不過是佯招，那衣棍看似對著前面那人，其實正是等他揮刀逼近，才突然改了方向，直撲他面門，頓時抽得他一個趔趄，向前栽倒。冷華庭毫不猶豫，棄衣拿劍，左手一個劍花，便割下了那人頭顱。

方才死裡逃生的黑衣人見他如此勇猛，嚇得再也不敢前進，抱頭就往窗外竄。冷華庭也懶得管他，外面打鬥聲早就四起，看來，這一夥人為數不少，不然冷謙幾個早過來護衛了，定然正在惡戰，此人出去也是個死。屋裡只剩那員外，後面就是屋牆，錦娘睡在床上應該再無危險。如此一想，他便縱身飛起，手持軟劍向那員外攻去。

那員外沒想到他輕功也如此強大，頭上一陣劍花飛舞，他忙舉刀相迎，料定冷華庭輕功再好，也不能在空中維持太久，一會兒便會落地，而他的殘腿定然會有束縛，自己只需抵過這幾招便好。

如此一想，他單手揮刀抵擋，另一隻手卻摸向腰間。

錦娘早已坐了起來，冷靜而淡定地看著自家相公。經過上次小巷被刺之後，面對鮮血和死亡，錦娘已經不那麼害怕。

看到那員外神色有異，她突然感覺心裡一緊，大聲喊道：「砍斷他左手！」

冷華庭聽得微怔，軟劍原是攻向其頭部的，依言便向那員外的左臂削去，那員外沒想到他突然變招，而且變得極快極準，自己右手一招用老，很難自救，那軟劍削來，只得身子往下一沈，稍稍躲過一些，但劍尖卻刺中了他的肩膀，頓時血流如注。

錦娘正鬆了一口氣，卻不知，方才偷逃出去的那個黑衣人卻是躲在窗前，眼見著冷華庭沒有守在錦娘身邊了，便暗中一把暗器向錦娘射去。

冷華庭大驚，回手一把銅錢迎向那暗器，卻聽錦娘一聲大呼：「相公——」

這時，屋頂突然穿了個大洞，一根長索自屋頂而來，纏住錦娘的纖腰向屋頂拉去。

第七十八章

冷華庭一看大急，一個錢鏢便向著錦娘的繩索擊去，誰知屋頂那人也是一個暗器射來，擊落了冷華庭的錢鏢，繩索捲著錦娘迅速向屋頂而去，冷華庭立即棄了那員外，回身便撲回了床邊。

錦娘被吊在空中，又驚又怕又暈，身上的血全往頭頂湧上，感覺頭脹眼眩。那繩索綁在腰間疼痛得很，她努力向屋頂看去，卻看到一雙潤澤的雙目，正憂急地看著自己。錦娘一時沒看清楚，只覺得有些熟悉，感覺那人並不想殺自己，卻並不明白他的用意、是不是這些人的同夥，心中一急，對那人就喊道：「奸賊，你放開我！」

屋頂那人手一頓，眼裡便閃過一絲痛色，眨眼間，冷華庭已然撲了過來，縱身高飛，手中的細索便抖將過去，纏住了捆住錦娘的繩索。他不敢用劍去削繩索，怕摔壞錦娘，這會子身子落在了床上，細索一扯，又將錦娘扯了回來。屋頂那人見他已然抱住了錦娘，竟是棄索而去，瞬間消失在茫茫夜色之中。

而那員外和僅存的黑衣大漢卻是乘機往門外溜。錦娘差一點就被人擄去，冷華庭實在是被嚇到不行了，一顆心懸在胸膛裡半天都沒有落回去，將她緊緊抱在懷裡，再也不敢離開半步。一回頭，見那兩個正要溜，一肚子的氣便全撒向了那兩人，隨手一把銅錢，也不管準頭如何，鋪天蓋地地便向那二人激射而去。

那員外肩膀被冷華庭削掉一塊骨頭，左手根本就是廢了，身上血流如注，這會子剛出門口，身後便撒來一把銅錢，他身子猛然向上一翻，躲掉了大半，後背仍是中了兩枚，破皮入骨，痛徹心腑，踉蹌著差點摔倒，好在他內力深厚，及時穩住身形，勉強向院裡逃去。

而後面那施暗器之人，他小騰挪功夫不錯，銅錢襲來時，他連閃幾下，躲過了不少，身子橫飛向窗子時，冷華庭第二把銅錢已經射來，他的身子在半空中連翻幾個空翻，但畢竟不如著地之時靈巧，一大半銅錢全擊中了他的後背，他撲地一聲落在了窗子上，背上滾過了釘板一樣，打成了篩子。

錦娘驚魂未定地伏在冷華庭懷裡，大氣都不敢出，不過，他的懷抱溫暖而厚實，讓她亂跳的心漸漸安寧下來，一抬頭，觸到冷華庭湛亮的鳳目，那裡仍有劫後的餘驚和惶然，更多的是失而復得的欣喜，錦娘不由擁緊了他，聲音柔柔地微顫著。「相公，阿謙他們會打贏的，對吧？」

冷華庭輕撫著錦娘的額頭，將她抱在自己腿上坐好，點了點頭。「阿謙早做好了準備，他和阿遜的功夫不錯，加上三姊夫，又是攻其不備，很快就會有結果的。」

錦娘點了點頭。驚嚇過後，緊張的神經一旦鬆弛，她便覺得渾身無力，軟軟地趴在冷華庭懷裡，像隻小貓一樣，閉著眼睛養神。

冷華庭輕拍著她的背，看她小臉仍有些蒼白。「娘子，方才嚇壞了吧？」

「嗯，有點，不過，我知道相公會救我的。」錦娘在他懷裡一動也不想動，閉著眼睛說道。

「嗯，下回，我再不會離開娘子半步了，就算讓他們跑了又怎麼樣，只要娘子好就成。」冷華庭的聲音裡帶著一絲愧疚。他怎麼也沒想到，會有人自房頂突襲，還真是防不勝防。不過，他也猜不透那個人的用意，似乎那人與員外他們不是一夥的，不然看到員外落了下風，應該來相助才是，但他自屋頂而來，根本不想與自己和員外等人打照面，而且，似乎也並不想殺害錦娘，不然趁自己不備，只須一枚暗器便能讓錦娘香消玉殞，怕是只想擄了錦娘走吧，只是，真不知道那人是何來路？

「相公，那個人我看著有些面熟呢，只是當時太暈，看不清楚，只感覺似曾相識。」正想著，錦娘在他懷裡閉著眼睛，幽幽道。

冷華庭一聽，臉色便更為凝重。「妳說，似乎看到過他？是咱們府上的？」錦娘出門少，所能遇見的男子不多，若是相識，也只可能是孫家和王府裡的人了，若此是冷華堂策劃，那認識也是有之的。

「好像不是府裡的呢，嗯，更不是孫家的……不記得了，印象不深啊，怕是見過一、兩面的……」錦娘越說聲音越弱，最後竟是話還沒完就睡著了。

冷華庭原想再問的，感覺她沒了動靜，不由低頭一看，嘴角便勾起了一抹寵溺的笑，柔聲說道：「怎麼越發懶了啊？」邊說邊將她的頭放到臂彎裡，半摟半抱著，坐在屋裡等。

卻說那員外，捂著傷肩沒走幾步，一柄冰寒的長劍斜斜地刺了過來。那人邊刺邊說道：「員外果然好本事，竟然連織造使大人都敢殺，本官怎麼就沒看出來，你是一隻老狐狸呢？」

員外強撐著揮刀舉向攻來之人，拚命向來人強攻。來人正是白晟羽，他解決了去他屋裡襲擊的賊人後，便急急地趕到了這邊，正好便看到那員外一身是傷地逃出來，不由大怒。這老狗竟然騙過自己的眼睛，虧自己還以為他是個良善之人呢，這一次的事情，自己可是有不察之責的。

正一股火無處發，看到了罪魁，他自然下手就重了起來。那員外原就身受重傷，加之流血過多，強攻沒維持多久，便有些體力不支。白晟羽手下奇快，一柄秋水寒劍舞得看似優雅，卻招招刁鑽至極，讓那員外手忙腳亂，不過幾十招過去，白晟羽已然掌了主控，餘下的招式不過是在陪他玩玩，消耗他的體力罷了。

那邊，冷謙和冷遜帶著侍衛，將餘下賊眾殺的殺、傷的傷，活捉了好幾個，也是急急地趕過來，看白晟羽在這當口還在玩貓捉老鼠的遊戲，兩兄弟臉上難得第一次同樣露出古怪的神情。

冷謙懶得看白晟羽。他愛玩讓他多玩些就是，得趕緊看看少爺和少奶奶才是。

方才事發之時，他第一時間便去了四兒的屋裡。還好，那兩丫頭也早有準備，並未脫衣，只是和衣睡在床上，不然他貿然跑進去，還真是尷尬得很。四兒還好說，自己反正是要娶的，可不能壞了那豐兒的名聲。

過去時，正好有兩名黑衣人正潛入四兒屋裡，冷謙一手一個，很快便解決了他們。

豐兒嚇得躲在角落裡，四兒卻是兩眼巴巴地看著門外，見冷謙果然很快便來救自己，她心裡又喜又愧，不顧傷痛和害羞，自床上跳下來，撲到他懷裡。「你……你個木頭，怎麼不先去救少爺和少奶奶，來我這裡做什麼？那些人怎麼也不會先想著對付兩個丫頭的。」

四兒雙手不管不顧地環抱著冷謙，身子軟軟的，帶著一股少女的氣息，冷謙原本就冷硬的臉上更顯得僵了，他一時不知道要如何應付四兒的熱情，雙手微抬起，卻又不好意思去回抱她。這情形與扶她下馬車是兩回事，他知道她定然是嚇壞了，明明就很害怕，明明就對自己第一時間來救她高興死了，偏生卻還擔心著少爺和少奶奶。少奶奶有少爺護著呢，少爺的功夫可比自己還強，這丫頭，心地就是太實誠了。

手還是搭在了四兒的肩上，難得很耐心地安慰她，聲音也是自己都沒預料的輕柔。「無事的，少爺早就有了準備，那幾個小賊怎麼會是少爺的對手，放心吧！」

四兒只是在冷謙懷裡稍待了一會兒，便反應過來，忙紅著臉推開冷謙，道：「快去看看少爺和少奶奶吧，我和豐兒不過是丫鬟，不會再有人來害我們的。」

冷謙於是出了門，沿途又料理了好些個黑衣人，這才趕到了冷華庭屋裡。

進屋一看，心裡頭也是一驚。少爺屋裡的賊人果然要比其他屋裡的多，雖然是先前就商定好的，他心裡還是升起一股愧疚。若是少爺稍一不慎，讓少奶奶受了傷，那自己還真是只能死了算了，他的職責就是保護少爺啊……

正自責著，冷華庭見他進來，手一揚，讓他先別作聲，輕輕地將錦娘放好之後，小聲問道：「外面可都料理了？我方人馬可有損傷？」

冷謙正要回答，外面冷遜一閃進來，手一拱，躬身道：「回大人，我方只傷了兩名侍衛，其他人安然無恙。方才屬下查驗了一番，賊人共有一百餘眾，逃出去十幾個，活捉六名，殺死七十餘名，喔，加上少爺屋裡的，應該是八十餘，賊首嘛……」說著，他頓了一頓，看向門外。

那員外被白晟羽玩得筋疲力竭，最後自動扔了刀，一下癱倒在地上，任白晟羽拿著劍戳著他的身體，一動也不動了。白晟羽一連幾劍，挑斷了那員外的腳手筋，才拖死豬一樣將他拖進來。

「賊首在這裡。」他正好接了冷遜的話說道。

說著，就將那員外往地上一扔。

冷華庭冷厲地看著地上那渾身血污的員外，冷笑道：「黃統領對吧？說說，你的主子是何人？為何要謀害本官？」

那員外趴在地上，連抬頭的力氣也沒了，悶著頭裝死，半句話也不說。

白晟羽見了，慢慢地走近他，自懷裡拿出一瓶東西來，在那黃統領眼前晃了晃道：「你知道這是什麼嗎？這也是你們西涼來的一種藥，能讓肌膚慢慢潰爛的，我忘了是什麼名字了，我想，你是應該知道的。」

那黃統領聽了臉上肌肉一陣抽搐，瞟了一眼那瓶子，仍沒有說話。

白晟羽就拿著那瓶子在手上轉了轉，嘆了口氣，憐惜地看著他道：「先前我朋友給我這藥時，也不肯說清楚，只說有毒，我便找了隻貓來試。結果你猜怎麼著，那貓吃了之後，蹦跳著出去了，當時把我給氣得差點就砸了這瓶子，以為朋友開玩笑的，只是給了一瓶玉露呢，但沒多久啊，那貓就一聲慘叫，我追出門去看，啊呀，那貓竟然自肚裡向外爛，半個時辰不到，便成了一張貓皮，當時險些把我剛吃進去的飯給全吐了出來，以後再也不敢小看這藥了。」

那黃統領臉色終於大變，拚命地抬頭看白晟羽，眼裡露出驚恐之色，好半晌，才扯著嗓子道：「老夫是西涼國人，既然你已經知道，也沒必要瞞你們。這一次，我國南院大王決心一定要抓了你們去西涼，大錦靠的不過就是那一堆破機器？若是能將懂行的人抓去，那我西涼同樣也能製造出一樣的賺錢機器來。至於是誰通知老夫你們行進路線的，老夫只能告訴你們，老夫也不知道，老夫與內線的聯繫是通過信鴿，從未與那人碰過面，老夫所知僅此，諸位要殺便殺，只求……不要將那藥用在老夫身上即可。」

「你說不用就不用？說，你那信鴿呢？在哪裡？」白晟羽聽了眉頭一皺，踢了他一腳道。

「老夫如今事敗，那信鴿定然已經讓人殺掉了。這是我西涼的規矩，不管是誰在外辦事，只要事敗，便殺死信鴿，以免造成更大的損失。」那黃統領被白晟羽踢得嘴角流血，說話時，血沫直飛，看得白晟羽不得不退開一些。他一身簇新的藏青色官袍，即便是經歷了好一番打鬥，此時也是全身乾乾淨淨，衣服上連個縐褶都沒有，整個人清爽雅淨，若是不開口說話，誰都會認為他是一個斯文溫潤的書生。

「將他拖出去吧，派兩個人送到京裡，交給太子殿下。」冷華庭聽了嫌惡地看了那黃統領一眼，對白晟羽道。

那黃統領卻問道：「老夫有一事不明，還請大人賜教。」

白晟羽好心地看著他，歪了頭道：「你是輸得不服氣吧？是想問我們如何會發現你的詭計，如何沒有中你的毒，對吧！」

那黃統領聽得一陣愕然，由衷地讚道：「大人聰明，不過，老夫自認佈置周詳，表現得也沒有破綻才是，大人是如何看出老夫有問題，而且還部署如此防備的？」

「你做得確實很好，剛見你時，我還以為你真是個好人呢。」床上的錦娘不知何時醒來了，坐到冷華庭身邊，對那黃統領說道。

「你演技確實很好，就算我們派人試毒時，你眼裡也及時顯示出了憤怒，但很快便通情達理地表示理解，任我們去試。到此處，你還真沒什麼破綻，可最大的破綻便是你那兒媳婦。那人根本就是被你逼著來演戲的，我在她眼裡看到了乞求和恐懼，她若真是你的兒媳，又怎麼會見了你的面，禮都不行一個？再者，我遠來是客，你既是熱情接待，又怎麼會連個女主人也得我幾次三番地問起，才請了出來？

「而且，你那兒媳自出來以後，神情就太不自然，就是我送了東西給她，她也沒說聲謝，但她嘴唇是動了的，卻沒有聲音，這不是很奇怪嗎？你可是說過，你乃官宦世家，禮儀家教就算不嚴，最起碼的禮數還是要懂的吧？她就算是再怯場，再沒見過世面，那也應該道聲謝謝，可她一頓飯用完也沒出一聲。而且，你可能不知道，我讀得懂唇語，她嘴唇微動時，分明就說了句『救我』。於是，我斷定她不是你的兒媳，而是被你押來演戲的，但她又當得並不情願，所以才露出了破綻。」錦娘譏笑地看著黃統領，慢慢地說道。

那統領聽後，眼睛閉了閉，好半晌才睜開眼來，長嘆一聲道：「夫人果然是才女。在西涼便聽說，夫人聰慧過人，如今一見，果然心細如髮，竟然如此小的破綻都讓妳看出，老夫……輸得甘心。」

「哪裡是我一個人便能看出來的，我家相公也看出來了，你家裡的家丁小廝個個走路生風，分明就是練過的，而那些丫鬟婆子們一個一個表情呆滯得很，這些都讓人覺得奇怪，不是我們太聰明，是你太自以為聰明，所以才讓我們發現了的。」錦娘冷笑著說道。

那統領聽了一臉羞愧，狠聲道：「哼，若非南院大王非要活捉你們，在大岐山時，老夫就可以對你們動手，無奈那裡地勢過分險要，老夫怕殺死了你們不好交差，所以才落此敗局。」

他話音剛落，外面就有人來報，說在地窖裡找到了這一家子的真正主子。冷華庭忙讓人帶進來，侍衛便扶了一個年邁的老人走進來，卻是與那黃統領真的長得一般無二。那人一進門，便向冷華庭跪拜下來。「謝大人救了老朽全家，大人真是活菩薩啊！」

冷華庭忙讓人扶他起來，問道：「你才是張員外吧？」

那老人點頭應是，說道：「回大人，此人前夜至老朽家中，說是錯過驛站，要借住一宿，老朽好心招待他，他竟然、竟然是狼子野心，當夜就迷暈老朽全家，扮成老朽模樣，將老朽及兒子媳婦一起關在地窖裡，做那傷天害理之事。還好大人慧眼識破，不過，老朽一家便要承擔這謀害朝廷命官之罪啊。」

冷華庭聽了便安撫了張員外幾聲，白晟羽伸手自那統領耳根處一摸，撕下一張人面皮，果然露出另一張陌生的面孔，冷華庭命人將他拖出去。

忙了一夜，大家又累又疲憊，除了值守的侍衛，冷華庭讓大家趕緊繼續休息，第二天上午，用過午飯才出發。

又走了五天陸路，才終於到了麗江，一隊人馬改乘船而行。那船原是早就備下的，船身大而長，有兩層之高，可承載幾百人，船上一應設施俱全，艙中設有房間，錦娘覺得坐船比坐馬車可舒服多了，而且，她再也不必關在方寸之地裡看風景了。一上船，她就興奮了起來，時不時地就走到甲板上看兩岸秀麗宜人的風景。

麗江是大錦最大的一條河流，由北至南，橫貫整個大錦，河面時寬時窄蜿蜒曲折，河水也是時急時緩。豐兒自上船之後，便受不了顛，沒一天便開始嘔吐暈船，整個人懨懨的，精神極為不佳，好在這半月多來，四兒的傷口倒癒合得差不多了，這會子換四兒來照顧她了。

豐兒一直服侍著冷華庭的起居，如今四兒不得空，又承擔起錦娘的起居來，不過好在她也是個利索的，做事又麻利又好，錦娘並沒感覺到不適，反而時不時地還拉了豐兒一起去甲板看風景。

冷華庭對錦娘這個樣子很無奈，因上回大岐山遇險之事報之朝廷後，太子殿下又多派了一支衛隊來護送，改由水路時，前後也多加了兩條船，前面一條船開路，後面一條船護衛，首尾呼應，以策安全。這一路，比起先前來，就要安全了很多。

但甲板上卻站立了很多男侍衛，錦娘那樣不管不顧地跑到甲板上去，讓很多侍衛不得不面對河面，不敢回頭輕看，偏生她還調皮得很，在船上就沒老實過，在甲板上四處走動，豐兒一開始也很是不適應，後來倒是覺得放開了心懷，學著少奶奶一樣，欣賞沿途風景的同時，感受到了自由自在的氣息。

不過，不管是幾時，冷華庭都是跟著錦娘出艙的，就算那會子他想靜靜地臥在床上看書，只要一看到錦娘收拾了出艙，他便會放下手中的書本，讓豐兒推著他一起去。那輪椅上下搬動還真是麻煩，錦娘有時忍不住就嘟了嘴，發牢騷道：「相公，要嘛你就不要出去了，我玩會子就回來。這艙裡太悶了，我受不了。」

冷華庭懶得理她，仍是讓冷遜幫他將輪椅搬到甲板上。錦娘看著就嘆氣，小聲嘟囔道：

「就不知道那輪椅有什麼好坐的，哪一天，你若是能站起來，陪我一起看風景，那多好啊……」

冷華庭聽得一滯，坐在輪椅上回頭看了錦娘一眼，一把將她扯過來，擰著她的鼻子道：「越發調皮了，我能站起來時，自然就站起來了，妳是嫌棄我是殘廢，行動不便，影響了妳嗎？」

錦娘聽他故意胡扯，心裡就氣，一把拍落他的手，沒有出聲。冷華庭不由勾唇一笑，兩指搔向她腰間。錦娘嚇了一跳，這可是在甲板上呢，四周都是護衛，這廝也不知道顧忌一點，沒事當眾演曖昧給大家看啊？不由扭著腰就自他身邊走開，嗔著他小聲道：「好多人呢，你也不怕人家看著笑話。」

冷華庭聽得眉頭一挑，戲謔地看著她道：「娘子還知道要避人啊，成天跑到這甲板上來，不是早該適應了嗎?來來來，為夫抱著妳看風景。」

錦娘知道這廝就是氣自己有事沒事上甲板，有拋頭露面之嫌，所以才變著法來罰自己，不由一賭氣，真又走近他，作勢坐到他腿上去。原只是想嚇嚇他，他可是正宗的古人，守禮的思想比她可嚴格得多，以為他定然不會讓她真坐，沒想到她才走近，他的長臂就將她勾住，兩手一摟就將她抱起，真將她像孩子一樣放在腿上，兩手環著她的腰，不讓她亂動。

這會子真換錦娘不自在了，她紅著臉環顧四周，看一旁的侍衛都故意撇過臉去裝沒看見，心裡就越發窘，老實地在他腿上說道：「相公，放我下來啊，好多人看著呢。」

說道。

「不放，我就是要讓他們看著，讓他們明白妳是我的娘子。」冷華庭孩子氣的在她身後說道。

錦娘這才明白，這廝又在吃莫名其妙的酸醋，根本不是怪自己違反了禮儀規矩。這廝還真是這個時代的另類，思想裡就全然沒那一套，只要他認為對的，他想如何便如何，哪管人家怎麼看他？不過，這樣的他卻是更加可愛，更讓她喜歡。

不過，她再如何大方，也不好意思在大庭廣眾之下與他如此親密，無奈地小聲央求他道：「相公，放我下來吧，那個……我想站著看風景，走動走動，有益身體健康呢。」

冷華庭將頭埋在她的背後，輕聲笑道：「就是不放。妳不覺得坐在相公身上很舒服嗎？」

錦娘無奈，又不好意思在他身上扭動，只好任由他抱著。這時，四兒扶著豐兒走到甲板上來。豐兒看著臉上還是很蒼白，好在吃了忠林叔備的藥，不嘔吐了，人也精神了些，四兒便扶她出來透透氣。

冷謙一看四兒來了，眉頭就皺起，走過去對四兒冷冰冰地說道：「風大，妳出來做什麼？」

四兒聽了微微一笑，老實地回道：「無事的，我也想透透氣，一會子就回去了，不會著涼的。」

冷謙聽了，這才木然地走開。冷遜看著，眼裡便露出複雜之色，過去跟冷謙說道：「你若是只將她納為妾室，那我便不說什麼，若與她成親，那是萬萬不能的。父親大人已經為你訂下了大理寺卿王大人之女，等你南方之行後，便要給你們完婚，你不可以胡鬧。」

他這話可是當著四兒和錦娘幾個說的，明著是告訴四兒，她身分太低，最多只能給冷謙做妾。錦娘聽著心裡便有氣，回頭看了四兒一眼，見她正黯然地低著頭，強忍羞憤，雙手扶著豐兒，自己身子半倚在圍欄之上。錦娘看了心裡好生難受，奴婢又如何，阿謙與四兒情投意合，四兒又是難得一見的好姑娘，難道身分不好，就只能做妾室嗎？娶個正室回去，那不是要在他們之間橫插一杆子嗎？弄得原本兩人的幸福變成三人的痛苦，何必呢？幸福不比名聲身分重要嗎？

她正要說話，感覺腰間一緊，知道冷華庭不想她參與此事。也是，這事得阿謙自己解決，別人再怎麼，也只能提個意見，怎麼辦，還是在他。

「我早不是那個府裡的人了，你告訴他，就當我當年就被打死了好了。那王家小姐，你就娶了吧，我反正是不要的，我要娶誰，誰也管不著。」果然就聽到冷謙硬著脖子，對冷遜說道。

冷遜聽得滯了滯，大聲喝道：「大哥知道你當年受了委屈，但事過境遷，父親也知道錯了，你再耿耿於懷也太不孝了吧！天下無不是之父母，父親當年也不過是方法不對而已，哪有兒子總是計較父親過錯的，況且婚姻大事，向來便是父母作主，哪能由得你胡來？你若娶她，就會被趕出族譜。」

「無所謂，我姓冷還是姓熱都不關你們的事，你回去讓他消了我的族籍好了。我去請示王爺，今後就跟著少爺。你不是說她的身分不夠嗎？我讓少爺將我改成家奴好了，這樣我與她可算是門當戶對了。」冷謙毫不在意地說道。

這一席話讓冷遜氣得青筋直冒，向來好脾氣的他，猛地就一掌向冷謙打來，冷謙毫不示弱，抬手架住，一時兩兄弟又打將了起來。

四兒聽了冷謙那番話，直覺一股暖流充斥心間。那呆子，從來不會說半句好聽的，可方才那一席話，可勝過世上最甜蜜的語言，再沒有比這樣的話讓她更感動的，一時心潮澎湃、激動不已，淚便湧了上來，兩眼追隨著冷謙的身影，一瞬不瞬地看著，嘴角卻帶著無比幸福的微笑。

錦娘也是被冷謙的話給震住了。沒想到冷謙這木頭呆子，竟然有這樣一副決心。方才那話可是太得她的心了，堂堂六品帶刀侍衛，竟然自求為奴，這可是數典忘祖、大逆不道，可偏生冷謙說得理直氣壯，人家最在乎的名聲和身分，在他眼裡一文不值，四兒可真幸福，竟然撿了這樣一個寶啊……

——未完，待續，請看文創風077《名門庶女》6

五. 活動辦法→

Step1：請挑選一本最愛的狗屋「文創風」書籍，撰寫您的個人書評，
推薦內容字數限50～140字之間。
（請分享看完這本書的心得，或是喜歡這本書的原因。）

Step2：登入「博客來」或「金石堂」會員，找到該書籍頁面進行書評留言。

Step3：成功留下書評後，請直接複製您的書評網址，來信至leaf@doghouse.com.tw，
信件主旨請標明：【我愛文創風！書虫書評_博客來】
(或金石堂，依您實際留言成功的網路書店為準)，信中也務必留下
您的聯絡資料——**真實姓名、聯絡電話、郵寄地址、郵遞區號**。

Step4：耐心等候得獎名單，也別忘了號召狗屋粉絲們一起來寫書評、拿好書哦！

六. 活動辦法→

▶「書虫獎」：**文創風書籍乙本：共計10名**。
（文創風015～016、017～018恕不參加贈書活動，其他皆可由您自行指定。）

▶「加碼獎」：**狗屋好物驚喜福袋，共計 3 名**。

「書虫獎」採隨機抽選，「加碼獎」則由狗屋編輯票選出最用心的三則書評，
得獎名單於4/12公佈在狗屋/果樹天地官網，並同步發佈至粉絲專頁，
請您密切關注官方粉絲團訊息，聯絡資料不完整則視同棄權，不予以遞補得獎者。

七. 注意事項→

1. 參加活動即代表您同意分享您的書評，如經採用，可轉載於狗屋/果樹所發行或維護的媒體、電子報、網站及刊物上，與其他讀友分享。
2. 所有活動相關辦法，皆以本網頁公佈為準，贈書不得折換現金或其他物品。
3. 獎項寄送地區僅限台灣地區，恕不處理郵寄獎品至海外地區之事宜。
4. 狗屋/果樹 有權修改贈書活動的實施權益及辦法。

花招百出、拍案叫絕
宅門界新天后／
不游泳的小魚

開創庶女宅門新天地——

名門庶女

鬥起來花招百出、讓妳目不轉睛！
拿起來就放不下，看一眼就愛上！

聰明庶女＋腹黑少爺
精彩好戲 恭賀新喜！

文創風 068 1

既然穿越又重生，就是不屈服於命運！
即使生為庶女，她也要過得比嫡女更好！

文創風 069 2

嫁雞隨雞、嫁狗隨狗，而她孫錦娘嫁給冷華庭，
自是要以他的好為好，
所以，任何想傷害他的人要小心嘍，
悍妻在此，不要命的就放馬過來吧……

文創風 070 3

鬥小人、保相公、揭陰謀是她的看家本領，
況且人家會使計，她也有心機，誰怕誰……

文創風 071 4

相公生得俊美無比又腹黑無敵，
她孫錦娘也不差，
宅鬥速速上手，如今更能使計設陷阱，
一步步靠近幸福將來……

文創風 073 5

才剛過一陣子舒心日子，
陰謀詭計又接連而來，
當真是應接不暇，
不過他們小倆口也不能任人欺凌，
如今也要將計就計，反將一軍……

文創風 077 6

王府掩藏了十幾年的秘密，
終於一一水落石出，但傷害依舊，
因此她更堅定地要愛，
愛相公、愛家人，
用愛反擊一切陰謀！

文創風 078 7 完

終於能見到相公站起來，
玉樹臨風、英姿凜凜，
教她這個做妻子的多驕傲，
等了這麼多年，經歷各種離別，
他們總算能看見
最終的幸福日子……

重生報仇雪恨＋豪門世家宅鬥

同人不同命，同樣重生，

怎麼她就是比別人心酸又辛苦?!

步步為營　佈局精巧／禾晏

《春濃花開》獲2010年第一屆晉江文學城和悅讀紀

合辦「悅讀紀女性原創網路小說大賽」，古代組第一名

春濃花開

文創風 074 上

可恨哪！
只因愛了個虛情假意的男人，
她葬送了自己的性命，
雖獲重生，卻有家不能回，
有仇不能報，有子不能認……

前生，她是一品大官的掌上明珠，才情學識都不輸男兒，
雖然容貌平庸，加上自小腿殘，但憑藉著娘家的權勢，
她得以嫁給芳心暗許的男人，帶著滿心喜悅，一心與子偕老。
沒想到卻是遇人大不淑，夫君勾搭上她的好姊妹已是殊可恨，
竟還眼睜睜看著小三殺害她，將她推入荷塘……
再睜開眼，她成了同一日裡投湖的柳府五小姐柳婉玉，
可幸的是，如今換了具健全的身子，還擁有絕色嬌顏，
可悲的是，身分卻換成小妾之女，在家不受待見，在外受人非議，
眼下她只能忍氣吞聲，日日看人臉色，處處小心討好，先掙扎著活下來，
再來想方設法報仇雪恨，讓那對奸夫淫婦血債血償！
還有那前生遺下的心肝寶貝兒，如今是娘死爹不理了，
有什麼辦法能將幼兒護個周全，並重回她懷抱……

文創風 075 中

可笑哪！
四年結髮夫妻，他對她始終冷冷淡淡，
末了還見死不救；
如今她只是換了個好皮囊，
才見幾次面，他竟這般溫柔體貼……

果然天網恢恢、報應不爽！
如今大仇得報，又與爹娘相認，柳婉玉心願已了了大半，
原想這輩子就守著兒子、奉養爹娘天年又有何不可？
可兒子雖然沒了親娘，畢竟是堂堂楊府的嫡重孫，貴不可言，
她一個未出閣的閨女，能護得了一時，卻顧不到一世，
而且還壞了家裡的聲譽，讓爹娘操心，也累得他們無顏面。
看來只能先嫁作人婦，再一步一步來進行認子計劃吧！
說來可笑，那殺千刀的前夫貪她如今嬌容嫵媚、丰姿綽約，
竟然不知恥的搶著來大獻殷勤，妄想娶她做填房，
但讓她再嫁這個人面獸心的畜生，不如讓她再死一次！
倒是那前生不起眼的小叔——庶出的三少爺楊晟之，
對她不但情深義重，又三番兩次的危急相助，
若嫁了他，是不是便能名正言順的進入楊府，再次成為孩子的娘？

＊隨書附贈上、中卷封面圖精緻書卡共二張

風 文創
073

名門庶女

5

國家圖書館出版品預行編目資料

名門庶女 / 不游泳的小魚著. --
初版. -- 臺北市 : 狗屋, 民102.02-
冊 ; 公分. --（文創風）
ISBN 978-986-328-027-9（第5冊：平裝）. --

857.7　　　101027936

著作者　不游泳的小魚
編輯　戴傳欣
校對　黃薇霓　林若馨
發行所　狗屋出版社有限公司
地址　台北市104中山區龍江路71巷15號1樓
電話　02-2776-5889～0
發行字號　局版台業字845號
法律顧問　蕭雄淋律師
總經銷　知遠文化事業有限公司
電話　02-2664-8800
初版　102年3月
國際書碼　ISBN-13　978-986-328-027-9
原著書名　《庶女》，由瀟湘書院中文网（www.xxsy.net）授權出版

定價230元
狗屋劃撥帳號：19001626
網址：love.doghouse.com.tw　E-mail：love@doghouse.com.tw